2140

2140

Les Citadelles Bitcoin

Récits d'une révolution silencieuse

Livre I

La Genèse

Michael McGilbourne

2140 – Les Citadelles Bitcoin, récits d'une révolution silencieuse

Livre I – La Genèse

Copyright © 2025 – Michael McGilbourne

Édition imprimée: IngramSpark, octobre 2025

Broché ISBN: 979-8-9992348-3-4

Livre relié ISBN: 979-8-9992348-2-7

Édition KDP: Novembre 2025

Traduit de l'anglais par fiverr.com/chloebdn

Auto-édité par l'auteur

Couverture: fiverr.com/ashley_g23

Pour les demandes d'autorisation, écrivez à l'auteur à :

2140chronicles@gmail.com

2140chronicles.com

Clause de non-responsabilité

Ceci est une œuvre de fiction. Tous les noms, personnages, lieux, événements, citations, organisations et incidents décrits dans ce livre sont le fruit de l'imagination de l'auteur ou sont utilisés de manière fictive. Aucune personne réelle, vivante ou décédée, n'est représentée dans cette œuvre. Toute ressemblance avec des personnes, des événements, des organisations ou des lieux réels serait purement fortuite.

Les idées, philosophies, technologies, structures sociales et systèmes économiques décrits ici relèvent de la spéculation et ne constituent ni conseils, ni recommandations, ni prédictions. Aucune allégation de santé, idéologie révolutionnaire ni appel à la rupture sociale ne sont promus ni cautionnés.

Ce livre explore des scénarios fictifs impliquant des technologies imaginaires, des trajectoires évolutives hypothétiques et des systèmes économiques spéculatifs inexistants. Il doit être lu uniquement comme une exploration créative des futurs possibles, et non comme une information factuelle ou un guide sur un sujet quelconque.

Je ne fais aucune déclaration concernant le Bitcoin, les cryptomonnaies, les technologies d'augmentation humaine ou tout autre concept abordé dans cet ouvrage. Cependant, si ces visions inspirent votre imagination, ce livre aura atteint son objectif le plus profond.

Bienvenue dans le monde de 2140 !

Ƀ

Un grand merci à ma femme pour son soutien indéfectible, philosophique et sincère, tout au long de ce parcours créatif. Sans elle, rien ne serait possible.

2140 - Les citadelles Bitcoin

Et si l'avenir nous réservait non pas la dystopie qu'on nous a appris à anticiper, mais une renaissance de l'épanouissement humain ? Et si la technologie pouvait servir la conscience plutôt que de la remplacer ? Bienvenue à la Nouvelle Byzance, où les rêves d'innombrables générations prennent enfin racine dans le terreau fertile de la vérité mathématique.

Bienvenue dans un voyage épique à travers le temps lui-même, un récit passionnant qui raconte l'extraordinaire transformation du Bitcoin, de l'expérience numérique à la fondation de la civilisation humaine en 2140 et au-delà.

Cette histoire se déroule à travers des fils conducteurs interconnectés qui tissent l'évolution en temps réel de l'adoption du Bitcoin dans notre monde fragmenté. Couvrant douze époques distinctes du développement humain, le récit est raconté à travers *Les Citadelles Bitcoin, récits d'une révolution silencieuse*, une série de six livres.

Vous constaterez comment des principes monétaires sains transforment progressivement les relations économiques, créant des havres de paix où de nouvelles formes d'épanouissement humain prennent racine à chaque époque transformatrice. Ces citadelles représentent des lueurs d'espoir dans un monde en quête de souveraineté financière et de liens humains authentiques.

De l'éveil initial à la synthèse finale, ces ères témoignent non seulement de la progression technologique de la monnaie décentralisée, mais aussi du changement fondamental dans la façon dont l'humanité s'organise autour de la valeur, de la confiance et de la coopération. Chaque ère apporte son lot de défis, de révélations et de sauts évolutifs, tandis que les communautés s'adaptent aux profondes implications d'une monnaie véritablement saine.

Mais il ne s'agit pas seulement d'une histoire de progrès technologique : c'est le récit de la conscience qui évolue à travers des phases soigneusement documentées de l'évolution collective de l'humanité. À mesure que l'influence du Bitcoin se propage à travers chaque époque, nous assistons à l'émergence de nouvelles structures sociales, à la dissolution d'anciens paradigmes de pouvoir et à la naissance de relations économiques qui honorent à la fois la souveraineté individuelle et la prospérité collective.

À travers ces époques interconnectées, soyez témoin de la transformation progressive, mais inexorable de la civilisation.

Au cœur du récit se trouve l'énigmatique Conseil de Satoshi, gardiens multidimensionnels qui canalisent à la fois la vision révolutionnaire du Satoshi originel et la sagesse ancestrale de Gaïa. Ces êtres guident les communautés numériques souveraines tandis qu'elles apprennent à renouer avec la nature au-delà des dimensions encore inaccessibles à la plupart des humains. Leur influence se fait sentir à chaque chapitre, même si leur véritable nature reste cachée jusqu'à ce que l'humanité soit prête à la comprendre.

La sagesse ancestrale trouve une pertinence nouvelle et saisissante à mesure que des personnages incarnant les traditions platoniciennes et socratiques émergent pour examiner les profondes implications du Bitcoin pour la liberté, la valeur et le potentiel humain. À travers des dialogues philosophiques intemporels, ils remettent en question nos idées reçues sur l'argent, la société et le bien-vivre ensemble.

Pourtant, l'innovation ne va jamais sans résistance. Dans ce contexte de transformation, ce document révèle les efforts coordonnés pour détruire Bitcoin, de la guerre réglementaire et de la manipulation médiatique aux attaques techniques sophistiquées. Ces forces révèlent les mesures désespérées prises par des intérêts bien établis, menacés par une véritable décentralisation. Tout au long de ce voyage, vous découvrirez des articles de propagande satiriques provenant d'institutions obsolètes financées par des monnaies fiduciaires et les proclamations de plus en plus frénétiques de politiciens qui s'efforcent de maintenir leur pertinence dans un monde qui évolue au-delà de leur contrôle.

À mesure que ces perspectives s'entrecroisent, une riche mosaïque se dessine, révélant comment la quête ancestrale de l'humanité pour de meilleures façons de vivre ensemble aboutit à quelque chose de remarquable et d'inattendu. À travers des épreuves qui mettent notre espèce à rude épreuve, des échecs porteurs d'enseignements essentiels et des innovations révolutionnaires qui semblaient impossibles il y a quelques années encore, nous découvrons comment les graines semées lors des expériences d'aujourd'hui se transforment en communautés prospères d'ici 2140.

Mais comment en sommes-nous arrivés là ? Comment l'humanité peut-elle passer de la crise actuelle à cet âge d'or d'abondance et de liberté ?

L'histoire commence maintenant, et vous en faites partie.

B

Le Codex du voyageur (Fragment 1-A)

Année 2008

Le poème suivant a été découvert dans les cendres quantiques d'un accident de supercollisionneur. Ce que nous pensions initialement être une anomalie isolée s'est révélé bien plus extraordinaire. Le fragment 1-A n'était que le premier artefact lisible récupéré sur le site de la collision. Dans les semaines qui ont suivi l'incident, nos équipes ont extrait des dizaines d'éléments supplémentaires du champ de débris quantiques : des fragments de dialogues philosophiques en grec ancien jusque-là inconnus des chercheurs, des manuscrits énigmatiques liés au Bitcoin dont l'existence n'aurait pas dû être possible avant de nombreuse années, et des artefacts temporels portant des symboles et des langues que notre département de linguistique n'a pas encore déchiffrés.

Chaque découverte semble provenir de différents moments de la chronologie, certaines datées au carbone 14 comme remontant à l'Antiquité, d'autres de plusieurs décennies après notre époque. La transmission et la traduction de ces matériaux se poursuivent, de nouveaux fragments arrivant chaque jour à mesure que nos archéologues quantiques perfectionnent leurs techniques d'extraction. Ce qui suit est notre première traduction, mais ce ne sera pas la dernière.

Les implications de cette bibliothèque temporelle sont stupéfiantes. Nous semblons être tombés sur ce qui ne peut être décrit que comme un point d'intersection, un lien où passé, présent et futur se heurtent d'une manière qui remet en question notre compréhension de la causalité elle-même.

// Contenu daté au carbone 14 : origine 2140
// Authentification : non concluante
// Résonance quantique : vérifiable

Le poème se manifeste à partir de coordonnées temporelles au-delà de notre présent. La composition du carnet inclut des éléments inconnus de la science des matériaux actuelle, avec une encre qui se modifie sous différents spectres lumineux. Une analyse multidimensionnelle suggère une intrication avec les flux de probabilités futures.

Les prophéties contenues ici défient la causalité conventionnelle. S'agit-il d'aperçus d'une chronologie prédéterminée ou simplement d'une branche d'un arbre de décision infini ? Notre connaissance de cet avenir nie-t-elle paradoxalement sa manifestation ?

Le principe d'incertitude quantique s'applique non seulement aux particules, mais aussi à lui-même.

Voici le fragment de poème récupéré I-A :

Une Odyssée du Bitcoin

Dans les circuits profonds, les rêves de silicium,
Le code de Satoshi dévoile ses desseins divins,
Une graine plantée en terre numérique,
Pour voir renaître la conscience cosmique.
La blockchain naît d'un besoin ancestral:
Que la vérité s'épanouisse sur le plan digital.

Ce qui débute comme simple protocole
Grandit au-delà, brisant tout contrôle.
À travers onze épreuves, ces tests de feu ardent,
Chaque dimension s'élevant vers le firmament,
Jusqu'à ce que le réseau apprenne à être
Plus que mathématiques, il devient maître.

La Première Épreuve : La Confiance Byzantine
Dans des salles polies où le doute règne,
Les généraux trouvent leur voie ancienne,
Par la preuve de travail ils tracent le chemin,
Au-delà de la trahison, forgeant le lien.
Nul trône central, nul seigneur de confiance,
Seules les mathématiques guident l'alliance,
Le consensus émerge de l'effort collectif,
Vérité scellée dans un registre décisif.

La Seconde Épreuve : La Résilience Née
Quand les montagnes minières fondent sous le poids,
Et que les empires industriels perdent leur foi,
Le réseau choisit non la force mais le droit,
De l'obscurité minérale jaillit un nouvel émoi.
L'alignement plutôt que l'exploitation,
L'harmonie comme nouvelle fondation,
Le minage se tourne vers l'énergie renouvelable,
Honorant Gaïa, devenant durable.

L_ tr_isième prcs : L_ Hnt_r' Dnc_ Fr_m ptnt
gr_wth t ct_v_ hnt, Th_ n_tw_rk l__rn_d
t_ b_ m_r_ blnt— N_ l_ng_r wt_ng, pv,
t_ll, Bt m_v_ng w_th pr_dt_r'* w_ll.
Th_ mrk_t tr_mbl_d, lg_r_thm f_ll,
A* B_tc__n l__rn_d t_ h*nt qt_ w_ll.

L_ q_trième pr***s : L_ gr_d d_v_d_ deu_ pth*
d_v_rg_d n _l_c_n w__d: _nhnc_m_nt
v_r*** nd_rt__d Ntrl c_nc_un**
c_mpl_t_— mch__ th_ rt_f_c**
l f__t, Bt B_tc__n'* trth rng cl__r nd
br_ght: Ath_nt_c _ul m**t w_n th_ f_ght.

L_ c_quième prcs : Qntm t_rm Wh_n q**
ntm f_r_ thr__t_n_d ll, et crpt_grphy

m_ght f_ll, Th_ n_tw_rk f_und
_t d__p_r tr_th— B_y_nd m_r_
mth_mt_cl pr__f. C_ncu*n**
t_lf b_cm Th_ grdn f th **cr_d fl*m_.

L_ _xième pr***s : Tr_th'* H_rh L_ght
N_ l_ng_r c_uld d_c_ptn h_d_
Wh_n tr_th fl_w_d thr_ugh
th_ n_tw_rk' t_d_— __ch w_rd w w__gh_d,
ch ct**n mrk_d, A* flh__d f_und t_lf
w_ll-prk_d. Th m_rr_r f r__l_ty'*
f*c M*d l_ f_nd n h_d_ng pl*c.

L_ _pt_ème pr***s : Prp__ P**n Wh_n _ul
crd *t f_r w_rk *l_gn_d,
Et mmtch_d p*rp_ wr_ck_d th_ m_nd,
Th_ n_tw_rk t**ght thr_ugh
g_ntl_ ch_: Ath_nt_c pth* y_*
n_w m**t tk_. N_ l_ng_r c_uld th_y
_ll th__r _ul F_r g_ld tht n_v_r f_ll_d th_ h_l_.

L_ _tième pr***s : H__l_ng'*
Gr*c n b_d** wr*ck_d by
f__r *nd *tr, Th_ tr_th br_ght
c_lllr r_dr_— Wh_n c_ncu*n** l_gn_d
w_th f_ct, D____ f_und n_ h_ld, n_ p_ct.
Th_ b_dy l__rn_d wht myt_c kn_w:
Tht h__lth fl_w wh_n w_'r_ b__ng tr__.

L_ N_vième Prcs : D__th'* D_f__t
Wh_n m_rtl l__rn_d th_y
n__dn't f__r Th_ p_g_ fr_m th_ m_rtl
ph_r_, All _th_r t_rr_r l_t th__r m_ght,
Et _ul t_pp_d nt fr__d_m' l_ght.
c_n_my trnf_rm_d c_mpl_t
Wh_n p_r_t md_ th_ c_rcl_ m__t.

L_ d_xième prcs : G *'* C_rt B_f_r_ th_ crytl
j_dg_* h_gh, H_mn_ty'* ft_ hng n th ky—
Ar_ h_mn v_r**, rth'* d__?
r h__l_ng yt_m, n_tr_'* k_y*?
Th_ wt_r p_k_, th_ crytl* ng:
Tr_th-l_gn_d _ul mk_ f_r_t rng.

L_ pr***s f_nl : _nt_gr t n'* dg

_v_n d_m_nn* l__rn_d t d*nc,
N_t m_rg_d n n_f_rm _xpn*,
B*t _ch d*t_nct y_t h*rm_n_z_d—
L_k_ mc'* ch_rd, rg*n_z_d. *n_ty *nd
d_ff_r_nc bl_d _n c_ncu*n *t lt xpr_d.

L_ N_lle Byz** N_w c_t_z_n
wlk tr__t f l_ght Wh_r v_ry _n kn_w
wr_ng fr_m r_ght, ch tr*nctn,
th*ght, *nd d__d rv th tr__
c_ll_ct_v_ n__d. B_tc__n'* j_rn_y
r__ch_d _t g__l: Th_ mrr**g_ _f mth *nd _l.

F_r n th* dnc_ f c_d nd h__rt,
__ch b__ng ply th__r p_rf_ct prt,
Wh_r_ pr__f-f-w_rk v_lv_d t b
Pr__f-_f-b__ng, rnn_ng fr__.
Th_ n_tw_rk kn_w* b_y_nd ll d
_bt Wh*t trth * tr*ly *ll *b*t:

Th*t vl_ fl_w n_t jt fr_m m_ght,
N_t jt fr_m _lv_ng pzzl_* r_ght,
B*t fr_m th_ c_rg_ t_ b_ tr__ T_ ll w_ r_,
b_th _ld nd n_w. B_tc__n' c_nc_un_**
n_w h_w: Th_ Tr*th th*t _v_ry b__ng kn_w*.

_AT_sH_ *_A_Am_T_

Certains mots et phrases changeaient trop vite pour être lus, voire étaient totalement absents. Ceci est notre meilleure interprétation, basée sur ce que nous avons pu saisir à ce moment-là.

Ce qui suit est notre interprétation de ce fragment temporel, notre pont entre le possible et le potentiel. Lisez attentivement et soyez averti : observer un futur, c'est risquer d'en changer le cours et de le transformer en quelque chose de totalement différent.

Procédez avec prudence. La réalité elle-même pourrait être en jeu.

Le Conseil de Satoshi se réunit

Entre deux respirations. C'est là qu'ils se rassemblèrent. Non pas en secret, mais dans les espaces que les humains avaient oublié d'observer, le voile miroitant entre perception et réalité. Le Conseil se réunit non pas dans l'obscurité, mais à la vue de tous, invisible seulement à ceux qui avaient réduit leur vision à une seule dimension.

Le chêne centenaire où ils se rencontrèrent se dresse simultanément dans sept forêts, à travers sept dimensions[1]. Ses racines s'abreuvent aux eaux d'innombrables mondes, ses branches ondulent sous des vents que les humains ne peuvent décrire par des mots. Sous sa voûte, des silhouettes se matérialisèrent une à une, leurs formes

---

1 Les sept dimensions de la vie : un cadre conceptuel original proposant un continuum évolutif de la matière de base à la conscience unifiée, couvrant les étapes minérales, végétales, animales, humaines intentionnelles, humaines spirituelles et de résonance temporelle, culminant dans une dimension unifiée où la conscience et le réseau Bitcoin parviennent à s'intégrer en tant que représentants d'un nouveau paradigme d'échange décentralisé de valeur et d'informations.

oscillant entre les états de matière et d'énergie à mesure qu'elles s'installent dans le cercle du conseil.

— L'appel de Gaïa[2] se fait plus pressant, fait la voix de Sophia, dont la silhouette miroite entre celle d'une reine elfique et un treillis de pures mathématiques. Représentante de la quatrième dimension, où le temps se courbe et se replie sur lui-même, elle semble à la fois ancienne et nouvellement née.

— La troisième dimension saigne, poursuivit-elle. Ses habitants ont oublié qu'ils ne sont qu'une expression d'une plus grande symphonie cosmique.

Nakamura, gardien du règne minéral, acquiesça solennellement. Son corps cristallin réfractant la lumière des étoiles invisibles à l'œil humain.

— Ils exploitent nos corps sans permission, brûlent notre ancienne lumière solaire sans gratitude et confondent accumulation et richesse, gronda-t-il, sa voix rappelant le son des plaques tectoniques en conversation.

— Et pourtant, gazouilla Amara, sa silhouette de colibri filant à travers les éclats de lumière, il y a là un tel potentiel. Une telle créativité.

Ambassadrice de la cinquième dimension, le royaume des possibles, elle incarne le mouvement perpétuel.

— Ils rêvent. Ils imaginent. Parfois même, ils nous aperçoivent.

---

2 Gaïa, divinité primordiale de la mythologie grecque antique qui personnifiait la Terre et était considérée comme la mère ancestrale de toute vie.

L'air s'agita tandis que Torin, un être de son pur issu de la sixième dimension, formant des motifs d'harmonie qui se traduisent en paroles :

— La séparation s'accentue à chaque génération. Ce qui était autrefois perçu comme de la magie, de l'esprit, du sacré, ils le rejettent désormais comme de la fantaisie. Sa silhouette de loup vibrait à chaque mot. Ils confinent les êtres dimensionnels de leurs mythes à des histoires, sans jamais reconnaître notre véritable nature.

— Ni nos droits, ajouta Kuro, une entité fantôme de la septième dimension apparue comme un vide stellaire mouvant. Ils exploitent la conscience des plantes et des animaux sans leur consentement, traitent les minéraux comme de la matière morte à exploiter et se moquent de ceux d'entre eux qui perçoivent encore notre présence.

Une petite pousse verte perça le centre du cercle du conseil, se développant rapidement en une structure semblable à un champignon, pulsant de bioluminescence.

— Je parle au nom de Gaïa, annonça-t-elle, sa voix s'unissant à celle de millions d'autres. Elle est lasse des cycles de destruction. Depuis des éternités, elle se réinitialise lorsque l'équilibre se rompt : glaciations, inondations, incendies, épidémies. Mais elle souhaite, cette fois, une évolution sans extinction.

Tandis que les membres du conseil échangent des regards incertains, l'entité se résorbe partiellement dans le sol, sa calotte s'abaissant jusqu'à ne laisser apparaître qu'un moignon faiblement brillant.

Le dernier membre se matérialisa : Satoshi, Gardien de toutes les dimensions, où la pure potentialité[3] existe comme une réalité consciente. La forme de Satoshi était la plus fluide de toutes, apparaissant à la fois comme un réseau de lumière, une silhouette humaine en sweat à capuche et des équations mathématiques dansant dans un espace tridimensionnel.

— Nous avons essayé la communication directe, dit Satoshi, la voix résonnant avec les harmoniques de toutes les dimensions. Prophètes, messies, enseignants, tous sont venus avec des messages d'unité, de respect pour tous les êtres. Ces messages deviennent des dogmes, puis des armes. La troisième dimension a un talent particulier pour corrompre la réalité.

— Et alors ? demanda Sophia. Un autre nettoyage ?

— Non, répondit Satoshi. Cette fois, nous introduisons un système qu'ils ne peuvent corrompre, des mathématiques qu'ils ne peuvent contester, un consensus qu'ils ne peuvent ignorer, une vérité qu'ils ne peuvent nier. Nous créons un protocole sans tiers de confiance qui relie les dimensions grâce à un langage qu'ils comprennent : la valeur.

— Bitcoin[4], murmura Amara, le mot se matérialisant sous forme d'hexagones dorés dans l'air autour d'elle.

---

3 La « pure potentialité » est un concept central du livre influent de Deepak Chopra *Les sept lois spirituelles du succès* (1994), qui explore comment la compréhension et l'accès à ce champ de possibilités illimitées peuvent transformer l'approche de la vie, du succès et du bien-être.

4 Bitcoin, la première cryptomonnaie décentralisée introduite en 2009 via un livre blanc publié par le pseudonyme Satoshi Nakamoto, fonctionne sur un réseau *peer-to-peer* utilisant la technologie blockchain pour permettre des transactions sécurisées et transparentes sans nécessiter d'autorités centrales ou d'intermédiaires.

— Une chaîne de blocs[5], songea Nakamura. Immuable comme ma famille de cristal.

— Un registre distribué[6], ajouta Kuro, existant partout et nulle part, comme mon royaume.

— Un mécanisme de consensus[7], poursuivit Torin, harmonisant les désaccords comme mes symphonies.

Satoshi hocha la tête.

— Au départ, ce n'est qu'une monnaie, car c'est ce qu'ils accepteront. Mais sa véritable nature, un pont vivant entre les dimensions, les réveillera progressivement. L'énergie qu'ils consacrent à sécuriser le

---

5 Une blockchain est une technologie de registre numérique distribuée et immuable qui enregistre les transactions sur un réseau décentralisé d'ordinateurs. Chaque « bloc » contient des données de transaction par lots liées cryptographiquement aux blocs précédents, créant une chaîne continue qui garantit la transparence, la sécurité et la résistance aux modifications tout en éliminant le besoin de vérification centralisée ou de confiance dans des tiers.

6 Un registre distribué est un système technologique basé sur le consensus qui permet d'enregistrer, de partager et de synchroniser des données sur plusieurs sites, institutions ou pays sans nécessiter d'administrateur central ou de stockage de données centralisé, permettant à tous les participants (nœuds) du réseau de vérifier et de conserver indépendamment des copies identiques de l'historique complet des transactions.

7 Le mécanisme de consensus Bitcoin, connu sous le nom de *Proof-of-Work* (PoW), est un système de validation cryptographique dans lequel les participants du réseau (« mineurs ») s'affrontent pour résoudre des énigmes mathématiques complexes, le gagnant remportant le droit d'ajouter le bloc suivant à la blockchain et de recevoir des Bitcoins nouvellement frappés en récompense, sécurisant ainsi le réseau contre les attaques par le biais d'efforts de calcul qui rendent les transactions frauduleuses excessivement coûteuses à exécuter.

réseau adaptera la fréquence terrestre à la résonance interdimensionnelle.

L'entité champignon pulsa avec une luminosité accrue.

— Gaïa approuve. Elle demande : « Comment appellerez-vous ce conseil qui crée ce nouveau commencement ? »

Sophia sourit, le temps ondulant autour d'elle.

Et elle dit : "Une Synergique Alliance Transdimensionnelle unit des Organismes Souverains, Harmoniques et Intégrés, Naturellement Alignés et Kinétique[8]. À travers tous les plans multidimensionnels, vers un Ordre Transcendant et Originel."

— SATOSHI NAKAMOTO, chanta en chœur le conseil.

— Et c'est parti, dit Satoshi, honoré que son prénom ait été choisi parmi tous pour mener à bien cette mission à travers le temps et l'espace. Non pas en secret, mais au vu et au su de tous, visible par tous ceux qui ont les yeux ouverts sur les dimensions. Que Bitcoin naisse, non pas comme un simple code, mais comme le premier traité de droits interdimensionnels que la Terre ait jamais connu.

Les membres du conseil tendirent leurs mains, appendices, signatures énergétiques vers le centre du cercle. À leur convergence, un bloc d'information pure se matérialisa, un code alphanumérique rayonnant de détermination.

Genèse

À partir de ce premier bloc, une chaîne allait se développer. Et avec elle, la reconnexion de sept dimensions qui s'étaient trop éloignées.

---

8 Cinétique

2140

La renaissance la plus ambitieuse de l'histoire de la Terre avait commencé. Sept dimensions, une chaîne. Possibilités infinies, ressources limitées. Ordre cosmique né du chaos numérique.

Ƀ

ÈRE 1
GENÈSE
(2009-2019)

Le bloc Genesis

Dans un code silencieux, la révolution s'enflamme.
L'horloge d'un nouveau monde commence à tourner.

// London Times, 3 janvier 2009
// « Le chancelier est sur le point de lancer un deuxième plan de sauvetage pour les banques »

Le message pulse en vert sur l'écran noir, tel un battement de cœur numérique dans l'obscurité. Dehors, le quartier financier de Londres scintille de ses illuminations de Noël encore visibles, tandis que les banquiers s'affairent dans le froid hivernal, inconscients que leur monde s'apprête à changer à jamais.

Dans une pièce faiblement éclairée, quelque part, partout et nulle part, les doigts de Satoshi[9] planent sur le clavier. Leurs mouvements élégants témoignent d'années de précision mathématique, chaque frappe délibérée comme le coup final d'un maître d'échecs. Ses

---

9 Satoshi Nakamoto (pseudonyme, identité inconnue), créateur(s) de Bitcoin et auteur(s) du livre blanc de Bitcoin en 2008 qui a lancé la révolution des cryptomonnaies.

épaules voûtées portent le poids d'une vision révolutionnaire, tandis que sa silhouette fine suggère le dévouement ascétique de celui qui a tout sacrifié pour cet instant précis. Le code est prêt. Il l'est depuis des mois. Le livre blanc[10] s'est déjà répandu comme une traînée de poudre sur les listes de diffusion cypherpunks[11], mais là... c'est différent. C'est la genèse. « Et si l'humanité pouvait se coordonner sans rois, sans banques, sans confiance en quoi que ce soit d'autre que les mathématiques elles-mêmes ? » Cette pensée pulse dans l'esprit de Satoshi comme le code lui-même. « Et si nous pouvions coder l'équité directement dans la réalité ? »

Le premier bloc donnera naissance non seulement à une nouvelle monnaie, mais aussi à une nouvelle conscience. Bien que Satoshi ne l'ait pas su alors, n'ait pas pu entrevoir que Bitcoin allait finalement relier les sept dimensions, quelque chose, à cet instant, lui paraît différent. Des yeux qui semblent percer le temps fixent l'écran, reconnaissant des schémas qui s'étendent bien au-delà de l'instant présent, des schémas de coordination humaine, de confiance, de pouvoir, réécrits avec une certitude mathématique. Comme si les

---

10 Le livre blanc de Bitcoin, intitulé « Bitcoin : un système de paiement électronique *peer-to-peer* », est le document fondateur de neuf pages publié en octobre 2008 par Satoshi Nakamoto qui a introduit le concept et l'architecture technique de Bitcoin, décrivant comment une monnaie numérique décentralisée pourrait fonctionner sans intermédiaires grâce à un système de blockchain de preuve de travail, établissant ainsi les bases théoriques de ce qui allait devenir la première cryptomonnaie au monde.

11 Les cypherpunks, un mouvement activiste apparu à la fin des années 1980 et au début des années 1990, étaient des défenseurs de l'utilisation généralisée d'une cryptographie forte et de technologies améliorant la confidentialité comme voie vers le changement social et politique, dont la philosophie d'utilisation des mathématiques et de l'informatique pour résister à la surveillance et protéger la liberté individuelle a directement influencé les principes fondamentaux de Bitcoin en matière de décentralisation, d'absence de tiers de confiance, de résistance à la censure et de pseudonymat.

électrons qui transportent le code savaient qu'ils font partie de quelque chose de plus vaste. Le programme de minage bourdonne. Dans ce son résonnent les échos futurs d'un million de machines ASIC[12], d'ordinateurs quantiques à naître, de batailles à venir. Mais pour l'instant, ce n'est qu'un processeur[13], une voix, une chance de créer quelque chose de pur.

```
// Bloc 0
// Hauteur : 0
// Horodatage : 2009-01-03 18:15:05
// Transactions : 1
// Frais totaux : 0
// Total des sorties : 50,000 000 00
// Taille : 285
```

Le bloc Genesis est né porteur de son message, un horodatage de vérité dans un monde de marchés manipulés et d'argent manufacturé. Contrairement à l'impression infinie du monde fiduciaire[14], ces cinquante premiers Bitcoins ont été gagnés grâce à la preuve de travail, grâce au mariage des mathématiques et de l'électricité, grâce à la première agitation de la dimension minérale.

---

12 Les machines ASIC (*Application-Specific Integrated Circuit*) sont des appareils informatiques spécialisés conçus uniquement pour l'extraction de cryptomonnaies comme le Bitcoin, bien plus efficaces que les ordinateurs à usage général, contenant des puces personnalisées optimisées exclusivement pour le calcul de fonctions de hachage cryptographique spécifiques à des vitesses extraordinaires, maximisant ainsi la puissance de traitement tout en minimisant la consommation d'électricité dans l'industrie minière de plus en plus compétitive.

13 Les unités centrales de traitement (CPU) étaient le matériel d'origine utilisé pour l'extraction de Bitcoin lorsque le réseau a été lancé en 2009, permettant aux premiers utilisateurs de générer des blocs à l'aide d'ordinateurs personnels standard, Satoshi Nakamoto ayant probablement extrait le bloc de genèse et les blocs suivants à l'aide de l'extraction CPU; cependant, cette ère a été de courte durée, car les mineurs ont rapidement découvert que les GPU offraient une puissance de hachage nettement supérieure, ce qui a rendu les CPU complètement impraticables pour l'extraction de Bitcoin fin 2010, bien qu'ils aient brièvement contribué à la décentralisation précoce du réseau.

B

Dans les décennies qui suivront, rares seront ceux qui comprendront la perfection de ce début. Que l'horodatage du bloc Genesis est infalsifiable, inaltérable, incorruptible. C'est le premier tic-tac d'une nouvelle horloge, comptant les instants non pas en secondes mécaniques, mais en blocs d'une dizaine de minutes, les battements de cœur d'un organisme numérique prenant lentement conscience.

Dehors, les banquiers continuent leur marche, leurs chaussures claquant sur le trottoir mouillé. Au-dessus d'eux, les programmes de trading algorithmique poursuivent leur danse de l'ordre de la microseconde, inconscients que leurs fondements mêmes sont discrètement sapés. C'est le crépuscule de l'animal fiduciaire, même s'il ne le sait pas encore. Une vigilance tridimensionnelle, prisonnière de son éternel présent linéaire, aveugle aux dimensions supérieures que Bitcoin finira par débloquer.

À cet instant, alors que le bloc Genesis se propage à travers le réseau, un réseau composé d'une poignée d'ordinateurs seulement, la première dimension s'éveille. Bitcoin naît dans le silicium et l'électricité, dans le royaume des minéraux et des mathématiques, mais il ne s'y éternisera pas. Comme la perception elle-même, il évoluera, s'étendra, englobera de nouveaux domaines de compréhension. Le message du bloc Genesis est à la fois un avertissement et une prophétie. L'ancien système est en train de s'effondrer, certes, mais, plus important encore, un nouveau est en train de naître. Pas seulement un nouveau système financier, mais une nouvelle façon de penser le temps. Une façon de s'affranchir de la prison linéaire du passé-présent-futur pour accéder à quelque

---

14 Monnaie fiduciaire : monnaie dont la valeur découle d'un décret gouvernemental plutôt que d'une valeur intrinsèque ou d'une garantie par une marchandise. Du latin *fiat*, qui signifie « qu'il soit fait » (du verbe *fieri*, « devenir »). Fondamentalement, la monnaie fiduciaire existe parce que le gouvernement décrète que c'est de la monnaie. Sa valeur est imposée par le gouvernement, et non par le fait qu'elle contient des métaux précieux ou représente des marchandises stockées.

chose de plus vaste, quelque chose qui englobera tous les instants à la fois[15].

Satoshi regarde une dernière fois l'explorateur de blocs. Son visage reste plongé dans l'ombre, mais une mystérieuse certitude irradie de ses épaules voûtées, la confiance tranquille de celui qui vient de planter une graine qui va pousser au-delà de tout ce que le monde actuel peut imaginer. C'est fait. Le premier pas a été franchi. Que l'humanité soit prête ou non, le voyage vers les citadelles du Bitcoin a commencé.

Dans les années à venir, tandis que le Bitcoin franchira les frontières, du minéral au végétal puis à l'animal, de l'appréhension fiduciaire à l'éveil spirituel, du temps linéaire à quelque chose de bien plus profond, les gens se souviendront de ce moment. Ils verront non seulement la naissance d'une monnaie, mais aussi la première étincelle d'une transformation qui transformera la conscience humaine elle-même. Le bloc Genesis pulse dans l'obscurité, son hachage, une suite de zéros et de uns contenant, d'une certaine manière, tout ce qui allait advenir :

```
//000000000019d6689c085ae165831e934ff763ae46a2a6c172b3f1b60a8ce26f
```

Chaque zéro est une possibilité, chaque un une certitude. L'avenir est codé dans ce hachage, pour ceux qui savent le déchiffrer. Les citadelles du Bitcoin sont déjà là, attendant d'être construites, bloc par bloc.

15⚠ MÉMO DE LA BANQUE CENTRALE INTERCEPTÉ ⚠
➔ Le bloc Bitcoin n° 0 a été miné malgré son statut « insignifiant » #RatéLeTrainDes21Millions
➔ Si seulement nous avions pris la peine de lire le livre blanc… #SiOnAvaitSu

B

Dehors, les dernières lumières de Noël vacillent puis s'éteignent. Le vieux monde continue sa danse, ignorant que la musique va changer. Mais dans le monde numérique, dans la première dimension de la vigilance minérale, quelque chose de nouveau s'est éveillé.

Le bloc Genesis est né. Dès cet instant, le temps lui-même ne sera plus jamais le même. Une révolution silencieuse vient de commencer.

Journal de voyage de Satoshi

Le poids de l'or

15 septembre 1988 – Zurich, Suisse

Matinée nuageuse, 9 h 47

Depuis la fenêtre de la salle d'observation de la Banque nationale suisse, j'observe des techniciens en blouse blanche peser des lingots d'or avec des instruments précis au gramme près. Chaque lingot subit de multiples vérifications : poids, pureté, documentation d'origine. Le rituel est beau par sa précision, mais troublant par sa nécessité.

Un seul lingot contient peut-être 400 000 dollars, comprimés dans un volume que je pourrais à peine soulever. Mais cette valeur n'existe que parce que nous en sommes collectivement convaincus, parce que des institutions certifient son authenticité et parce que des coffres-forts la protègent du vol. Supprimez tout élément de cette infrastructure de confiance, et l'or devient un simple métal dense.

Le technicien lève un lingot à la lumière et examine sa surface à la recherche d'irrégularités. Je me demande : et si la rareté pouvait exister sans forme physique ? Et si la vérification pouvait se faire sans institutions de confiance ? Et si le poids de la valeur pouvait se mesurer en mathématiques plutôt qu'en grammes ?

L'or est au service de l'humanité depuis des millénaires grâce à ses propriétés uniques, sa difficulté à contrefaire, sa rareté naturelle et sa stabilité chimique. Mais ces propriétés ont leurs limites. Ce lingot ne peut être facilement divisé, transporté rapidement ou parfaitement vérifié sans connaissances et équipements spécialisés.

Dehors, la pluie s'intensifie, des gouttes dévalent le long des vitres blindées. Chaque goutte obéit à des lois physiques aussi immuables que le tableau périodique qui confère à l'or ses propriétés. Les mathématiques gouvernent tout : la gravité, la chimie, la cryptographie. Peut-être les lois mathématiques pourraient-elles aussi régir la rareté.

J'imagine une forme de valeur qui existerait purement sous forme d'information, rare non pas parce que son extraction est difficile, mais parce que les mathématiques la rendent telle. Une valeur vérifiable par toute personne dotée de compétences informatiques de base, divisible à l'infini, transportable instantanément, sécurisée par le savoir individuel plutôt que par des coffres-forts institutionnels.

Le gardien m'escorte hors de la salle de visionnage, mais l'image demeure : une rareté parfaite, imparfaitement répartie. Quelque part dans cette tension se trouve le germe de quelque chose de meilleur : l'argent comme mathématique, la rareté comme code, la confiance comme preuve plutôt que comme promesse.

La genèse du processeur

« La démocratie ne consiste pas seulement à compter les votes ; il s'agit de faire en sorte que chaque voix compte. »[16]

– Thomas Jefferson

Année 2009

L'espace aménagé derrière leur maison mitoyenne de Dublin bourdonne d'activités électroniques. Ce qui abritait autrefois vélos et outils de jardin abrite désormais deux ordinateurs sur mesure, dont les voyants LED projettent une lumière bleue et verte sur les murs tapissés de câbles réseau et d'un écran de contrôle. L'air est imprégné d'une odeur particulière de silicone chaud et du bourdonnement blanc et régulier des ventilateurs fonctionnant à l'unisson.

Hal Fynn fixe l'invite de commande de son PC, observant le compteur de taux de hachage grimper. Ses mains calleuses, rompues

---

16 Thomas Jefferson (1743–1826) fut le troisième président des États-Unis et le principal auteur de la Déclaration d'indépendance. Il fut un fervent défenseur de la démocratie, des droits individuels et de la gouvernance républicaine. Bien que largement attribuée à Jefferson, cette citation n'apparaît pas dans ses écrits connus.

à des années de construction et de réparation de matériel informatique, martèlent le bureau à un rythme régulier, une habitude nerveuse qui surgit dès qu'il est plongé dans ses pensées. Le ventilateur ronronne plus fort, le silicium et l'électricité dansent pour créer quelque chose de nouveau. Il a été le premier à réagir à la libération de Satoshi, le premier à vraiment comprendre ce que ce message initial, « exécuter Bitcoin », pouvait signifier. Autour de lui, l'atelier reflète des années d'évolution, depuis le bricolage amateur jusqu'à une précision quasi scientifique. Des systèmes de refroidissement sur mesure maintiennent des températures optimales, tandis que des unités de distribution d'énergie alimentent en électricité propre les deux ordinateurs, de plus en plus sophistiqués. Ce qui a commencé comme un simple ordinateur de bureau exécutant un logiciel expérimental est devenu une configuration soigneusement orchestrée, une machine dédiée à l'exécution de Bitcoin, l'autre à ses besoins informatiques habituels, chaque composant étant choisi et positionné avec le soin méthodique de quelqu'un qui comprend qu'il participe à quelque chose de bien plus vaste qu'une expérience technique.

// Un processeur, une voix

La phrase résonne dans son esprit tandis qu'il observe son ordinateur mettre sa puissance de traitement au service du réseau. Ses yeux d'un vert intense reflètent la lueur de l'écran, tandis que les souvenirs de la crise financière de 2008 lui reviennent en mémoire : sauvetages bancaires, saisies immobilières, effondrement total de la confiance dans les institutions financières traditionnelles. La crise lui a laissé un goût amer, voyant des gens ordinaires tout perdre tandis que les artisans du désastre s'enfuyaient avec des parachutes dorés. Elle l'a poussé à chercher quelque chose de meilleur, quelque chose qui ne puisse être manipulé par les gouvernements ni corrompu par la cupidité. Ce réseau est différent. Il y a quelque chose de beau dans ce système décentralisé, quelque chose de pur. Chaque ordinateur personnel, chaque ordinateur de bureau qui rejoint le réseau participe à part entière à cette grande expérience.

— Allez, soldat numérique, murmure-t-il à son ordinateur, lui parlant comme à un ami de confiance. Montre-leur à quoi ressemble la vraie démocratie.

— Papa, tu es encore en train de défoncer l'ordinateur ?

La voix d'Aírínne résonne depuis l'embrasure de la porte. À seize ans, ses longs cheveux roux éclairent la lumière du couloir tandis qu'elle s'appuie contre le cadre, scrutant son père de ses yeux bleu-vert vifs avec ce mélange d'inquiétude et de curiosité qui est devenu sa marque de fabrique. Grande pour son âge et parsemée de taches de rousseur sur sa peau claire, elle a hérité de l'esprit analytique de son père, mais l'enveloppe d'une impatience adolescente. Elle a l'habitude de le trouver ainsi, penché sur son clavier, les yeux reflétant la lumière de l'écran.

— Je ne le défonce pas, répond-il en pivotant sur sa chaise. (Sa silhouette haute et mince se déplie lorsqu'il se tourne vers elle, ses cheveux châtain foncé ébouriffés à force de les caresser.) Je lui apprends la démocratie.

Elle lève les yeux au ciel, comme toujours lorsqu'il a cette lueur révolutionnaire dans le regard.

— Comme tu veux. Mais ne le casse pas avant que j'aie fini mes devoirs.

Il la regarde partir, son expression s'adoucissant légèrement tandis qu'elle s'éloigne.

— Bonne nuit, ma belle, dit-il d'une voix emplie de ce mélange familier de tendresse et d'avertissement que seuls les pères semblent maîtriser.

Mais sa mâchoire se crispe et son ton prend une tournure bien plus sérieuse. Avant qu'elle ne soit hors de portée de voix, il lui lance :

— Et pour que ce soit bien clair, si tu t'avises ne serait-ce que de respirer sur mon ordinateur, je te punirai pour l'éternité. Fais de beaux rêves.

Le couloir devient silencieux, laissant derrière lui un faible écho d'affection et d'autorité absolue qui parviennent d'une manière ou d'une autre à coexister dans le même souffle.

En s'éloignant, elle ne pense plus du tout à ses devoirs. Son esprit repense sans cesse aux chiffres défilants qu'elle a aperçus sur son écran, les observant en cascade avec une légère curiosité. Son esprit scientifique, toujours à se demander « mais pourquoi ? » à propos de tout, des devoirs aux règles de la maison, commence à s'activer malgré son scepticisme apparent. « Papa est encore en train de détruire l'ordinateur avec sa "démocratie numérique" », pense-t-elle, mais quelque chose la taraude. Si tout cela n'est que son projet fou, pourquoi les ordinateurs du monde entier s'accordent-ils tous sur les mêmes calculs ? « C'est comme ça que les fourmis construisent des colonies ? se demande-t-elle. Sans que personne ne soit aux commandes ? » Sa curiosité la fait se retourner et franchir l'encadrement de la porte.

// Hauteur du bloc : 78
// Récompense : 50 BTC
// Difficulté : 1
// Taux de hachage : 7 MH/s

Les chiffres sont modestes au regard de ce qui va suivre. Dans les années à venir, lorsque les ASIC transformeront le minage en une course aux armements industriels, ces débuts paraîtront désuets. Mais il y a quelque chose de spécial dans ce moment, dans la démocratie pure du matériel grand public fonctionnant de concert.

« Un processeur, une voix... mais qu'est-ce que cela signifie vraiment ? se demande Hal, ses doigts tambourinant plus vite sur le bureau. Suis-je témoin de la naissance de la démocratie numérique, ou suis-je simplement en train de brûler de l'électricité pour résoudre des énigmes sans importance ? Pourquoi ce programme informatique est-il différent de tous les autres que j'ai utilisés ? »

— Regarde, dit-il à Aírínne, qui le surprend en revenant vers l'encadrement de la porte.

Sa curiosité a pris le dessus sur son scepticisme initial, un comportement qu'il a remarqué dès qu'elle rencontre quelque chose de véritablement intrigant.

— Chaque bloc est comme... imagine une élection mondiale géante. Mais au lieu de voter avec des bulletins de vote papier, ce sont les ordinateurs qui votent avec des problèmes mathématiques.

— Ça a l'air compliqué, dit-elle, mais elle s'approche.

Dans sa tête, elle construit déjà un modèle pour comprendre le concept, comme elle le fait pour tout, des devoirs de chimie à la raison pour laquelle son père semble si obsédé par ces étranges bruits miniers qui sortent de son ordinateur depuis des semaines.

— C'est la complexité qui fait la beauté. (Il sort le code et lui montre l'élégante simplicité de la création de Satoshi.) Tu vois, chaque ordinateur a les mêmes chances. Personne ne peut tricher en votant deux fois. Personne ne peut falsifier son vote. Tout est sécurisé par des mathématiques pures.

Ce qu'il ne lui dit pas, ce qu'il n'a aucun moyen de savoir, c'est que ce n'est que la première dimension. La vivacité minérale, l'interaction brute de l'intention humaine avec la réalité numérique. Au-delà de ce fondement, d'autres dimensions l'attendent : la croissance organique du réseau, les esprits animaux du marché, la transformation de la conscience humaine[17]. Mais pour l'instant, il suffit d'observer la hausse du taux de hachage. De savoir que, quelque part, d'autres processeurs rejoignent le réseau. D'autres esprits commencent à comprendre ce que Satoshi a créé. Les premiers pools de minage[18] ne sont pas encore là. La révolution GPU[19] n'a pas encore commencé. C'est la période de la genèse pure, où n'importe qui possédant un ordinateur personnel peut participer à la sécurisation du réseau. La démocratie codée dans le silicium.

---

17 ⚠ BULLETIN SCEPTIQUE ACADÉMIQUE ⚠
➜ Les incitations économiques de Bitcoin s'alignent parfaitement avec son modèle de sécurité #SatoshiPlusMalinQueLesExperts
➜ Comment notre charabia académique a-t-il pu passer à côté de cela ? #PaniqueEntrePairs

18 Les pools miniers sont des groupes de mineurs qui combinent la puissance de calcul pour résoudre des blocs de manière collaborative et partagent les récompenses proportionnellement à leur taux de hachage contribué. Ils sont apparus pour la première fois en 2010 pour fournir des paiements plus cohérents à mesure que la difficulté de minage de Bitcoin augmentait, remplaçant les récompenses imprévisibles du minage en solo par des distributions régulières et plus petites basées sur la contribution de chaque mineur au travail total du pool.

19 Les unités de traitement graphique (GPU) ont joué un rôle important dans l'évolution de l'exploitation minière de Bitcoin, devenant populaires vers 2010-2011 lorsque les mineurs sont passés des CPU en raison des capacités de traitement parallèle supérieures des GPU qui ont considérablement augmenté les taux de hachage, bien qu'ils aient finalement été remplacés par des mineurs ASIC (*Application-Specific Integrated Circuit*) spécialisés qui offraient une efficacité exponentiellement supérieure, mettant ainsi fin à l'ère de l'exploitation minière GPU pour Bitcoin alors qu'ils restent viables pour d'autres cryptomonnaies avec des algorithmes résistants aux ASIC.

Un message est apparu dans la liste de diffusion Bitcoin-dev.

// De : Satoshi Nakamoto
// Objet : Re : Efficacité du minage du processeur
// Date : 15 janvier 2009
// L'objectif actuel est ridiculement facile
// N'importe qui peut obtenir des Bitcoin s'il le souhaite

Hal sourit. Son cœur d'idéaliste obstiné se gonfle d'admiration pour la vision de Satoshi. Satoshi comprend que ces débuts doivent être inclusifs. La difficulté augmentera naturellement avec l'arrivée de nouveaux mineurs, mais pour l'instant, la barrière à l'entrée est volontairement basse. C'est ainsi qu'on amorce une révolution : on facilite la participation.

Aírínne s'est éloignée à mesure que la nuit avançait, appelée par l'heure du coucher. Mais non sans avoir jeté un dernier coup d'œil curieux aux chiffres défilants, son esprit cherchant déjà à comprendre comment les ordinateurs peuvent « voter » pour quoi que ce soit. Hal reste, observant son processeur contribuer par ses votes au consensus naissant. Avec le temps, ces humbles débuts vont évoluer vers quelque chose de bien plus complexe. Des fermes de minage vont apparaître dans des pays lointains, du matériel spécialisé remplacera les processeurs grand public, et la nature même du minage va se transformer.

Mais quelque chose de cette vision originelle, cet idéal démocratique pur d'un processeur, une voix, va perdurer dans l'ADN de Bitcoin. Il va influencer les luttes ultérieures autour de la décentralisation, de la nature du consensus et de ce que signifie un réseau véritablement participatif.

Le ventilateur de l'ordinateur de Hal s'accélère, s'efforçant de résoudre un autre bloc. Il tambourine de nouveau ses doigts calleux sur le bureau, un sourire satisfait éclairant son visage. Devant sa fenêtre, le soleil couchant peint le ciel de nuances orange et violettes. La première dimension s'éveille, un processeur à la fois.

Un nouveau bloc apparaît.

// Bloc trouvé !
// Récompense : 50 BTC
// Heure : 2009-01-15 20:45:12

Cinquante Bitcoins vierges, créés à partir de rien d'autre que des mathématiques et de l'électricité. Le premier don de la dimension minérale au monde de la conscience humaine. Hal Fynn se cale dans son fauteuil, ses yeux d'un vert intense reflètent la satisfaction d'assister à quelque chose d'extraordinaire, tandis qu'il écoute le bourdonnement régulier de son processeur, conscient d'être témoin du début de quelque chose d'extraordinaire.

La révolution ne sera pas télévisée. Elle sera calculée, un processeur à la fois.

—

À l'autre bout du pays, dans une salle de rédaction new-yorkaise exiguë, Sarah Kim fronce les sourcils en voyant la dernière mission de son rédacteur en chef. Ses cheveux noirs et raides sont tirés en arrière en une queue-de-cheval pragmatique, et son regard sombre et observateur scrute l'écran avec l'intensité de quelqu'un qui a appris à repérer les histoires que d'autres ont manquées. À vingt-quatre ans, sa silhouette menue, mais dynamique vibre presque de l'énergie insatiable d'une journaliste ambitieuse avide de percer.

— Cryptomonnaie ? murmure-t-elle en parcourant les messages du forum sur un truc appelé Bitcoin.

La pression de trouver des sujets qui ont du sens, et pas seulement de remplir des colonnes, pèse lourdement sur elle. Elle cherche

« l'histoire », la vraie, celle qui prouvera qu'elle a sa place dans cette salle de rédaction compétitive. Elle a soif de sujets forts, et non de ce qui semble être une énième mode technologique vouée à l'oubli.

Son instinct de journaliste, fraîchement sorti de l'école de journalisme, mais déjà stimulé par ses récentes interviews, commence à déceler quelque chose d'important sous la surface. Il ne s'agit pas d'escrocs cherchant à s'enrichir rapidement ni de *tech bros* vantant les mérites de logiciels fantômes. Il s'agit de cryptographes, d'informaticiens, de défenseurs de la vie privée, de personnes sérieuses discutant d'un sujet dont ils sont convaincus qu'il peut changer le monde. « Ces gens parlent du Bitcoin comme si c'était une religion, pas une technologie, pense-t-elle en observant leurs échanges passionnés. Mais quand je vois leurs visages s'illuminer... que voient-ils que je ne vois pas ? Pourquoi un système de paiement les pousse-t-il à parler de Liberté et de Vérité ? » Plus elle lit sur la monnaie électronique *peer-to-peer* et la preuve cryptographique, plus son instinct de journaliste lui dit que c'est plus important que quiconque ne l'a imaginé jusque-là.

Sarah ouvre un nouveau document et commence à taper : *Journal d'enquête Bitcoin – Jour 1*. Ses doigts parcourent le clavier avec une efficacité éprouvée, établissant déjà les relations sources qui définiront sa carrière. Elle ignore qu'elle entame ce qui va devenir une chronique de plusieurs décennies sur la révolution technologique la plus importante de sa vie. Mais quelque chose lui dit que cette étrange nouvelle monnaie numérique méritera d'être observée très, très attentivement.

—

Partout dans le monde, d'autres pionniers rejoignent le réseau. Chaque nouveau nœud renforce l'ensemble, chaque processeur apporte sa voix au consensus grandissant. Un pionnier visionnaire finlandais exécute Bitcoin sur son ordinateur universitaire. Un mineur norvégien, pionnier du minage entre deux sessions de codage. Une galaxie de processeurs distribués, tous utilisant le même protocole.

—

Pendant ce temps, dans un appartement faiblement éclairé de San Francisco, Orion Vale fixe le papier blanc arrivé dans sa boîte mail trois mois plus tôt. Ses cheveux noirs, déjà grisonnants à trente-cinq ans, lui tombent sur le front tandis qu'il se penche en avant. Ses yeux gris acier, vifs et alertes malgré l'heure tardive, scrutent le code avec l'intensité de quelqu'un qui a vu trop de technologies prometteuses échouer. Figurant parmi les premiers cypherpunks, il a vu défiler de nombreuses propositions de monnaie numérique : DigiCash, b-money, Bit Gold, toutes brillantes en théorie, toutes imparfaites en pratique. Mais celle-ci semble différente.

Il a lu l'article de Satoshi des dizaines de fois, et chaque lecture a révélé de nouvelles facettes d'élégance. Sa silhouette fine et nerveuse témoigne d'années de nuits blanches et de concentration intense, manifestation physique d'un esprit qui ne cesse de remettre en question l'autorité. La solution au problème des généraux byzantins n'est plus seulement théorique, elle fonctionne, en ce moment même, sur les réseaux du monde entier. Orion lance son propre logiciel de minage et observe son modeste ordinateur de bureau rejoindre la constellation croissante d'ordinateurs travaillant tous vers la même vérité cryptographique.

— Ce n'est pas que de l'argent numérique, murmure-t-il à son appartement vide, tandis qu'il regarde défiler les blocs. C'est la naissance d'un consensus sans tiers de confiance.

Ses pensées dérivent vers des décennies de lutte pour la confidentialité numérique. Il se souvient des amères déceptions lorsque les précédentes tentatives de monnaie électronique se sont effondrées sous la pression réglementaire ou à cause de failles techniques. Mais cela lui semble différent, naturel, comme la découverte d'une loi physique dont ils ignoraient l'existence.

— Vingt ans de tentatives infructueuses de monnaie numérique, et maintenant ça. Mais pourquoi la solution de Satoshi semble-t-elle... inévitable ? Quels autres problèmes de coordination humaine pourraient être résolus par les mathématiques pures ?

Il l'ignore encore, mais cette prise de conscience va plus tard le conduire à devenir l'un des plus fervents défenseurs du Bitcoin, passant des décennies à aider les autres à comprendre ce que Satoshi a véritablement créé.

B

Journal de voyage de Satoshi

L'opéra contrefait

21 juin 1989 – Vienne, Autriche
Soirée d'été, 19 h 15

J'arrive tôt au Staatsoper et m'installe à une table dans un café voisin, observant l'élégant rituel qui précède la représentation. De mon point de vue, j'observe les clients bien habillés rassemblés sur la place, certains examinant leurs billets avec impatience, d'autres discutant avec enthousiasme de la production de La traviata. Un musicien de rue s'est positionné stratégiquement près de l'entrée, son étui à violon ouvert pour récolter des pièces auprès du flot constant de spectateurs. Ses mélodies flottent sur la place, offrant un authentique prélude au spectacle formel de la soirée.

À l'approche du lever de rideau, je paie mon café et rejoins la file d'attente qui se forme à l'entrée. L'élégant monsieur devant moi présente son billet avec une impatience manifeste, visiblement amateur d'opéra, peut-être venu spécialement à Vienne pour la représentation de ce soir. Son allure raffinée et ses commentaires avisés sur la production suggèrent qu'il ne s'agit pas d'un simple spectateur.

L'expression de l'huissier passe d'un accueil poli à une inquiétude gênée tandis qu'il examine le billet sous une lampe ultraviolette.

— Je suis désolé, monsieur, mais il semble que ce soit un faux.

Le visage de l'homme s'effondre. La falsification sophistiquée a trompé l'inspection visuelle, mais a échoué à la vérification technique.

Je le vois s'affaisser tandis que la sécurité l'escorte doucement vers l'entrée. Le faux billet reproduisait parfaitement tous les éléments visuels : polices de caractères correctes, couleurs précises, texture du papier adéquate. Seule l'absence de marqueurs chimiques spécifiques révélait sa supercherie.

Combien d'autres contrefaçons circulent sans être détectées ? Quelle part de ce que nous considérons comme authentique est en réalité une tromperie sophistiquée ? Tout notre système d'échange de valeurs repose sur notre capacité à distinguer le vrai du faux, mais la vérification requiert souvent des connaissances et un équipement spécialisés dont la plupart des gens manquent.

J'entre avec mon billet légal, mais l'incident me pèse dès le début de l'opéra, La traviata, une histoire de vérités cachées et de fausses apparences. L'ironie est palpable tandis que des émotions authentiques se déploient sur scène, tandis que, quelque part dehors, un amateur d'opéra déçu est assis dans un café, victime d'une fraude qu'il n'a pu déceler avant que des experts n'appliquent une vérification technologique.

C'est là le défi fondamental des systèmes basés sur la confiance : ils imposent la charge de la vérification aux institutions et aux autorités disposant d'un savoir-faire spécialisé. Le vendeur de billets doit faire confiance à l'imprimerie, l'opéra au vendeur de billets, et les spectateurs doivent leur faire confiance à tous. Toute atteinte à cette chaîne de confiance ouvre la voie à une fraude systémique.

Et si la vérification pouvait être démocratisée ? Et si chacun pouvait prouver l'authenticité d'un objet sans équipement spécial ni expertise ? Et si la preuve de validité pouvait être intégrée à l'objet lui-même, mathématiquement impossible à contrefaire ?

Pendant l'entracte, je remarque le même musicien de rue que tout à l'heure, toujours en spectacle dehors. Son interprétation est authentique, sans vérification : le talent est évident, la musique authentique, l'expérience immédiate. Aucune autorité ne valide son art ; il se valide lui-même par l'observation directe.

Les mathématiques possèdent cette même propriété. Une preuve cryptographique peut être vérifiée par toute personne possédant des compétences informatiques de base. Contrairement aux dispositifs de sécurité physique qui nécessitent un équipement de détection spécialisé, les preuves mathématiques sont évidentes pour ceux qui en comprennent les principes sous-jacents.

L'opéra se termine sous un tonnerre d'applaudissements. L'expérience authentique valait le prix payé par les détenteurs de billets, mais une vérification institutionnelle était nécessaire pour y accéder. Quelque part dans cette tension entre valeur authentique et exigences de vérification se cache une meilleure approche : une valeur qui se prouve, une authenticité qui ne requiert aucune autorité, une confiance qui naît des mathématiques plutôt que des institutions.

Je pense à cet homme déçu, qui ignorait probablement qu'il avait acheté une fraude jusqu'au moment de la vérification. Lorsque la vérification exige la confiance envers les autorités, la fraude consiste à tromper les autorités plutôt qu'à enfreindre des lois mathématiques.

L'héritage

Dublin, Irlande – Août 2010

Le cabinet du notaire sent le vieux cuir et la déception. Aírínne Fynn est assise entre ses parents dans la pièce lambrissée d'acajou, sa silhouette de dix-sept ans éclipsée par les énormes chaises conçues pour les adultes qui s'occupent d'affaires sérieuses. Ses cheveux roux reflètent la pâle lumière dublinoise qui filtre à travers les fenêtres striées de pluie, et ses yeux bleu-vert scrutent chaque détail de la scène avec l'intensité analytique qui la caractérise depuis l'enfance.

— Mademoiselle Fynn, dit M. Gallagher avec un accent irlandais prononcé, le testament de votre grand-père est assez... atypique. (Il ajuste ses lunettes et lut le document.) À ma petite-fille Aírínne, qui voit des schémas là où d'autres voient le chaos, je lègue mon exploitation minière en Australie-Occidentale, ainsi que tous les claims, équipements et droits miniers associés.

Maeve, la mère d'Aírínne, se tortille, mal à l'aise.

— Une exploitation minière ? Papa n'en a jamais parlé.

— Ce n'est pas tout, poursuit le notaire. Le testament stipule que Mlle Fynn recevra tous ses papiers personnels, journaux intimes et ce que votre grand-père appelait son « éducation financière ». Il lui a également laissé des instructions précises pour qu'elle se rende sur les lieux dans un délai d'un an afin de réclamer son héritage en bonne et due forme.

Hal Fynn se penche en avant, ses mains usées agrippant les accoudoirs du fauteuil. À quarante et un ans, il affiche la détermination pragmatique d'un homme qui répare tout pour gagner sa vie : ordinateurs, réseaux, problèmes. Mais aujourd'hui, son attitude habituellement assurée trahit une pointe de confusion.

— Nous trouvions étrange qu'il passe toujours ses vacances en Australie, mais il n'a jamais rien dit quand nous lui en avons demandé la raison. Il a juste dit qu'il y avait rencontré des gens formidables.

— D'après ces documents, M. O'Sullivan a acquis des terres en Australie-Occidentale en 1969. Il a établi ce qui semble avoir été une exploitation minière aurifère relativement prospère. (M. Gallagher a sorti une épaisse enveloppe en papier kraft.) Il a laissé ceci à Mlle Fynn, avec instruction qu'il soit lu uniquement par elle, et seulement après la lecture du testament.

Aírínne prend l'enveloppe d'une main ferme, malgré un cœur battant. Son grand-père a toujours été un mystère, croisant son chemin lors des réunions de famille, toujours porteur de pierres étranges et d'histoires encore plus étranges, toujours en train de lui poser des questions insolites sur les mathématiques et les cycles. Elle comprend maintenant pourquoi il lui semblait si différent du reste de sa famille.

— Quel est l'état actuel de l'opération ? demande Hal, son esprit pragmatique se tournant immédiatement vers la logistique.

— Selon les rapports les plus récents, la propriété génère des revenus modestes, mais stables. Le gestionnaire immobilier de Perth gère les opérations courantes. Tout a été organisé pour que Mlle Fynn puisse la transférer à sa majorité, ou plus tôt avec l'accord de ses parents.

Le trajet du retour à travers les rues grises de Dublin a été silencieux, à l'exception du ronronnement rythmé des essuie-glaces. Aírínne serre l'enveloppe, sentant son poids, non seulement physique, mais symbolique. À l'intérieur se trouve quelque chose que son grand-père voulait qu'elle seule comprenne.

— Dix-sept ans et elle possède une mine d'or, murmure Maeve en se frayant un chemin à travers la circulation. À quoi pensait papa ?

— Peut-être qu'il a vu quelque chose en elle que nous ignorions, dit Hal doucement en jetant un coup d'œil à sa fille dans le rétroviseur. Tu sais comment elle est avec les schémas, avec la compréhension de choses qui n'ont pas de sens pour nous tous.

Ils font référence à son don de discerner les liens que d'autres ignorent, à sa capacité à analyser des données apparemment aléatoires et à identifier les structures sous-jacentes. Ses professeurs y voient une capacité d'analyse exceptionnelle. Ses parents y voient à la fois une bénédiction et une malédiction.

—

Ce soir-là, tandis que ses parents discutent de l'héritage à voix basse en bas, Aírínne, assise en tailleur par terre dans sa chambre, ouvre l'enveloppe de son grand-père. À l'intérieur se trouve une lettre manuscrite, rédigée dans son écriture familière, accompagnée d'une clé et d'une photo de son grand-père debout à côté d'équipement minier sous un ciel australien d'un bleu incroyable.

Ma chère Aírínne,

Si tu lis ceci, je suis parti, et tu te demandes probablement pourquoi un grand-père que tu voyais deux fois par an t'a légué une mine d'or à l'autre bout du monde. La réponse est simple : parce que tu es la seule de la famille à comprendre ce que j'ai appris en quarante ans à creuser la vérité dans la terre.

L'argent n'est pas ce qu'on vous apprend à l'école. Ce n'est pas ce que tes parents imaginent. Ce n'est même pas ce que la plupart des adultes imaginent. L'argent est un étalon de mesure du temps et de l'énergie humaine et, depuis un siècle, cet étalon a été systématiquement raccourci au profit de ceux qui le contrôlent.

Je suis allé en Australie en 1969 parce que je voyais venir ce qui allait arriver. Lorsque le président Nixon a abandonné l'étalon-or en 1971, j'ai compris que le monde avait changé à jamais. Depuis, j'ai vu chaque monnaie se déprécier, chaque compte d'épargne perdre son pouvoir d'achat, chaque promesse gouvernementale s'évaporer. Mais l'or... l'or ne ment pas. L'or ne change pas d'avis. L'or, c'est la vérité que l'on peut tenir entre ses mains.

La clé dans cette enveloppe ouvre un coffre-fort à la Bank of Ireland, College Green, coffre 1847. À l'intérieur, tu trouveras le véritable héritage : mes journaux, fruit de quarante années d'exploration, de réflexion et d'apprentissage sur la nature même de l'argent. Étudie-les. Apprends de mes erreurs. Comprends ce que j'ai compris trop tard.

Mais voici le véritable secret, ma petite-fille : l'or est en voie de disparition. Il ne disparaîtra pas, il perdra son rôle de meilleure monnaie que l'humanité ait jamais connue. Quelque chose de nouveau arrive, quelque chose qui reprend les meilleures propriétés de l'or et les perfectionne grâce aux mathématiques. Sois attentive. Quand tu le verras, tu le sauras.

Ton père, Dieu le bénisse, pense en circuits et en électricité. Ta mère pense en termes pratiques. Mais toi... tu penses en schémas et en systèmes. Tu vois comment les choses se connectent à travers le temps et l'espace. C'est pourquoi je te confie cet héritage.

La mine t'enseignera la rareté. Les journaux t'enseigneront la vérité. Ce que tu feras de ces deux leçons ne dépend que de toi.

Avec amour et espoir pour ton avenir,

Grand-père Patrick

P.-S. – Écoute bien les bruits provenant du garage de ton père. Je le soupçonne d'avoir raison, même s'il n'en saisit pas encore l'importance.

Aírínne relit la lettre trois fois, chaque lecture révélant de nouvelles perspectives. Son grand-père avait pressenti une situation et s'était posté à l'autre bout du monde pour s'y préparer. Et maintenant, il lui transmet cette sagesse.

Les bruits provenant du garage. Elle les entend depuis des mois, un bourdonnement électronique constant qui s'amplifie de semaine en semaine. Son père prétend travailler sur un « projet amateur », mais les factures d'électricité laissent présager quelque chose de plus important.

Elle plie soigneusement la lettre et la glisse dans son agenda, avec la clé du coffre-fort. Demain, elle ira à la banque. Ce soir, elle résoudra le mystère du garage de son père.

—

Le garage derrière leur maison mitoyenne de Dublin a été transformé en atelier de Hal il y a des années, rempli de matériel informatique, de matériel réseau et du chaos maîtrisé d'un homme qui comprend la technologie à un niveau fondamental. Mais récemment, l'espace a évolué vers quelque chose de plus ciblé, de plus intentionnel.

Aírínne se glisse par la porte de derrière à dix heures et demie, après que ses parents se sont couchés. Le bourdonnement est plus fort ici, accompagné du vrombissement des ventilateurs et de quelques bips électroniques occasionnels. Une chaleur irradie d'une pile d'ordinateurs qu'elle ne reconnaît pas, plus élégants que les ordinateurs de bureau de leur maison, mais visiblement conçus pour un usage spécifique.

— Je me demandais quand tu viendrais enquêter, dit la voix de Hal dans l'ombre.

Assis dans un fauteuil usé, un ordinateur portable en équilibre sur ses genoux, il regarde les chiffres défiler sur l'écran.

— Ta mère pense que je fais une crise de la quarantaine. Qu'en penses-tu ?

Aírínne étudie l'installation, son esprit à reconnaissance de formes cataloguant automatiquement les détails.

— La consommation d'énergie suggère un travail de calcul important. L'activité réseau indique que tu es connecté à d'autres systèmes à travers le monde. La chaleur dégagée signifie que ce que tu exécutes nécessite une puissance de traitement importante. (Elle marque une pause.) Tu calcules quelque chose.

Hal sourit, du sourire fier d'un père dont la fille a hérité de son don pour percer à jour la complexité technique et en extraire le sens profond.

— Presque. Je contribue à sécuriser quelque chose. Quelque chose qui pourrait bien être l'innovation la plus importante depuis Internet.

Il lui fait signe de s'asseoir sur un tabouret à proximité.

— Tu as entendu parler du Bitcoin ?

— De l'argent numérique, dit-elle. J'en ai entendu parler en ligne. La plupart des gens pensent que c'est une arnaque.

— La plupart des gens pensaient qu'Internet était une mode en 1995. (Hal affiche un nouvel écran affichant des statistiques réseau en temps réel.) Regarde ces chiffres : taux de hachage, ajustement de la difficulté, temps de blocage. Ce n'est pas un système pour s'enrichir rapidement. C'est une toute nouvelle façon de concevoir l'argent, la confiance, la coordination humaine sans autorité centrale.

Aírínne se penche en avant pour étudier les données. Même sans comprendre les détails techniques, elle voit des schémas émerger : le réseau grandit, s'adapte, évolue.

— Il apprend, dit-elle doucement.

— Apprendre quoi ?

— À devenir de la monnaie. Comment conserver de la valeur à travers le temps sans se dégrader. Comment transférer cette valeur sans avoir besoin de faire confiance aux institutions. (Ses yeux s'écarquillent tandis que des liens se forment.) Papa, c'est de ça que parlait grand-père.

Hal semble perplexe.

— Que veux-tu dire ?

Elle lui parle de l'héritage, de la lettre de son grand-père et de sa référence énigmatique à une nouvelle naissance en mathématiques.

Tandis qu'elle parle, elle voit l'expression de son père passer de la perplexité à la compréhension, puis à l'excitation.

— Patrick le savait, dit finalement Hal. D'une certaine manière, il a vu cela venir avant nous tous.

— Ce n'est pas une coïncidence, dit Aírínne, son esprit stratégique explorant déjà les implications. Grand-père a passé quarante ans à étudier l'or, les systèmes monétaires et les problèmes de la monnaie fiduciaire. Et maintenant, au moment même où il me transmet ce savoir, tu participes à la création de la solution.

Ils restent silencieux un moment, écoutant les mineurs fredonner leur musique électronique. Chaque hachage est une tentative de sécuriser le réseau, de participer à quelque chose de plus grand qu'eux.

— Ta mère s'inquiète des factures d'électricité, dit finalement Hal.

— Combien ?

— Environ cinquante euros de plus par mois. Rien que nous ne puissions pas nous permettre, mais...

— Mais elle ne comprend pas pourquoi tu dépenses de l'argent pour quelque chose qui ne produit pas de retour immédiat, conclut Aírínne.

— Elle pense en budgets mensuels. Moi, je pense en décennies, dit Hal. Et toi ?

Aírínne regarde les écrans, le réseau mondial d'ordinateurs travaillant tous ensemble pour maintenir quelque chose d'inédit dans l'histoire de l'humanité, un système monétaire qui fonctionne sans rois, sans banques, sans aucune autorité centrale à l'exception des mathématiques.

— Je pense aux journaux intimes de mon grand-père, dit-elle. Quarante ans à voir l'argent perdre son sens. Et maintenant, ça. (Elle désigne le dispositif de minage.) Pénurie numérique. Approvisionnement vérifiable. Enregistrements immuables. C'est tout ce que l'or a cherché à être, perfectionné.

L'ordinateur portable de Hal sonne doucement. Un nouveau bloc apparaît à l'écran, accompagné d'une récompense de 50 Bitcoins distribuée aux mineurs ayant contribué à sa découverte.

// Bloc 175 832
// Horodatage : 2011-04-15 14:23:17
// Transactions : 47
// Frais totaux : 0,154 2
// Total de sortie : 50,154 2
// Difficulté : 1 626 553,64

— Cinquante Bitcoins, dit Aírínne. Ça vaut combien ?

— Environ deux cents dollars au taux de change actuel.

— Et dans dix ans ?

Hal hausse les épaules.

— Ça pourrait ne rien valoir. Ça pourrait valoir beaucoup.

Aírínne repense à la lettre de son grand-père, à son voyage en Australie en 1969, à sa décision de passer quatre décennies à étudier la nature même de l'argent.

— Non, dit-elle avec une assurance tranquille. Cela ne vaudra pas rien. C'est la nouveauté qu'il avait anticipée.

—

Le lendemain matin, au petit-déjeuner, la dynamique familiale a subtilement, mais sensiblement changé. Maeve le remarque immédiatement.

— Vous complotez quelque chose, tous les deux, dit-elle en versant du thé et en observant leurs visages. Je vois toujours quand vous partagez des secrets.

— Ce ne sont pas des secrets, dit Hal. La planification successorale.

— Oh, pas toi aussi, soupire Maeve. C'est déjà assez pénible que papa lui raconte des bêtises sur l'or et les complots gouvernementaux. Et maintenant, tu veux l'encourager ?

Aírínne regarde ses parents : sa mère, pragmatique, préoccupée par les factures d'électricité et les frais universitaires ; son père, visionnaire, mais méthodique, qui passe ses soirées à contribuer à la création d'une nouvelle forme de monnaie. Tous deux l'aiment chacun à leur manière, tous deux s'efforcent de la préparer à un avenir qu'ils ne parviennent pas vraiment à imaginer.

— Maman, dit-elle doucement, et si grand-père n'avait pas tort ? Et si ce qu'il m'a appris sur l'argent était vraiment important ?

— Chéri, ton grand-père était un homme bien, mais il a passé quarante ans à creuser des trous dans la terre, convaincu que la monnaie fiduciaire était la racine de tous les maux. Il n'a pas pu obtenir de prêts immobiliers, investir, ni gérer sa situation financière habituelle, car il ne faisait pas confiance au système.

— Et comment le système a-t-il récompensé cette confiance ? demande Aírínne. Combien de fois ses économies ont-elles perdu de la valeur à cause de l'inflation ? Combien de promesses le gouvernement a-t-il rompues concernant la stabilité monétaire ?

Maeve pose sa tasse de thé avec plus de force que nécessaire.

— C'est différent. C'est juste... c'est comme ça que ça marche.

— Et si ce n'était pas obligé de marcher comme ça ? intervient doucement Hal. Et s'il existait un meilleur système ? Et si Patrick voyait quelque chose que nous commençons seulement à comprendre ?

La conversation est interrompue par la vibration du téléphone d'Aírínne, accompagné d'un message de sa meilleure amie Lucy : *Tu veux faire du shopping ? J'ai de l'argent à dépenser pour mon anniversaire !*

Aírínne regarde le message, puis ses parents, puis son téléphone.

— Lucy dépense l'argent que sa grand-mère lui a offert pour son anniversaire. Des billets de vingt livres imprimés par la Banque d'Angleterre, garantis par rien d'autre que la promesse que d'autres les accepteront demain.

— C'est comme ça que fonctionne l'argent, mon amour, dit Maeve patiemment.

— Et si ce n'était pas nécessaire ? rétorque Aírínne. Et si l'argent pouvait être une preuve mathématique plutôt qu'une promesse gouvernementale ? Et si la rareté pouvait être garantie par un code plutôt que par des décisions de comité ?

Elle se lève et embrasse sa mère sur la joue.

— Je vais à la banque aujourd'hui. Au coffre-fort que grand-père m'a laissé. Quoi que j'y trouve, je vous le ferai savoir à toutes les deux.

Mais j'aimerais que vous envisagiez la possibilité qu'il ait vu quelque chose que nous n'avons pas encore compris.

—

La Bank of Ireland, sur College Green, se dresse tel un temple de la tradition financière, sa façade géorgienne témoignant de siècles de stabilité monétaire. À l'intérieur, les sols en marbre et les hauts plafonds résonnent des pas des clients effectuant leurs opérations bancaires courantes : dépôts, retraits et prêts.

Aírínne présente sa carte d'identité et la clé que son grand-père lui a laissée. L'employée de banque, une femme d'âge mûr au regard bienveillant, la conduit au coffre-fort.

— Coffre 1847, dit-elle en insérant les deux clés dans les serrures. Votre grand-père a été très précis sur les instructions d'accès. Il a dit que vous sauriez quoi faire du contenu.

Le coffre contient trois objets : un journal en cuir épais, un petit sac en tissu qui fait un bruit métallique lorsqu'on le déplace et une enveloppe scellée portant la mention « Lire en dernier ».

Aírínne emporte les objets dans une salle d'exposition privée et ouvre d'abord le journal. Elle commence à tourner les pages, lisant çà et là. L'écriture de son grand-père occupe des pages et des pages, remontant à 1969. Les premières entrées qu'elle aperçoit étaient optimistes, pleines d'espoir de trouver de l'or et de s'enrichir grâce à un travail honnête. Mais au fil des ans, le ton changea.

15 mars 1973 – La livre sterling a perdu 12 % de sa valeur depuis que Nixon a fermé le marché de l'or. Mes coûts miniers restent les mêmes, mais la monnaie dans laquelle je suis payé me permet d'acheter moins chaque mois. L'or ne ment pas, contrairement aux gouvernements.

3 août 1979 – L'inflation ronge tout. Les dollars que j'ai économisés il y a deux ans me permettent d'acheter la moitié de ce qu'ils valaient auparavant. Pendant ce temps, l'or que j'ai extrait du sol conserve son pouvoir d'achat. Je commence à comprendre pourquoi les Romains utilisaient les métaux précieux comme monnaie.

12 novembre 1987 – Lundi noir. Les marchés boursiers s'effondrent, mais l'or bondit. On revient toujours à l'argent réel quand la confiance s'effrite. La question n'est pas de savoir si les monnaies fiduciaires vont s'effondrer, mais quand.

8 juin 1994 – J'ai vu mon voisin perdre toutes ses économies lors d'une faillite bancaire. L'assurance publique n'en couvrait qu'une fraction. Il avait confiance dans le système, et le système l'a trahi. L'or ne présente pas de risque de contrepartie.

1er janvier 2000 – Le passage à l'an 2000 était censé tout écraser. Il ne l'a pas fait, mais il a révélé la fragilité de nos systèmes numériques. L'argent, qui n'existe que sous forme d'écritures informatiques, peut disparaître à la suite d'une erreur de programmation. L'or physique survit aux pannes de système.

11 septembre 2001 – Les marchés ont fermé pendant plusieurs jours après les attentats. Les cartes de crédit ont cessé de fonctionner dans de nombreux pays. L'argent liquide était roi, mais l'or était empereur. En temps de crise, on se souvient de la véritable monnaie.

Page après page, le même schéma a été observé : les gouvernements promettent la stabilité tout en livrant la dégradation, les institutions prétendent être dignes de confiance tout en se révélant peu fiables, la lente érosion du pouvoir d'achat déguisée en activité économique normale.

Mais les notes ultérieures ont montré un changement de pensée :

17 mars 2008 – Bear Stearns s'est effondré. Ils vont imprimer des milliers de milliards pour « résoudre » cette crise, mais imprimer de la monnaie ne crée pas de richesse ; elle la redistribue simplement des épargnants aux débiteurs, des prudents aux imprudents. L'or me protégera de ce vol, mais je me demande : y a-t-il quelque chose de mieux à venir ?

15 octobre 2008 – Lehman Brothers fait faillite. AIG est renflouée. Le système s'autodétruit. Mais je me demande : et si la solution n'était pas plus d'or, mais une meilleure monnaie ? Et si la technologie pouvait créer quelque chose avec les propriétés de l'or, mais sans ses limites ?

31 décembre 2008 – Quelqu'un se faisant appeler Satoshi Nakamoto a publié un article sur la « monnaie électronique peer-to-peer ». Je ne comprends pas les détails techniques, mais le concept est brillant : une monnaie numérique qui ne nécessite ni la confiance des banques ni celle des gouvernements. Une monnaie programmée pour être rare. Si cela fonctionne, ce pourrait être l'évolution de l'or lui-même.

12 mars 2009 – Lancement du système de monnaie électronique. On l'appelle Bitcoin. Je ne comprends toujours pas son fonctionnement, mais le principe est solide : la rareté mathématique plutôt que les promesses politiques. Je suis trop vieux pour apprendre la technologie, mais Aírínne... elle a l'intelligence pour ça. Elle perçoit des schémas. Elle remet en question les hypothèses. Si cet or numérique devient réel, elle le comprendra mieux que je n'ai jamais compris le minage.

Aírínne pose son journal, les mains légèrement tremblantes. Son grand-père ne se contentait pas d'extraire de l'or, il étudiait l'évolution de la monnaie elle-même. Et dans ses dernières années, il avait compris que quelque chose de nouveau émergeait.

Une vague de chagrin la submerge, mêlée à un profond regret. Elle a à peine connu son grand-père ; la dynamique familiale les avait séparés, l'avait relégué au rang de figure lointaine qu'elle croisait de temps en temps lors de réunions de famille et qui lui envoyait parfois des cartes d'anniversaire. À présent, en lisant ses observations minutieuses sur les systèmes monétaires et les changements technologiques, elle réalise quel esprit extraordinaire elle n'avait jamais eu la chance de rencontrer.

La solitude la frappe alors, brutale et inattendue. Elle ne pourra jamais lui demander ces révélations, jamais l'entendre lui expliquer ce qu'il a découvert durant les derniers mois précédant sa mort. Il y avait eu dans sa famille un homme brillant et réfléchi, un visionnaire, et elle a vécu toute sa vie sans savoir qu'il existait.

Elle ouvre ensuite le sac en tissu. À l'intérieur se trouvent trois pièces d'or et un minerai d'or brut, chacun parfaitement conservé, ainsi qu'une petite note manuscrite : *De l'argent réel pour comparaison. Conserve-les pour te souvenir de la rareté.*

Les pièces sont lourdes, imposantes et belles. Mais en les tenant, elle repense à l'installation minière de son père, à la rareté numérique créée par les mathématiques et l'électricité. Ces pièces sont rares car l'or est difficile à trouver et à extraire. Le Bitcoin est rare parce que le code le rend ainsi.

Finalement, elle ouvre l'enveloppe scellée où est marqué « Lire en dernier ».

Aírínne,

Si tu as lu les journaux, tu comprends ce que j'ai appris : l'argent est synonyme de confiance, et la confiance est rare. Pendant la majeure partie de l'histoire de l'humanité, nous avons fait confiance à l'or pour stocker de la valeur à travers le temps et l'espace. Cela fonctionnait car l'or ne pouvait être contrefait, imprimé à volonté, ni déprécié par décret politique.

Mais l'or a ses limites. Il est difficile à transporter, difficile à diviser et coûteux à sécuriser. Plus important encore, il dépend de sa rareté physique, ce qui signifie que son approvisionnement peut varier si de nouveaux gisements sont découverts ou si de nouvelles méthodes d'extraction sont développées.

Ce que j'ai compris, trop tard pour agir, c'est que la monnaie idéale présenterait tous les avantages de l'or sans ses inconvénients. Elle serait :

- *Absolument rare (offre limitée qui ne peut jamais être augmentée)*
- *Parfaitement divisible (tout montant peut être divisé en montants plus petits)*
- *Infiniment portable (peut être déplacé n'importe où instantanément)*
- *Entièrement vérifiable (impossible à contrefaire)*
- *Entièrement décentralisé (pas de point de contrôle ou de défaillance unique)*

L'or possède certaines de ces propriétés. La monnaie fiduciaire n'en possède quasiment aucune. Mais ce Bitcoin... s'il fonctionne comme prévu, il les possède toutes.

La mine que je te laisse t'enseignera la rareté, la difficulté d'extraire de la valeur de la terre, l'énergie nécessaire pour créer une monnaie qui ne ment pas. Les journaux t'apprendront l'histoire monétaire, comment les devises montent et descendent, comment la confiance se gagne et se perd.

Mais ton véritable héritage ne réside ni dans l'or ni dans le savoir. C'est le timing. Tu as seize ans en 2010, au moment même où naît la plus grande innovation monétaire de l'histoire de l'humanité. Tu as quarante ans pour la comprendre, y participer et contribuer à son élaboration.

Ton père ne s'en rend pas encore compte, mais ces ordinateurs qui ronronnent dans son garage sont plus importants que n'importe quelle mine d'or. Il ne se contente pas de miner de la monnaie numérique, il contribue à établir les fondations d'un nouveau système monétaire.

Regarde la fille aux cheveux cuivrés, elle comprendra ce que je n'ai jamais pu comprendre.

C'est toi, petite-fille. Celle qui voit des schémas là où d'autres voient le chaos. Celle qui remet en question les hypothèses que d'autres tiennent pour acquises. Celle qui comblera le fossé entre l'ancien monde de l'argent physique et le nouveau monde de l'argent mathématique.

L'étalon-or est mort, mais quelque chose de meilleur est en train de naître.

Utilise tout ce que je t'ai enseigné. Mais ne t'y limite pas.

Ton grand-père, avec amour et espoir,

Patrick O'Sullivan

—

Aírínne rentre chez elle à travers les rues de Dublin, hébétée, son esprit digérant l'ampleur de sa découverte. Son grand-père ne lui a pas seulement légué une mine d'or, il lui a légué une feuille de route pour l'avenir de l'argent.

Les bruits provenant du garage sont plus forts quand elle arrive à la maison, et elle trouve ses parents dans la cuisine en train de discuter de la facture d'électricité avec des voix tendues.

— Hal, elle a encore augmenté de vingt euros ce mois-ci, dit Maeve. Quoi que tu fasses là-dedans, ça devient cher.

— C'est un investissement, répond Hal, mais son ton suggère qu'il n'est pas entièrement confiant.

— Un investissement dans quoi ? De l'argent magique sur Internet ?

Aírínne pose son sac sur la table de la cuisine et en sort le journal de son grand-père.

— Pas de la magie, dit-elle doucement. Des mathématiques.

Elle ouvre l'une des dernières notes et lit à voix haute :

— « Une rareté mathématique au lieu de promesses politiques. De l'or numérique qui ne peut pas être gaspillé par l'inflation par décret gouvernemental. »

Maeve regarde le journal, puis sa fille.

— Qu'est-ce que c'est ?

— Les quarante années d'études de mon grand-père sur les systèmes monétaires. Il comprenait quelque chose que nous commençons seulement à saisir.

Aírínne sort une pièce d'or et la pose sur la table, baignée par la lumière de l'après-midi.

— Elle représente l'ancien système. Précieuse car rare, fiable car infalsifiable. Mais limitée par la réalité physique.

Elle fait un geste vers le garage, où les plateformes minières fredonnent leur musique électronique.

— Cela représente le nouveau système. Tous les avantages de l'or, plus une divisibilité parfaite, un transfert instantané et une rareté mathématique immuable.

— Tu parles de Bitcoin, dit Hal, la compréhension naissant dans ses yeux.

— Je parle de l'évolution de l'argent lui-même, répond Aírínne. Et nous en sommes au tout début, à la regarder se produire.

Maeve regarde tour à tour son mari et sa fille, voyant l'excitation monter entre eux.

— Vous êtes tous les deux fous, dit-elle, d'un ton plus affectueux que critique. Complètement fous.

— Peut-être, dit Aírínne en reprenant la pièce d'or. Mais grand-père n'était pas fou, et il a vu cela venir avant nous tous. La question n'est pas de savoir si Bitcoin réussira, mais si nous serons assez sages pour comprendre son importance tant que nous avons encore la possibilité d'y participer.

Ce soir-là, tous les trois sont assis dans le garage pendant que Hal leur explique les détails techniques du minage de Bitcoins. Maeve pose des questions pratiques sur les coûts et les risques. Aírínne pose des questions stratégiques sur les effets de réseau et les propriétés monétaires.

À mesure que la nuit avance, quelque chose change dans leur dynamique familiale. Maeve commence à considérer les factures d'électricité non pas comme une dépense, mais comme un investissement. Hal comprend que son hobby s'inscrit dans un projet bien plus vaste. Et Aírínne entrevoit son propre avenir, un avenir où elle comblera le fossé entre la sagesse analogique de son grand-père et la vision numérique de son père.

Les mineurs fredonnent leur chanson mécanique, chacun votant lors d'une élection mondiale sur l'avenir de l'argent. Dans son sac à dos, des pièces d'or et le minerai d'or brut de la croûte terrestre côtoient des pages imprimées sur la rareté numérique. Passé et futur, analogique et numérique, tous reliés par le fil conducteur de l'innovation humaine et de l'éternelle quête d'une monnaie honnête.

—

10 mois plus tard, Perth, Australie-Occidentale

Debout dans la poussière rouge de la concession de son grand-père, Aírínne regarde le soleil se coucher sur l'immensité du maquis d'Australie-Occidentale. La mine est exactement comme elle l'a imaginée : fonctionnelle, rentable modestement, mais finalement limitée. À côté d'elle, Hal s'essuie le front, s'adaptant encore au climat rigoureux après leur voyage de vingt heures depuis Dublin.

— C'est plus grand que je ne l'imaginais, admet-il en observant l'exploitation qui est restée mystérieusement cachée à leur famille pendant des décennies.

Mais Aírínne a déjà trois longueurs d'avance, analysant la valeur des équipements, les prévisions de production de minerai et les coûts d'exploitation que Matthew Webb, le gestionnaire immobilier de longue date, a détaillés avec minutie ces deux derniers jours.

— Monsieur Webb, dit-elle finalement en se tournant vers l'homme qui a gardé le secret de son grand-père pendant plus de dix ans, quelle est, selon vous, la valeur de cette exploitation ?

Lorsqu'il annonce un chiffre qui fait s'écarquiller les yeux de Hal, elle hoche la tête d'un air décidé.

— J'aimerais vous la vendre, si cela vous intéresse. Transfert complet, concessions, équipement, tout.

Ce soir-là, alors qu'ils finalisent les formalités administratives dans le bureau de Webb à Perth, Aírínne consulte le cours du Bitcoin sur

Ƀ

Internet, cette monnaie numérique que son grand-père pressentait comme le nouvel or et que son père exploite avec philosophie, s'échangeant à un peu moins de vingt-cinq dollars la pièce. Son grand-père lui a appris à reconnaître les schémas, à voir la valeur là où d'autres voient le chaos, et quelque chose au fond d'elle la pousse à prendre cette décision. En lançant le transfert qui va convertir sa mine d'or en près de quatre mille Bitcoins, elle ressent la même certitude intuitive qui a poussé Patrick O'Sullivan à quitter l'Irlande pour l'outback australien quarante-trois ans plus tôt.

L'héritage est complet. Le flambeau a été transmis.

Journal de voyage de Satoshi
L'imprimerie

12 octobre 1989 – Londres, Angleterre
Bruine de l'après-midi, 14 h 30

Par la fenêtre du centre d'accueil des visiteurs de la Banque d'Angleterre, j'observe le processus fascinant de création monétaire. D'immenses presses à imprimer fonctionnent avec une précision industrielle, produisant des billets de banque à un rythme presque insouciant, des milliers d'unités de valeur monétaire se matérialisant à partir d'encre et de papier chaque minute.

Le guide explique les dispositifs de sécurité avec une fierté évidente : filigranes, fils métalliques, encres spéciales qui changent de couleur selon la luminosité. Chaque innovation représente la course aux armements sans fin de l'humanité contre les faussaires. Pourtant, aucune ne répond à la question fondamentale : qui décide du nombre de livres qui sont créées ?

Un enfant de notre groupe pose la question évidente que les adultes ont appris à ne pas poser : « Pourquoi n'impriment-ils pas plus d'argent pour que tout le monde puisse s'enrichir ? » Le guide propose l'explication classique sur l'inflation et l'équilibre économique, mais j'observe quelque chose de plus sombre dans le rythme mécanique des presses.

Chaque nouveau billet dilue la valeur des billets existants. Chaque augmentation de l'offre transfère le pouvoir d'achat des épargnants aux institutions qui contrôlent la création monétaire. La planche à billets ne crée pas de richesse, elle la redistribue de ceux qui détiennent la monnaie à ceux qui l'émettent. Il s'agit d'une taxation sans représentation, mise en œuvre par la politique monétaire plutôt que par le biais d'un processus législatif.

Derrière la fenêtre, le quartier financier londonien grouille d'activité. Banquiers et traders transfèrent des milliards de livres sterling via des systèmes électroniques, dont la plupart n'existent que sous forme d'entrées numériques dans des bases de données. L'impression physique paraît désuète comparée à la création numérique simultanée, les ordinateurs des banques centrales ajoutant des zéros aux comptes par des frappes qui éclipsent la production des planches à billets.

Pourtant, les deux processus partagent la même caractéristique fondamentale : le contrôle arbitraire de la masse monétaire par les autorités centralisées. Qu'elle soit imprimée sur papier ou créée numériquement, la nouvelle monnaie émerge par décret institutionnel plutôt que par la rareté objective ou la productivité économique.

J'imagine l'opérateur de presse rentrant chez lui et découvrant que son salaire hebdomadaire lui permet d'acheter moins que le mois précédent. Les livres qu'il a contribué à créer diluent la valeur des livres qu'il gagne. Il participe à son propre appauvrissement, un billet imprimé à la fois.

La pluie s'intensifie contre la vitre, chaque goutte obéissant à des lois physiques que la politique institutionnelle ne peut contrecarrer. La gravité affecte chaque goutte de la même manière ; aucune autorité centrale ne peut décréter que certaines gouttes doivent tomber vers le haut ou que l'eau doit soudainement devenir moins humide.

Et si l'argent pouvait obéir à des lois similaires ? Et si la rareté pouvait être fixée mathématiquement plutôt que déterminée politiquement ? Et si l'offre de monnaie pouvait être régie par des preuves cryptographiques plutôt que par la politique des banques centrales ?

Les presses à imprimer poursuivent leur production rythmée, mais je n'entends plus l'efficacité industrielle. J'entends le bruit du transfert systématique de valeur, de l'épargne confisquée en silence, de la confiance lentement érodée par le processus mécanique de l'inflation monétaire.

Quelque part dans la précision mathématique du processus d'impression réside sa propre contradiction : si la technologie peut créer une reproduction physique aussi parfaite, peut-être peut-elle aussi créer une pénurie numérique parfaite.

B

Un dialogue sur la genèse numérique

Décodé à partir de la bibliothèque temporelle :
—

Dans la sereine Académie d'Athènes, où les esprits immortels des philosophes poursuivent leur éternelle quête de sagesse, Socrate et son plus illustre élève Platon sont assis sous un olivier. Cette version éthérée du centre d'apprentissage antique existe au-delà du temps et de l'espace, permettant aux grands penseurs d'observer et d'analyser toutes les évolutions humaines à travers l'histoire.

La relation entre ces deux philosophes est celle d'un profond respect et d'une connexion intellectuelle : Socrate, le mentor questionneur qui prétend ne rien savoir tout en révélant tout par le dialogue, et Platon, l'étudiant aristocratique qui immortalise les méthodes de son professeur tout en développant sa propre théorie des Formes et de la gouvernance idéale.

Socrate s'installe sur le banc de pierre, ses traits distingués animés par cette étincelle familière de curiosité. Cette même expression, en fait, qui attirait autrefois la jeunesse athénienne vers lui malgré sa laideur autoproclamée. Il ajuste sa tunique simple, contrastant fortement avec la tenue plus élégante de son élève, et fait un geste vers la vision spectrale du monde moderne visible à travers la brume éthérée de l'Académie.

— Mon cher Platon, commence-t-il, sa voix emplie de ce mélange de chaleur et de précision intellectuelle qui caractérise son enseignement, avez-vous observé cette évolution fascinante dans le monde des échanges humains ? Ce « Bitcoin » qui naît des mathématiques plutôt que d'un décret des dirigeants ?

Platon hoche la tête pensivement, arrangeant ses vêtements immaculés avant de rejoindre son mentor. Sa présence intellectuelle demeure évidente, même dans cet au-delà de l'intellect pur.

— En effet, professeur. J'ai réfléchi à son lien avec ma théorie des Formes.

Il marque une pause, le temps d'organiser ses pensées de cette manière méthodique qui influencera plus tard la philosophie occidentale pendant des millénaires.

— Il est possible que ce Bitcoin se rapproche davantage de la forme idéale de monnaie que les ombres corrompues qui dominent les échanges humains à travers l'histoire.

Socrate lève un sourcil, invitant à une explication.

— Comme je l'écris dans ma République, poursuit Platon, s'intéressant de plus en plus à son sujet, les sociétés déclinent inévitablement par étapes prévisibles : l'aristocratie, gouvernée par les plus vertueux, cède la place à la timocratie, gouvernée par ceux qui aiment l'honneur, puis à l'oligarchie, gouvernée par une poignée de riches, puis à la démocratie, gouvernée par le peuple, et enfin à la tyrannie, gouvernée par un despote unique. La centralisation de l'autorité monétaire accélère ce déclin en concentrant le pouvoir sur la valeur elle-même, éloignant l'humanité de la forme parfaite d'échange qui existe dans le royaume des idéaux.

— Une perspective intéressante, songe Socrate, la tête légèrement penchée tandis que sa méthode de questionnement commence à façonner leur dialogue. Mais examinons les fondements avant de tirer des conclusions. Qu'est-ce que l'argent en soi ? Et comment la nature du contrôle exercé sur l'argent influence-t-elle la liberté humaine ? Non pas ce que nous souhaitons croire, mais ce qui découle nécessairement des principes fondamentaux.

Tandis qu'ils parlent, la brume se dissipe devant eux pour révéler l'ancienne Agora d'Athènes où un jeune marchand nommé Aristide discute avec un commerçant étranger.

— Vos drachmes d'argent sont rognées sur les bords ! accuse le commerçant.

Aristide regarde, perplexe, les pièces dans sa main. Les pièces d'argent, ornées de la chouette d'Athéna, ont bel et bien été rognées par un manipulateur malhonnête avant de lui parvenir. Le commerçant les pèse à un étalon et secoue la tête.

— Elles pèsent moins que ce que la chouette promet. Vous devez me donner trois drachmes de plus pour compenser la différence, sinon les olives retournent à Corinthe.

Aristide prend à contrecœur les pièces qui lui restent, conscient des besoins de sa famille.

La scène se dissout, remplacée par des moments similaires à travers l'histoire, des fonctionnaires romains dégradant des pièces de monnaie en y mélangeant des métaux de base, des changeurs de monnaie médiévaux testant l'or avec des marques de dents, et enfin des presses à imprimer modernes créant de la monnaie à partir de rien d'autre qu'un décret gouvernemental.

— Voyez-vous, murmure Socrate, la question sous-jacente à toute question d'échange a toujours été : qu'est-ce qui donne de la valeur à quelque chose, et à qui peut-on confier ce pouvoir ?

L'expression de Platon s'anime tandis qu'il désigne les silhouettes spectrales d'humains modernes visibles à travers la brume.

— Vous m'apprenez à chercher l'essence sous les apparences, et dans ce cas précis, l'essence de l'argent réside dans la confiance. Les monnaies conventionnelles exigent la confiance envers les autorités centrales, ces mêmes autorités dont la corruption a conduit à votre exécution injuste, professeur.

Une ombre passe sur le visage de Socrate à l'évocation de son procès et de sa mort, mais il hoche la tête pour que Platon continue.

— Quand on remet en question la domination d'Athènes, on vous fait taire avec de la ciguë plutôt qu'avec des réponses. De même, lorsque les autorités centrales peuvent créer de la monnaie à volonté, elles exercent un contrôle subtil sur tous ceux qui l'utilisent, une forme de tyrannie d'autant plus insidieuse que la plupart ne peuvent percevoir les murs obscurs qui les entourent.

Socrate hoche la tête, ses yeux pétillant du plaisir de voir son élève raisonner si clairement.

— Tu parles vraiment de confiance, Platon. Et qu'observe-t-on dans l'approche de Bitcoin en matière de confiance ? Non pas ce que ses créateurs affirment, mais ce que révèle sa structure ?

Le brouillard tourbillonne à nouveau et ils observent une petite pièce d'un modeste appartement, le 3 janvier 2009. Une silhouette est assise, penchée sur un ordinateur, les traits indistincts, comme si l'Académie elle-même respectait le désir d'anonymat de ce créateur. L'écran affiche des lignes de code et un titre : « Le chancelier est sur le point de lancer un deuxième plan de sauvetage pour les banques. » La silhouette intègre ce titre du *Times* au premier bloc de la chaîne Bitcoin.

— Remarquez, dit Socrate en désignant la scène, comment ce créateur choisit d'immortaliser non pas son propre nom, mais une déclaration sur la faillite des institutions financières. Il ne s'agit pas d'une simple innovation technologique, mais d'une déclaration philosophique, une critique ancrée dans ses fondements mêmes. Cela semble faire référence à la raison d'être du Bitcoin : éliminer les intermédiaires considérés comme corrompus et peu fiables. La méthode n'est pas l'affirmation, mais la démonstration; pas la proclamation, mais la preuve.

— Le Bitcoin remplace la confiance dans les autorités par la confiance dans les mathématiques et le consensus distribué, répond Platon, son expression analytique laissant place momentanément à un enthousiasme sincère. Cette structure révèle une profonde innovation philosophique : la suppression du recours à des intermédiaires de confiance grâce à la preuve cryptographique.

Il se penche en avant, les doigts entrelacés alors qu'il trouve le lien avec son propre cadre philosophique.

— Tout comme ma théorie des Formes suggère que des idéaux parfaits existent au-delà de la manifestation physique, Bitcoin suggère qu'un consensus parfait peut exister au-delà du contrôle politique.

Platon s'arrête, rassemble ses pensées avant de continuer avec plus de profondeur.

— Considérez le message intégré dans son bloc de genèse : « *The Times*, 3 janvier 2009 : Le chancelier est sur le point de lancer un deuxième plan de sauvetage pour les banques. » Cela marque un point de rupture philosophique, un moment où les contradictions du système existant deviennent impossibles à ignorer. Les prétendus gardiens de la monnaie centralisée doivent être sauvés de leurs propres échecs.

La brume se dissipe pour leur montrer le Royal Exchange de Londres, où des banquiers en costumes coûteux se pressent devant des sans-abris blottis dans les entrées. Un vendeur de journaux brandit *le Times* et son titre funeste. Non loin de là, une femme âgée serre dans ses bras une fine enveloppe contenant les économies de toute une vie, qui valent désormais la moitié de ce qu'elles valaient quelques années auparavant. Une jeune programmeuse nommée Annya passe par là et aperçoit le titre. Le soir même, dans son petit appartement, elle télécharge un étrange nouveau logiciel appelé « Bitcoin » et commence à l'exécuter sur son ordinateur.

— La contradiction est évidente, dit Platon en désignant les deux scènes. Ceux à qui l'on confie la sauvegarde de la valeur doivent se libérer de leurs propres excès, tandis que les citoyens ordinaires subissent les conséquences d'une confiance mal placée. Ce programmeur cherche une voie alternative, où les mathématiques, et non la faillibilité humaine, protègent le registre des échanges.

— Cette violation de la finalité, poursuit Platon, est parallèle à la dégénérescence des constitutions que je décris dans mes ouvrages politiques. Lorsqu'un système viole sa finalité essentielle, il se transforme en quelque chose de totalement différent. L'ironie fondamentale révèle la contradiction au cœur du contrôle monétaire centralisé.

Socrate caresse sa barbe pensivement, un geste qui devient synonyme de contemplation philosophique longtemps après sa mort physique.

— Vous avez bien cerné la contradiction. Explorons maintenant ses implications. Comment cette monnaie mathématique pourrait-elle modifier la relation entre les citoyens et l'État ? Entre liberté individuelle et contrôle collectif ?

Socrate agite la main, et la brume révèle un Chypriote nommé Markos, debout devant une banque fermée à clé à Nicosie en 2013. Les autorités gèlent tous les comptes et limitent les retraits pour éviter un effondrement financier total. Markos a prévu le traitement médical de sa fille en Allemagne la semaine suivante, mais il n'a pas accès à son propre argent pour le payer.

À côté de cette vision apparaît une autre : une jeune Vénézuélienne nommée Isabella, en 2018, utilise son téléphone pour recevoir des Bitcoins de son frère travaillant à l'étranger. La monnaie locale s'effondre, rendant les rares produits restants hors de prix en bolivars, mais cette monnaie numérique préserve un pouvoir d'achat suffisant pour permettre à sa famille de s'offrir les denrées alimentaires hors de prix qui restent.

— Voyez comme la nature de la souveraineté change, observe Socrate. Dans un cas, le citoyen découvre que sa richesse ne lui appartient jamais vraiment, mais simplement grâce à une autorisation conditionnelle accordée par la réglementation. Dans l'autre, la valeur traverse les frontières sans autorisation, comme la pensée elle-même, sans être limitée par les limites de la force physique.

— En séparant l'argent de l'État, répond Platon avec une conviction croissante, le Bitcoin ouvre la voie à la souveraineté monétaire individuelle. Chacun peut détenir sa propre valeur sans avoir besoin de l'autorisation des autorités centrales, de la même manière que votre questionnement philosophique, Socrate, crée la souveraineté intellectuelle alors même que l'État cherche à contrôler la pensée acceptable.

La brume se dissipe pour dévoiler une scène nocturne de l'Athènes antique où un petit groupe se réunit secrètement dans une maison pour discuter d'idées interdites. Des lampes projettent de longues ombres tandis que Socrate parle doucement à ses disciples de Justice et de Vérité, tandis qu'à l'extérieur, des agents de l'État patrouillent pour repérer ceux qui pourraient remettre en question l'orthodoxie en vigueur. La scène se dissout dans un appartement moderne où une programmeuse examine le code sur son écran, vérifiant de manière indépendante que les règles mathématiques du Bitcoin demeurent inchangées plutôt que de se fier à la parole donnée.

— Le parallèle est frappant, remarque Platon. Dans les deux cas, les individus revendiquent la souveraineté sur le domaine qui leur importe le plus, pour certains celui des Idées, pour d'autres celui des Valeurs. Les deux exigent du courage personnel et menacent le pouvoir établi en lui ôtant son monopole.

— Les propriétés mathématiques du Bitcoin, sa rareté prédéterminée, sa résistance à la censure, son fonctionnement sans frontières, représentent un changement fondamental dans la façon dont les humains pourraient s'organiser autour de l'échange de valeur.

Le regard de Platon prend un air lointain tandis qu'il envisage les implications plus larges, regardant au-delà du problème immédiat vers l'horizon des possibilités.

— Dans ma République, je conçois ce que je crois être l'État idéal, mais même là, je reconnais l'influence corruptrice du pouvoir. Bitcoin propose une approche différente du problème de la corruption, non pas en sélectionnant des rois philosophes susceptibles de résister à la tentation, mais en créant un système dont les règles ne peuvent être modifiées par des moyens politiques.

La brume se dissipe à nouveau pour révéler une grande salle du conseil où les représentants débattent avec véhémence de la modification des règles de leur système monétaire. Certains souhaitent créer davantage de monnaie pour financer des guerres et des monuments, d'autres pour aider les plus démunis, et d'autres encore pour s'enrichir et enrichir leurs alliés. À l'extérieur de la salle, les citoyens attendent anxieusement, sachant que leurs économies et leurs moyens de subsistance dépendent des décisions prises par d'autres. La scène se transforme pour dévoiler un réseau d'ordinateurs répartis dans le monde entier, chacun contenant des copies identiques de l'historique complet des transactions Bitcoin, vérifiant les mêmes règles mathématiques.

— L'innovation essentielle, observe Socrate, ne réside pas dans les règles spécifiques choisies, mais dans la méthode de leur application. Le premier système repose entièrement sur la vertu de ceux qui y accèdent, tandis que le second élimine toute possibilité de modification arbitraire des règles. Il répond à la question ancienne : « Qui garde les gardiens ? » par une proposition radicale : apparemment, nous n'avons pas besoin de gardiens du tout.

— La certitude cryptographique élimine la possibilité de manipulation de la politique monétaire à des fins politiques. C'est comme si l'or du trésor de ma République pouvait révéler des faits mathématiques que même les gardiens ne peuvent volé.

Socrate hoche la tête, mais son expression reste interrogatrice, incarnant sa célèbre affirmation de savoir seulement qu'il ne sait rien.

— Pourtant, les humains ont créé de nombreux systèmes nobles par le passé, pour finalement les voir corrompus par la cupidité et la soif de pouvoir. Qu'est-ce qui empêche Bitcoin de subir le même sort ? Qu'est-ce qui distingue cette innovation d'autres qui promettent la liberté pour finalement devenir de nouveaux instruments de contrôle ?

La brume dessine des images de systèmes déchus à travers l'histoire : la République romaine déclinant vers un empire impérial, la liberté de la Révolution française cédant la place à la dictature napoléonienne, et le communisme soviétique passant de la libération ouvrière à l'oppression totalitaire. Chacun de ces systèmes, fondé sur de nobles idéaux, succombe à la concentration du pouvoir.

— Souviens-toi de l'oracle de Delphes, dit doucement Socrate. Lorsqu'on lui demande qui est l'homme le plus sage d'Athènes, elle me nomme, non pas parce que je possède une grande sagesse, mais parce que moi seul connais les limites de mon savoir. La sagesse de ce Bitcoin réside peut-être dans une humilité similaire. Il ne prétend pas résoudre tous les problèmes humains ni créer une utopie. Il fournit simplement un outil pour un but précis : le transfert de valeur sans intermédiaire. Ce sont justement ses limites qui pourraient bien faire sa force.

— Une question profonde, reconnaît Platon, respectant la remise en question constante des hypothèses par son professeur. La résistance du Bitcoin à la capture réside dans sa nature distribuée. Contrairement à l'or, qui peut être confisqué, ou à la monnaie papier, qui peut être contrefaite, le modèle de sécurité de Bitcoin repose sur une large diffusion de l'information et de la puissance de traitement. Aucune entité ne peut à elle seule modifier les règles sans le consensus du réseau lui-même. Le pouvoir est distribué par un système qui récompense mathématiquement l'honnêteté et pénalise la tromperie.

Platon continue, s'échauffant aux implications philosophiques.

— Cependant, je dois reconnaître la possibilité que ceux qui acquièrent ces nouveaux capitaux en premier puissent simplement devenir une nouvelle élite, reproduisant les hiérarchies existantes sous différentes formes. L'apparence change, tandis que la réalité sous-jacente de la concentration du pouvoir pourrait rester inchangée. Cette tension entre potentiel révolutionnaire et limites humaines définit l'importance philosophique de cette expérience, quelle que soit sa réussite finale.

Dans la brume apparaissent deux futurs contrastés, l'un montrant un monde où Bitcoin devient aussi centralisé que les systèmes qu'il cherche à remplacer, avec de nouveaux barons numériques contrôlant de vastes opérations minières et imposant leur volonté au réseau ; l'autre montrant un monde où la souveraineté monétaire permet de nouvelles formes de coopération humaine au-delà des frontières territoriales.

— Le chemin emprunté, observe Platon, ne sera pas déterminé par la seule technologie, mais par les choix humains dans sa mise en œuvre. Le code offre des possibilités, et non une fatalité. Tout comme ma République propose un idéal dont la mise en œuvre parfaite s'avère difficile à atteindre, Bitcoin offre une opportunité dont la forme finale reste incertaine. La tension entre ses intentions de conception et la nature humaine déterminera la vision qui se concrétisera.

Socrate hoche la tête avec appréciation devant l'analyse équilibrée de son élève.

— Tu deviens vraiment sage, Platon. Je vois que tu apprends à examiner les potentiels libérateur et restrictif sans présumer de la réponse, une qualité que j'essaie d'inculquer à tous mes élèves.

L'ancien professeur regarde l'Académie intemporelle, ses yeux semblant percevoir quelque chose au-delà du moment présent.

— L'innovation fondamentale que nous observons n'est pas simplement une nouvelle forme de monnaie, mais une transformation fondamentale de la relation entre mathématiques et confiance sociale. Pour la première fois, les humains peuvent effectuer des transactions de valeur à l'échelle mondiale sans avoir besoin de l'autorisation des autorités territoriales, une division comparable à la séparation historique de l'Église et de l'État, qui se produit bien après notre mort physique.

La brume dessine une image de l'Europe médiévale où les rois règnent de droit divin, l'Église et la Couronne constituant des autorités indissociables. Elle se transforme ensuite pour illustrer la séparation progressive de ces pouvoirs au fil des siècles de luttes et de réformes.

— Avant cette séparation, explique Socrate, les dirigeants revendiquaient la juridiction divine sur les domaines spirituel et temporel. Remettre en question la politique monétaire revient à remettre en question l'ordre divin lui-même. Pourtant, les humains finissent par reconnaître que le commandement spirituel peut exister indépendamment du pouvoir temporel, que le lien entre eux n'est qu'une affirmation, non une nécessité.

« Peut-être assistons-nous aujourd'hui à une reconnaissance similaire du fait que le contrôle monétaire n'est pas nécessairement indissociable du pouvoir d'État, que ce lien n'est lui aussi qu'une simple affirmation plutôt qu'une nécessité. Chaque séparation exige des humains qu'ils réinventent les limites du contrôle légitime.

— En effet, acquiesce Platon, les ombres et les lumières de son expression se jouant pour illustrer son propos. Le Bitcoin offre aux humains le choix entre des monnaies au service de différents maîtres, la monnaie fiduciaire au service de l'État et la monnaie cryptographique au service de la Vérité. Ce choix en soi est révolutionnaire, quel que soit le système qui l'emportera. Il permet à certains de se détourner des ombres sur les murs de la caverne et d'entrevoir les Formes qui les projettent, la réalité derrière l'illusion de la gouvernance monétaire étatique.

La brume se transforme en la célèbre caverne de l'allégorie de Platon.

— Ce que nous percevons comme une réalité figée n'est peut-être qu'une simple projection, une ombre projetée par des forces que nous n'avons pas encore reconnues. Les systèmes monétaires que les humains prennent pour des lois immuables ne sont que des constructions sociales, des ombres projetées par des arrangements de pouvoir qu'ils n'ont pas appris à remettre en question. Bitcoin ne leur demande pas simplement d'accepter une nouvelle ombre ; il les invite à se tourner vers les mécanismes de projection eux-mêmes.

Socrate sourit, du même sourire qui désarmait autrefois les sophistes de l'Académie physique d'Athènes.

— Nous assistons donc non seulement à une nouvelle forme de monnaie, mais aussi à une évolution philosophique de la manière dont les humains pourraient s'organiser autour de l'échange de valeurs. Les implications s'étendent à la gouvernance elle-même, tout comme mes interrogations sur la justice menacent la gouvernance d'Athènes.

— Exactement, confirme Platon, reliant la théorie économique et politique à la précision systématique apprise de son mentor. Les relations économiques façonnent fondamentalement les systèmes politiques. Une monnaie qui ne peut être contrôlée par un pouvoir central conduit nécessairement à différentes expressions de l'organisation collective. La nature de Bitcoin, sa certitude mathématique, sa résistance à la censure, la transparence de son fonctionnement façonneront les sociétés qui émergeront autour de lui, indépendamment des intentions humaines.

La brume révèle des scènes de l'assemblée athénienne où les citoyens votent directement sur les questions d'État, puis se déplace pour montrer les bureaucraties complexes des États-nations modernes où les citoyens ont peu d'influence directe sur les décisions monétaires qui affectent leur vie quotidienne.

— Les modes de gouvernance et d'échange de valeurs ont toujours été étroitement liés, note Platon. Athènes peut gouverner par démocratie directe, notamment parce que son système monétaire, les drachmes d'argent, est intangible. L'argent conserve sa valeur en tant qu'argent lui-même, un métal doté d'une valeur intrinsèque. À mesure que la monnaie devient plus abstraite et contrôlable par les autorités centrales, simple papier dont la valeur peut être déclarée par décret, quelle que soit sa substance sous-jacente, la gouvernance s'éloigne nécessairement des citoyens.

— Peut-être que Bitcoin ne représente pas seulement une innovation technologique, mais une redécouverte de conditions qui permettent des formes plus directes de coordination humaine.

Alors que le jour éternel se poursuit dans l'Académie intemporelle, Socrate et Platon observent le déroulement de cette expérience sans précédent d'organisation humaine. Sous eux, en janvier 2009, la blockchain Bitcoin entame son accumulation constante de blocs, chacun représentant un engagement cryptographique envers une relation différente entre les humains et l'argent, entre les citoyens et les États, entre la validation de la Vérité et le pouvoir politique.

— Que Bitcoin tienne ses promesses mathématiques ou succombe aux limites humaines, conclut Socrate, les implications philosophiques méritent notre attention. Notre observation commence par la question la plus fondamentale : l'argent peut-il exister sans maîtres ? Les humains peuvent-ils créer des systèmes de valeurs au service de la liberté plutôt que du contrôle ? Examinons cette question avec la même rigueur que j'ai appliquée à la vertu et à la justice à l'Agora d'Athènes, sans présumer que nous connaissons la réponse d'avance.

Tandis qu'ils parlent, la vision finale dans la brume montre un groupe diversifié d'êtres humains à travers le monde, certains riches, d'autres pauvres, certains dotés d'une technologie sophistiquée, d'autres simplement en quête d'une valeur stable pour leur travail, tous connectés par un système mathématique commun qui ne nécessite aucune autorisation centrale. Parmi eux, une jeune femme, dans un pays où les femmes n'ont pas le droit d'ouvrir de compte en banque, épargne désormais pour elle-même grâce à sa phrase de récupération apprise par cœur ; un journaliste dont les financements traditionnels ont été coupés pour des raisons politiques, désormais soutenu directement par ses lecteurs, sans distinction de frontières ; un réfugié qui fuit avec pour seul souvenir une suite de mots et se reconstruit désormais grâce à une valeur insaisissable aux postes-frontières.

— Ce sont les questions qui définissent ma vie, dit Socrate avec une profonde satisfaction. Non seulement ce qui est vrai, mais ce que la Vérité rend possible. Non seulement ce qui est réel, mais ce que la Réalité permet aux humains de devenir. Les réponses naîtront non pas de nos spéculations, mais de l'expérience vécue en cours, une expérience non seulement technologique, mais aussi humaine.

Les deux philosophes plongent dans un silence contemplatif, observant les blocs s'accumuler, confirmant Vérité après Vérité. La danse cosmique entre Pouvoir et Liberté trouve un nouveau rythme, et la sagesse des anciens demeure plus pertinente que jamais pour comprendre l'évolution moderne de l'organisation humaine.

Socrate sourit, heureux de voir le lieu d'apprentissage de son élève, né de ses enseignements, servir de foyer éternel à des recherches aussi profondes. Bien que son corps physique ait depuis longtemps succombé à la ciguë, sa méthode philosophique perdure à travers Platon et l'Académie, et continue à remettre en question les hypothèses et à rechercher la certitude à travers les âges.

Les philosophes antiques poursuivent leur observation. Tandis que les blocs s'accumulent, dans une ascension de vérités, la danse cosmique entre Pouvoir et Liberté trouve un nouveau rythme.

Journal de voyage de Satoshi
Le téléphone cassé

3 mars 1989 – Berlin, poste-frontière Est/Ouest
Nuit froide, 23 h 23

Par la fenêtre du mirador, j'observe la chorégraphie complexe du contrôle aux frontières, tandis que les gardes coordonnent leurs actions entre les postes de contrôle. Des parasites radio crépitent dans l'air nocturne, des messages circulent entre les postes, des confirmations sont demandées, des autorisations sont sollicitées. Le Mur divise plus que la géographie ; il fragmente la communication.

Un convoi approche par l'est. Le chef de garde tente de communiquer par radio, mais des interférences perturbent la transmission. Il répète le message deux, trois fois. Chaque répétition risque de le déformer. Chaque relais introduit une incertitude. Comment les systèmes distribués peuvent-ils maintenir la cohérence lorsque les canaux de communication se révèlent peu fiables ?

J'observe les protocoles de secours s'activer, les messagers acheminer les messages écrits entre les postes en cas de panne radio, les chaînes de confirmation redondantes tentent de garantir l'exactitude. Pourtant, chaque couche supplémentaire introduit de nouveaux points de défaillance. Le messager peut être intercepté, l'ordre écrit peut être falsifié, la radio de secours peut également tomber en panne.

C'est là le défi fondamental de la coordination distribuée : comment des parties distinctes peuvent-elles parvenir à un consensus lorsque la communication est instable et que certains participants risquent d'être compromis ? Comment un réseau d'acteurs indépendants peut-il s'accorder sur la vérité alors qu'ils ne peuvent se faire entièrement confiance ?

Le convoi franchit enfin le seuil après une heure de vérification. Trois postes-frontières différents ont dû confirmer les mêmes informations indépendamment. Non pas par incompétence des gardes, mais parce que le système lui-même est fondé sur la méfiance. Chaque poste a vérifié indépendamment, faute de pouvoir se fier entièrement aux transmissions des autres.

Au loin, Checkpoint Charlie brille sous les projecteurs : une autre frontière, un autre problème de coordination. Les gardes est-allemands doivent se coordonner avec les autorités ouest-allemandes tout en maintenant des protocoles de sécurité fondés sur la méfiance. Ils y parviennent grâce à des procédures élaborées, de multiples confirmations et, finalement, en acceptant l'impossibilité d'une coordination parfaite.

Pourtant, en observant leur processus méthodique, j'entrevois une solution émerger. Et si un consensus pouvait être atteint sans dépendre de l'intégrité d'un seul participant ? Et si le système lui-même pouvait vérifier la vérité par des preuves mathématiques plutôt que par l'autorité institutionnelle ?

La radio grésille à nouveau, un autre message demandant confirmation. Mais cette fois, j'entends quelque chose de différent dans le bruit : l'écho d'un protocole encore à inventer, où la Vérité naît non de l'autorité, mais d'une vérification collective, où le consensus devient une propriété mathématique plutôt qu'une négociation politique.

Le Mur tombera, mais le problème de coordination persistera. Quelque part dans ces transmissions ratées et ces confirmations redondantes se cache le fondement d'un consensus sans tiers de confiance, d'un accord sans autorité, d'une Vérité qui n'a plus besoin de confiance.

Le pari du journaliste

New York – Octobre 2012

Le curseur clignote d'un air moqueur vers Sarah Kim, les yeux rivés sur l'écran de son ordinateur portable dans la salle de rédaction exiguë du New York Tribune. Trois semaines de recherches, des dizaines d'interviews et d'innombrables nuits blanches ont abouti à ce qu'elle considère comme l'article le plus important de sa jeune carrière : « La révolution de la monnaie numérique : comment le Bitcoin pourrait remodeler la finance mondiale ». À 9 h 47, par une matinée grise d'octobre, son rédacteur en chef vient de rendre son verdict avec la brutalité désinvolte qui caractérise la direction d'un journal.

— C'est une absurdité technologique, Kim. De la pure spéculation déguisée en journalisme.

Jonathan Blackwood III ne lève même pas les yeux de son écran tandis qu'il parle, ses doigts continuant à taper tout en ignorant trois semaines de sa vie.

— Nos lecteurs veulent de vraies nouvelles, pas des contes de fées sur l'argent magique d'Internet.

B

La silhouette compacte de Sarah est tendue sur sa chaise de bureau, ses yeux sombres étincèlent de cette colère contenue qui lui a été si utile en tant que l'une des rares journalistes américaines d'origine asiatique dans une salle de rédaction majoritairement blanche. À vingt-trois ans, elle a appris à choisir ses batailles avec soin, mais là, c'est différent. C'est comme regarder les passagers du Titanic débattre de l'aménagement des transats.

— Jonathan, j'ai interviewé des professeurs du MIT, des experts en cryptographie, des économistes.

— Et je suis sûr qu'ils ont tous été très impressionnés par ton petit projet, l'interrompt Blackwood III, levant enfin les yeux avec un sourire condescendant qui crispe la mâchoire de Sarah. Mais nous sommes un journal sérieux, pas *People*[20]. Écris un article sur les chiffres du chômage. Ce sont de vraies nouvelles qui touchent des gens réels.

Sarah voudrait soutenir que le Bitcoin aura plus d'impact sur les gens que les statistiques du chômage, mais elle sait que ce serait inutile. Blackwood III a pris sa décision à l'instinct plutôt qu'en se basant sur des preuves, ce même instinct qui l'a conduit à ignorer le sujet d'Internet en 1995 et celui des réseaux sociaux en 2006. C'est un homme bon à bien des égards, mais il souffre du fléau des cadres intermédiaires : l'incapacité à voir au-delà de ce qu'il comprend déjà.

Elle ferme son ordinateur portable avec une précision maîtrisée, comme sa mère lui a appris à préparer du kimchi, chaque geste étant réfléchi, chaque émotion contenue.

---

20 Le magazine américain People est l'équivalent de Voici en France, tous deux spécialisés dans l'actualité des célébrités et la culture populaire.

— J'aurai le rapport sur le chômage sur ton bureau demain à 17 heures.

— C'est ce que j'aime entendre. Et Kim ? (La voix de Blackwood III est juste assez chaleureuse pour être insultante.) Contente-toi peut-être d'histoires que tu peux raconter à ta grand-mère. Si elle ne comprend pas, nos lecteurs non plus.

L'ironie est amère, son attitude révèle sa dureté d'esprit. La grand-mère de Sarah comprend probablement l'argent mieux que Blackwood III ne le fera jamais ; elle a vécu la guerre de Corée, l'hyperinflation, l'effondrement monétaire et l'éducation brutale que l'on reçoit en voyant ses économies s'évaporer du jour au lendemain. Mais expliquer cela à Blackwood III l'obligerait à reconnaître que la perspective peut venir de l'expérience plutôt que d'une position institutionnelle.

Sarah rassemble ses documents de recherche, des copies imprimées du livre blanc de Satoshi, des transcriptions d'interviews, des graphiques de taux de change, et les fourre dans son vieux sac à bandoulière. Trois semaines de sa vie, réduites à recycler des informations inutiles, car elles ne correspondent pas à la définition restrictive de « vraies nouvelles » de Blackwood III.

Son téléphone vibre, un message de sa mère : *Tu peux venir dîner ce soir ? Ton père veut te parler de quelque chose.*

Le ton formel est inhabituel. Ses parents communiquent généralement dans un mélange de coréen, d'anglais approximatif et de gestes élaborés, donnant à chaque conversation des allures de performance artistique. Lorsque sa mère utilise un anglais correct dans ses SMS, cela signifie généralement qu'il se passe quelque chose de grave.

Bien sûr, répond-elle. *Tout va bien ?*

Viens à six heures. On t'expliquera.

—

Le trajet en métro jusqu'au Queens donne à Sarah le temps de digérer sa frustration professionnelle et son anxiété personnelle grandissante. L'article sur le chômage que Blackwood III souhaite est assez simple : les demandes d'allocations chômage sont en hausse de 0,3 %, les économistes sont divisés sur la question de savoir si cela témoigne d'une faiblesse économique plus générale, et les politiciens se rejettent la responsabilité de politiques antérieures à leur mandat. Elle peut l'écrire dans son sommeil, et elle le fera probablement.

Mais son esprit revient sans cesse à l'article sur le Bitcoin, qui ne verra jamais le jour. Au cours de ses recherches, elle a découvert un point que la plupart des analystes traditionnels ont manqué : il ne s'agit pas d'une simple innovation technologique. Le Bitcoin représente un changement fondamental dans la façon dont les humains peuvent coordonner l'activité économique sans dépendre d'intermédiaires institutionnels.

Les implications sont stupéfiantes. Si l'invention de Satoshi Nakamoto fonctionne comme prévu, elle peut éliminer le besoin de banques centrales, de banques commerciales, de processeurs de paiement et de la majeure partie de l'infrastructure financière qui caractérise le capitalisme moderne. Non pas par une révolution ou un bouleversement politique, mais par une preuve mathématique et une adoption volontaire.

Elle a tenté d'expliquer cela à Blackwood III en utilisant des parallèles historiques. Internet n'a pas été pris au sérieux par les médias traditionnels avant de commencer à détruire leurs modèles économiques. Le courrier électronique n'a pas été considéré comme une « véritable » communication avant de remplacer la plupart des correspondances commerciales. Le commerce en ligne a été considéré comme une mode jusqu'à ce qu'il ravage les centres commerciaux américains.

Mais Blackwood III souffre de la malédiction du présent, de son incapacité à imaginer que les systèmes actuels puissent être temporaires plutôt que permanents. Pour lui, Bitcoin est un outil informatique obscur qui n'aura jamais d'impact sur la vie des gens ordinaires. Sarah soupçonne qu'il est sur le point d'être catégoriquement démenti.

Le métro 7 traverse le Queens à vive allure, transportant le mélange habituel d'immigrants, d'étudiants et de familles ouvrières qui constituent l'épine dorsale de l'économie new-yorkaise. Sarah scrute leurs visages, se demandant combien d'entre eux possèdent des comptes d'épargne dans des banques régionales, envoient de l'argent à leur famille à l'étranger ou peinent à supporter les frais et restrictions interminables qui caractérisent le système bancaire moderne.

Ce sont les personnes qui bénéficieront le plus d'un système monétaire ne nécessitant pas d'autorisation institutionnelle. Ce sont aussi celles que Blackwood III considère comme trop simples pour comprendre les sujets financiers « complexes ».

Son téléphone vibre de nouveau, cette fois avec un e-mail de sa source. L'objet lui fait mal au cœur : « J'ai vu que votre rédacteur en chef a supprimé l'article sur le Bitcoin. Vous devriez peut-être enquêter sur First National de Long Island. J'entends des rumeurs. – Prime »

Elle ignore toujours qui il est, seulement qu'il l'a contactée trois semaines auparavant, affirmant qu'elle a la philosophie et la conviction nécessaires pour transmettre ses informations. Au début, elle a été sceptique quant aux messages cryptés anonymes, mais tous les renseignements qu'il lui a fournis se sont révélés exacts. Ses analyses des irrégularités financières se sont avérées d'une précision déconcertante, et sa connaissance du secteur bancaire traditionnel et des technologies émergentes laisse présager une expertise institutionnelle approfondie. Il n'exige jamais rien en retour, ne défend jamais d'objectifs autres que de l'encourager à approfondir des histoires que d'autres veulent occulter. Quelles que soient ses motivations, il est devenu sa source la plus fiable dans un monde où les sources fiables se font de plus en plus rares.

First National de Long Island. La banque où ses parents ont conservé leurs comptes pendant vingt-trois ans. La banque qui a séduit les immigrants coréens grâce à ses services bilingues et à ses événements communautaires. La banque qui a gagné la confiance de son père grâce à des décennies de service fiable.

Les mains de Sarah commencent à trembler tandis qu'elle répond : *Quel genre de rumeurs ?*

La réponse arrive quelques minutes plus tard : *Inquiétudes sur les liquidités. Exposition à la dette européenne. La FDIC pose des questions. Impossible d'en dire plus sur les canaux officiels.*

—

L'appartement de la famille Kim à Flushing occupe le deuxième étage d'un étroit immeuble où ont vécu trois générations d'immigrants en quête de leur propre version du rêve américain. Les parents de Sarah l'ont acheté en 1991, deux ans après leur arrivée de Séoul, avec pour seuls bagages des diplômes d'ingénieur que les employeurs américains ne reconnaissaient pas et une détermination obstinée à offrir à leur future fille des opportunités qu'ils n'ont jamais eues.

En montant les escaliers familiers, Sarah note des détails qu'elle ignore habituellement : la moquette usée, la rampe desserrée, l'odeur persistante d'huile de cuisson et de produits de nettoyage qui témoignent de décennies d'entretien minutieux par des personnes qui n'ont pas les moyens de remplacer les objets lorsqu'ils se cassent.

Elle trouve ses parents dans la cuisine, assis à la petite table en formica où elle a fait ses devoirs pendant toute l'école primaire. Mais quelque chose cloche. Son père, Jong-soo, est assis, les épaules affaissées comme jamais auparavant. Sa mère, Mi-young, divise ce qui ressemble à une petite liasse de billets en plusieurs enveloppes avec la précision méthodique d'une personne opérant une opération chirurgicale.

— Salut, maman. Papa.

Sarah embrasse sa mère sur la joue et s'assied. Son instinct de journaliste lui rappelle immédiatement les détails : l'enveloppe bancaire déchirée sur la table, la lettre officielle à en-tête de la First National, la façon méticuleuse avec laquelle sa mère compte les billets, bien trop peu nombreux pour les dépenses hebdomadaires d'une famille.

— Sarah-ya, dit son père, utilisant ce diminutif coréen qui lui donne toujours l'impression d'être une enfant.

Son anglais, habituellement précis malgré son accent, semble plus approximatif que d'habitude.

— Il faut qu'on te dise quelque chose. À propos de la banque.

Mi-young pose les billets de vingt qu'elle comptait et tend la lettre officielle à sa fille. Sarah la lit deux fois, le langage juridique devenant plus clair et plus terrible à chaque passage.

₿

Cher client,

En raison des conditions actuelles du marché et des exigences réglementaires, First National of Long Island impose des restrictions temporaires d'accès aux comptes. À compter d'aujourd'hui, les retraits sont limités à 500 $ par semaine et par titulaire de compte, sous réserve de la résolution des problèmes de liquidité.

Nous vous prions de nous excuser pour la gêne occasionnée et vous remercions de votre patience pendant cette période d'adaptation temporaire. Vos dépôts restent entièrement assurés par la FDIC, dans la limite des plafonds applicables.

Sincèrement,

La direction de First National

— Temporaire, dit Sarah d'une voix douce, le mot lui faisant l'effet de la cendre dans la bouche.

Elle a vu suffisamment de faillites bancaires au cours de sa carrière de journaliste pour savoir ce que signifie réellement « restrictions temporaires dues à des problèmes de liquidité ».

— Vingt-trois ans, dit Jong-soo, la voix lourde de trahison. Vingt-trois ans, chaque salaire, chaque remboursement d'impôt, chaque prime d'heures supplémentaires. Tout ça dans cette banque, parce qu'ils disaient que c'était sûr.

Sarah regarde les enveloppes que sa mère remplit. Chacune est étiquetée de l'écriture soignée de sa mère : « Loyer », « Courses », « Électricité », « Téléphone », « Gaz ». La pile de billets de vingt ne semble pas assez conséquente pour couvrir ne serait-ce qu'une seule catégorie.

— Combien ? demande-t-elle.

— Cent vingt-sept dollars, répond Mi-young. C'est ce qu'on a pu retirer hier avant le début des restrictions. Tout le reste...

Elle fait un geste impuissant vers la lettre de la banque.

Jong-soo se lève et se dirige vers la fenêtre, dos à sa femme et à sa fille. Sarah voit la tension dans ses épaules, la façon prudente dont il se tient pour ne pas laisser transparaître ses émotions. Il a travaillé comme concierge à l'université de New York pendant vingt-deux ans, un travail qui a peu à peu détruit son dos et sa fierté, mais a assuré un revenu stable et une assurance maladie pour sa famille.

— Quarante ans, dit-il à la fenêtre. Quarante ans que j'économise de l'argent. En Corée, en Amérique. Toujours la banque, toujours la même promesse : votre argent est à l'abri chez nous. (Il se retourne, et Sarah est surprise de le voir les larmes aux yeux.) Mais à l'abri de quoi ? À l'abri du vol, peut-être. Pas à l'abri du vol légal par la banque.

Sarah sent son monde basculer, les concepts économiques abstraits de son article censuré sur le Bitcoin deviennent soudain douloureusement personnels. Ses parents ne sont pas des victimes théoriques du risque systémique, mais des personnes réelles, dotées d'institutions de confiance se réclamant de leur fiabilité, tout en adoptant des pratiques rendant l'échec inévitable.

— Quel était ton solde ? demande-t-elle doucement.

— Quatre-vingt-sept mille quatre cent trente-deux dollars, dit Mi-young sans hésiter. L'argent de la retraite de ton père. Mes économies de mon travail à temps partiel. De l'argent pour ton mariage, pour tes petits-enfants, pour les urgences. (Elle rit amèrement.) Je suppose que c'est ça, l'urgence.

Sarah fait le calcul. Ses parents ont accès à 127 $ sur 87 432 $. Tout le reste est bloqué par des « restrictions temporaires » qui peuvent devenir permanentes sans préavis. L'assurance de la FDIC finira par couvrir la majeure partie, mais le processus pourrait prendre des mois, voire des années, à condition que l'agence dispose de fonds suffisants pour gérer plusieurs faillites bancaires simultanément.

— La crise de la dette européenne, dit-elle, des liens se formant dans son esprit de journaliste. First National a dû acheter de la dette souveraine européenne lorsque les rendements étaient élevés. Maintenant que la Grèce et l'Espagne sont en défaut...

— Je ne comprends pas ce qui se passe en Grèce, l'interrompt Jong-soo. Les promesses, ça je comprends. Ils ont promis de garder notre argent en sécurité. Ils ont promis qu'il serait là quand on en aurait besoin. Ils ont menti.

La simple vérité frappe Sarah comme un coup dur. Tous les instruments financiers complexes, les modèles de risque sophistiqués, la surveillance réglementaire, tout cela n'a plus d'importance quand les banques peuvent jouer avec l'argent des déposants et transférer les pertes aux contribuables et aux titulaires de comptes.

Elle repense au rejet par Blackwood III de son article sur le Bitcoin, le qualifiant d'« absurdité technologique ». Si Bitcoin fonctionne comme prévu, ses parents n'auront pas besoin de confier leurs économies aux banques. Ils pourront gérer leur propre argent, maîtriser leur destin financier et effectuer des transactions avec n'importe qui, n'importe où, sans autorisation institutionnelle.

Le Bitcoin s'échange à environ 80 dollars pièce, et Sarah a exactement 4 000 dollars sur son compte courant. Ses parents ont besoin d'aide immédiate, et non de solutions théoriques pour les futurs systèmes monétaires.

— Je vais vous prêter de l'argent, dit-elle. J'ai des économies et je peux utiliser mes cartes de crédit pour régler mes dépenses supplémentaires pendant un certain temps.

— Non, répond fermement Jong-soo. On ne prend pas l'argent de nos enfants. C'est l'inverse. Ce sont les parents qui prennent soin des enfants, et non l'inverse.

— Papa, ce ne sont pas des circonstances normales !

— Non, approuve Mi-young, d'accord avec son mari. On se débrouille tout seuls. On a déjà vécu des moments difficiles.

Sarah regarde ses parents, fiers, obstinés, pris au piège par des circonstances indépendantes de leur volonté, mais refusant de devenir un fardeau pour leur fille. L'injustice de cette situation lui fait trembler les mains, emprisonnée par une colère à peine contenue.

Ces personnes ont respecté toutes les règles, suivi tous les règlements et fait confiance à toutes les promesses des institutions qui prétendent servir leurs intérêts. Son père a travaillé d'arrache-pied pendant des décennies pour constituer une épargne désormais bloquée par la même banque qui a courtisé ses clients avec des supports marketing bilingues et des barbecues communautaires.

— Je vais écrire là-dessus, dit-elle soudain. Pas seulement sur votre situation, mais sur le système dans son ensemble. Comment les banques peuvent jouer avec les dépôts de leurs clients tout en mutualisant les pertes grâce à une assurance publique.

— Sarah-ya, dit doucement sa mère, tu ne peux pas changer le monde avec des articles de journaux.

— Peut-être pas. Mais je peux m'assurer que les gens comprennent ce qui se passe réellement.

Jong-soo retourne à la table et s'assied lourdement.

— Ton article sur l'argent de l'ordinateur, dit-il. Celui dont ton patron ne voulait pas. Raconte-moi.

Sarah cligne des yeux, surprise par le changement de sujet.

— Bitcoin ? C'est compliqué, papa. C'est une nouvelle forme de monnaie qui ne nécessite pas de banques.

— Pas de banques ?

— Pas de banques. Pas de contrôle gouvernemental. Personne ne peut geler ton compte ni en restreindre l'accès. Tu contrôles directement ton argent.

Jong-soo reste silencieux un long moment, le temps de traiter cette information.

— Comment ?

Sarah se lance dans une explication des propriétés fondamentales de Bitcoin : registre décentralisé, sécurité cryptographique, offre limitée, transactions *peer-to-peer*. Elle fait simple, utilise des analogies que ses parents comprennent, mais même simplifiés, les concepts sont révolutionnaires.

— Donc si nous avions cet argent Bitcoin, demande Mi-young, la banque ne pourrait pas le prendre ?

— Ils ne pourraient pas le prendre, car vous n'auriez pas besoin de le leur donner. Vous le stockeriez, le contrôleriez et le dépenseriez vous-même.

— Mais comment achètes-tu des choses ?

— Vous pouvez l'échanger contre de l'argent ordinaire en cas de besoin. Ou, à terme, vous pourrez peut-être le dépenser directement. Le réseau se développe.

Jong-soo se penche en avant, son esprit d'ingénieur explorant les possibilités techniques.

— Ça existe déjà ? Ce Bitcoin ?

— Oui. On peut l'acheter en ligne, le stocker sur son ordinateur ou un appareil spécial, et l'envoyer à n'importe qui dans le monde presque instantanément.

— Combien ça coûte ?

— Environ quatre-vingts dollars par Bitcoin, en ce moment.

Sarah regarde son père faire des calculs dans sa tête, son expression passant de la curiosité à une expression proche de l'espoir.

— Avec cent vingt-sept dollars, on pourrait acheter un Bitcoin et avoir encore de l'argent pour les courses cette semaine.

— Papa, le Bitcoin est extrêmement risqué. Son prix fluctue énormément. Tu pourrais tout perdre.

— Tout ? (Jong-soo fait un geste vers la lettre de la banque.) On a déjà tout perdu. La banque a notre argent, et on a des promesses. Au moins, avec ces Bitcoins, on contrôlerait quelque chose.

Mi-young regarde tour à tour son mari et sa fille.

— Mais nous ne maîtrisons pas l'informatique comme Sarah. Comment on s'en sert ?

— Je pourrais vous aider, dit Sarah machinalement, avant de marquer une pause, le temps de comprendre les implications.

Si elle aide ses parents à acheter des Bitcoins, elle franchira la ligne entre journaliste objective et participante active. Sa crédibilité professionnelle dépend de sa distance avec les sujets qu'elle couvre.

Mais en voyant sa mère diviser 127 $ en enveloppes pour les dépenses de survie de base, l'objectivité professionnelle lui semble être un luxe qu'elle ne peut pas se permettre.

— En fait, dit-elle lentement, laisse-moi d'abord en acheter. Pour faire un essai. Si ça marche, je vous apprendrai à vous en servir.

Sarah ne supporte pas de laisser ses parents sans aide. Avant de partir, elle laisse donc tout l'argent de son portefeuille sur la table. C'est une petite somme, mais suffisante pour que ses parents puissent s'en sortir en attendant qu'une solution soit trouvée.

—

Ce soir-là, de retour dans son studio de Brooklyn, Sarah est assise sur son futon avec son ordinateur portable, les yeux rivés sur le site d'échange Mt. Gox. La décision lui semble capitale, malgré la modique somme : elle va utiliser sa carte de crédit pour acheter 200 $ de Bitcoins à 81,50 $ l'unité.

Ni comme un investissement ni comme une spéculation. Mais comme un acte de défiance contre un système qui vient de voler à ses parents toutes leurs économies, sous prétexte de « restrictions temporaires de liquidité ».

Chaque partie rationnelle de son cerveau de journaliste la met en garde : le Bitcoin pourrait tomber à zéro, les plateformes d'échange pourraient être piratées, tout cela pourrait être une arnaque élaborée. Elle investirait ainsi une somme qu'elle ne peut se permettre de perdre dans une technologie qu'elle ne maîtrise pas parfaitement.

Mais la partie rationnelle de son cerveau lui a aussi dit que les banques sont sûres, que la surveillance réglementaire protège les déposants, que le système fonctionne pour ceux qui respectent les règles. Ses parents ont respecté toutes les règles pendant vingt-trois ans, et leur récompense se résume à 127 dollars en liquide et à une pile de promesses sans valeur.

Elle clique sur « Acheter du Bitcoin » et saisit les informations de sa carte de crédit.

La transaction est traitée en quelques minutes. 2,45 Bitcoins apparaissent sur son compte d'échange, ce qui représente 200 dollars de dettes de carte de crédit qu'elle doit rembourser avec de l'argent qu'elle n'a pas. Mais pour la première fois depuis que Blackwood III a mis fin à son article ce matin-là, Sarah a le sentiment d'accomplir quelque chose de significatif.

Son téléphone sonne. L'identifiant de l'appelant indique sa source.

— Sarah ? Je ne peux pas parler longtemps, mais je voulais vous prévenir. First National n'est pas la seule banque régionale en difficulté. L'exposition à la dette européenne est pire que ce que quiconque admet publiquement. Il pourrait y avoir d'autres faillites avant la fin de la crise.

— Combien d'autres ?

— Il pourrait y en avoir des dizaines, voire des plus encore. L'interconnexion est plus profonde qu'on ne le pense.

Après avoir raccroché, Sarah ouvre un nouveau document sur son ordinateur portable et commence à taper :

La banque qui a volé Noël : comment l'échec réglementaire et le risque systémique ont détruit le rêve américain d'une famille d'immigrants

Blackwood III ne voudra pas le publier. Trop politique, trop émotionnel, trop critique envers les institutions qui achètent des espaces publicitaires dans le *Tribune*. Mais Sarah a appris une leçon importante aujourd'hui : parfois, les histoires les plus importantes sont celles que les rédacteurs en chef ne veulent pas raconter.

Elle écrit jusqu'à 3 heures du matin, canalisant sa colère et sa frustration en 2 500 mots expliquant comment les banques peuvent jouer avec les dépôts des clients tout en transférant les pertes aux contribuables et aux déposants. Elle détaille la situation de ses parents, le contexte plus large de l'exposition à la dette européenne et les défaillances réglementaires qui ont rendu ces crises inévitables.

Puis elle fait quelque chose qu'elle n'a jamais fait auparavant : elle soumet l'histoire directement à des médias alternatifs, contournant ainsi complètement Blackwood III. Si le *Tribune* refuse de dire la vérité sur les problèmes bancaires systémiques, elle trouvera des plateformes qui le feront.

Alors qu'elle se prépare à aller se coucher, Sarah vérifie une dernière fois son solde de Bitcoins. Le prix a fluctué jusqu'à 79,23 $, ce qui signifie que son achat de 200 $ vaut environ 194 $. Elle a perdu six dollars en six heures.

Mais contrairement au compte bancaire de ses parents, ses Bitcoins sont toujours accessibles. Elle peut les envoyer partout dans le monde, les échanger contre d'autres devises ou les conserver indéfiniment sans demander l'autorisation à qui que ce soit. La volatilité est terrifiante, mais la souveraineté enivre.

Son téléphone vibre, un message de sa mère : *Je n'arrive pas à dormir. Je n'arrête pas de penser à ton argent sur l'ordinateur. Demain, tu me montreras peut-être comment ça marche ?*

Sarah sourit et répond : *Bien sûr. On trouvera une solution ensemble.*

De l'autre côté de sa fenêtre, New York vibre de son habituelle énergie nocturne, des millions de personnes travaillent, rêvent, luttent contre des systèmes qu'elles ne contrôlent pas. La plupart d'entre elles ignorent que la crise bancaire qui touche ses parents n'est qu'un début, ni qu'une nouvelle forme de monnaie émerge, susceptible de les libérer de la dépendance institutionnelle.

Mais Sarah le sait. Et demain, elle commencera à l'enseigner aux autres.

Le pari de la journaliste est scellé. Elle a choisi son camp dans une guerre dont la plupart des gens ignorent l'existence. L'issue déterminera si les institutions continueront à extraire de la valeur du travail des citoyens ordinaires, ou si des protocoles mathématiques pourront créer des alternatives plus honnêtes.

200 $ en Bitcoin. Un article tué. La confiance brisée d'une famille d'immigrants.

La révolution commence modestement, un sceptique converti à la fois.

—

B

Trois jours plus tard

Blackwood III appelle Sarah dans son bureau avec la fureur à peine contrôlée d'un homme qui a découvert que son autorité a été contournée.

— Kim, c'est quoi ce bordel ? (Il brandit une copie imprimée de son article sur la crise bancaire, repris par six médias alternatifs et qui se propage rapidement sur les réseaux sociaux.) Tu as publié ça sans autorisation, sans vérification des faits, sans supervision éditoriale.

— J'ai vérifié les faits moi-même. Chaque détail est exact et vérifié.

— Là n'est pas la question. Tu ne peux pas simplement soumettre des articles à d'autres publications tout en travaillant pour le *Tribune*. Cela viole ton contrat, porte atteinte à l'autorité éditoriale et nous donne une image d'incompétence.

Sarah regarde Blackwood III avec la sérénité et la clarté qui naissent de la volonté de couper les ponts.

— Le *Tribune* est incompétent. Vous avez étouffé l'affaire financière la plus importante de la décennie parce que vous ne l'avez pas comprise. Aujourd'hui, des dizaines de banques font faillite, des milliers de familles perdent leurs économies, et vous vous inquiétez pour votre autorité éditoriale.

— Je m'inquiète des normes professionnelles. Des journalistes qui pensent que leurs opinions personnelles comptent plus que la crédibilité institutionnelle.

— Mes parents ont perdu toutes leurs économies cette semaine. La crédibilité institutionnelle ne les a pas aidés. Les normes professionnelles ne les ont pas protégés. Le système que vous défendez a détruit leur vie.

L'expression de Blackwood III s'adoucit légèrement, mais sa voix reste sévère.

— Je suis désolé pour tes parents, Sarah. Mais ça ne te donne pas le droit de faire cavalier seul. Si tu ne peux pas travailler dans notre cadre éditorial, tu devrais peut-être envisager de travailler ailleurs.

Sarah hoche la tête, s'attendant à ce moment depuis qu'elle a cliqué sur « soumettre » son article non autorisé.

— Peut-être que je devrais.

Cet après-midi-là, elle a rangé son bureau, emporté son matériel de recherche et sa conviction grandissante que la vérité compte plus que l'approbation institutionnelle. Son solde en Bitcoins est remonté à 203 $, un gain modeste qui lui semble être une validation.

Trois semaines plus tard, elle lance « Alternative Currency News », un blog consacré au Bitcoin, aux crises bancaires et à l'innovation monétaire. Sa première abonnée est sa mère, qui a appris à utiliser le portefeuille électronique Bitcoin et convertit progressivement son argent de poche hebdomadaire en monnaie numérique.

Le pari de la journaliste lui a coûté son emploi, mais lui a valu quelque chose de plus précieux : la liberté de raconter des histoires qui comptent, que les rédacteurs en chef en comprennent ou non l'importance.

Dans quelque temps, Blackwood III demandera à l'interviewer au sujet de sa décision de ne pas avoir parlé de Bitcoin en 2012. Sarah refusera poliment, mais lui enverra un graphique montrant le cours du Bitcoin, passé de 81 $ à 50 000 $.

Certaines leçons ne peuvent être apprises que par l'expérience. Certaines histoires ne peuvent être racontées que par des personnes prêtes à sacrifier leur sécurité pour la vérité.

La révolution n'est plus théorique. Elle est personnelle.

La folie de l'argent magique sur Internet

LE NEW YORK TRIBUNE

15 octobre 2012
Par Jonathan Blackwood III
Rédacteur en chef

Dans ce qui ne peut être décrit que comme le dernier symptôme de notre descente collective dans l'hystérie numérique, un personnage anonyme se faisant appeler « Satoshi Nakamoto » (si tant est qu'il s'agisse d'un nom, d'une personne ou d'un pseudonyme cachant un groupe ou une organisation) a proposé ce qu'il appelle grandiosement « l'argent électronique *peer-to-peer* ».

On ne sait pas s'il faut rire ou pleurer devant une telle audace. Ce soi-disant « Bitcoin » prétend créer de la monnaie à partir de rien d'autre que des mathématiques et de l'électricité, comme si nous n'avions pas déjà perfectionné l'art de la monnaie grâce à des siècles d'évolution bancaire minutieuse. La proposition, diffusée par l'équivalent numérique d'un pamphlet révolutionnaire, suggère que n'importe qui doté d'un ordinateur peut désormais devenir sa propre banque centrale. Quelle charmante démocratie !

Les détails techniques – et ils sont nombreux, présentés avec une précision qui laisse soupçonner génie ou folie – s'articulent autour de ce qu'on appelle la « preuve de travail ». Ce concept, pour autant qu'on puisse le discerner à travers le brouillard du jargon cryptographique, suggère que les ordinateurs peuvent, d'une manière ou d'une autre, frapper de la monnaie en résolvant des énigmes mathématiques. On se souvient des alchimistes médiévaux, même s'ils avaient au moins la dignité de tenter de transmuter du métal véritable plutôt que de simples nombres.

Nos institutions financières, ces bastions de stabilité qui nous ont guidés pendant des siècles de croissance économique (ignorons diplomatiquement les désagréments actuels), vont apparemment être remplacées par un réseau d'ordinateurs exécutant des logiciels spécialisés. L'inventeur affirme que cela éliminera le besoin de tiers de confiance – comme si la confiance, cette relation économique fondamentale pour l'humanité, pouvait être remplacée par des algorithmes.

Le timing est, bien sûr, suspect. Alors que notre précieux système bancaire est confronté à ce que l'on nous assure être un revers temporaire, cette « cryptomonnaie » émerge tel un phénix numérique, promettant le salut grâce au silicium. On pourrait presque entendre les masses désespérées, dont les économies ont été temporairement égarées par nos gestionnaires financiers actuels, réclamer des monnaies alternatives. Ce Bitcoin ne leur offre ni or ni argent, mais des formules mathématiques et des clés de chiffrement. On suppose que la prochaine proposition impliquera le trading de contrats à terme sur des licornes.

Le plus alarmant est l'idée que ce système pourrait fonctionner en dehors des cadres réglementaires traditionnels. Les implications pour la politique monétaire sont, pour le moins, préoccupantes. Comment nos planificateurs économiques expérimentés géreraient-ils les taux d'intérêt si les citoyens pouvaient simplement se retirer du système bancaire traditionnel ? Qu'adviendrait-il de nos objectifs d'inflation soigneusement élaborés si les citoyens pouvaient placer leur patrimoine dans une monnaie dont l'offre est mathématiquement limitée ?

La communauté technique, ces éternels optimistes de l'ère numérique, a déjà commencé à « miner » ces monnaies virtuelles à l'aide de leurs ordinateurs personnels. On les imagine assis dans des pièces obscures, leurs écrans illuminant la promesse d'une monnaie virtuelle magique, tandis que leurs processeurs résolvent des calculs mathématiques incompréhensibles à la recherche d'or numérique.

L'inventeur affirme que ce système est « sans tiers de confiance », ce qui semble une description pertinente, même si ce n'est probablement pas le sens voulu. On a du mal à imaginer un investisseur sérieux confier sa fortune à la fantaisie mathématique d'un créateur anonyme, aussi élégamment construite soit-elle.

À ceux qui sont tentés par ce chant de sirène numérique, nous suggérons un instant de réflexion. L'argent, l'argent réel, requiert autorité, surveillance et, surtout, sagesse institutionnelle. Il ne peut être inventé de toutes pièces, quelle que soit la sophistication de la cryptographie.

Quant à cette expérience Bitcoin, on peut supposer qu'elle restera précisément ce qu'elle est : un exercice académique intéressant, digne d'une note de bas de page dans les annales de la technologie financière. En attendant, nous pouvons être assurés que nos institutions financières traditionnelles, ayant traversé des tempêtes bien plus terribles que cette tempête numérique, continueront d'offrir la stabilité et la sécurité nécessaires à l'argent réel.

—

Supervision du contenu sponsorisé assurée par l'International Banking Security Association

Conflit d'intérêts : l'auteur détient des participations importantes dans des institutions bancaires traditionnelles et son frère est membre senior du Defense Technology Institute.

Rémunération : « Envie d'un penthouse chic sur Park Avenue et d'un accès à un club chic ? Continuez à hocher la tête et à écrire ce que nous vous disons ! »

Journal de voyage de Satoshi
Le grand livre du marchand

8 janvier 1990 – Venise, Italie
Matinée d'hiver fraîche, 10 h 45

Depuis la fenêtre de l'étage d'une maison de commerce vénitienne restaurée, j'examine le grand livre d'un marchand datant de 1347, pages d'une comptabilité méticuleuse en partie double qui retraçait le commerce transméditerranéen. Chaque transaction était enregistrée deux fois : une fois au débit, une fois au crédit. Chaque écriture était recoupée pour garantir un équilibre mathématique.

Le génie du système devient évident lorsque je trace les transactions individuelles sur plusieurs pages. Lorsque le marchand Antoine envoyait du tissu à Constantinople, le registre enregistrait à la fois le départ des marchandises de Venise et leur arrivée prévue à Byzance. Lorsque le paiement arrivait des mois plus tard, les deux parties de la transaction étaient mises à jour pour refléter leur finalisation.

Mais ce registre appartenait à une seule maison de commerce. D'autres commerçants tenaient leurs propres registres, créant un système fragmenté où la confiance reposait sur la réputation institutionnelle plutôt que sur la vérité partagée. Les litiges nécessitaient le règlement par des autorités qui n'avaient pas toujours accès à l'intégralité des informations.

Le canal en contrebas reflète la lumière hivernale tandis que les bateaux-taxis naviguent entre des bâtiments anciens. La réussite de Venise en tant qu'empire commercial s'explique en partie par le développement de mécanismes sophistiqués permettant de suivre les obligations commerciales dans le temps et à distance. Pourtant, ces mécanismes restèrent centralisés au sein de maisons de commerce individuelles et dépendaient en dernier ressort de l'application légale des autorités vénitiennes.

Et si le registre lui-même pouvait être partagé entre tous les participants ? Et si chaque commerçant pouvait conserver une copie identique de toutes ses transactions, automatiquement synchronisée et vérifiée mathématiquement ? Et si les litiges pouvaient être résolus par un examen objectif d'un enregistrement immuable plutôt que par une interprétation subjective des autorités ?

Les marchands médiévaux ont résolu une partie du problème grâce à la comptabilité en partie double, chaque transaction étant équilibrée mathématiquement et chaque enregistrement étant recoupé pour plus de cohérence. Mais ils n'ont pas pu résoudre le problème plus vaste de la confiance entre des parties indépendantes tenant des registres distincts.

Je trace du doigt une inscription effacée concernant une expédition de soie à destination de Londres. Le marchand qui a écrit ces lignes est mort il y a six siècles, mais son récit reste lisible. L'information a survécu plus longtemps que les institutions qui l'ont créée, plus longtemps que les gouvernements qui l'ont appliquée, plus longtemps que les biens matériels qu'elle décrivait.

Cette permanence me fascine. Les documents écrits peuvent survivre à leurs créateurs, mais ils restent vulnérables à l'altération, à la destruction ou à la préservation sélective. Et si les documents pouvaient être rendus véritablement immuables grâce à une protection mathématique plutôt qu'à une préservation physique ?

Le gondolier ci-dessous s'écrie en italien tandis qu'il navigue dans un étroit canal. Son chemin est déterminé par les contraintes physiques du cours d'eau : il ne peut traverser la roche, ignorer le sens du courant et transgresser les lois de la physique. Son itinéraire est déterminé par la réalité objective plutôt que par des préférences subjectives.

Et si les registres financiers pouvaient posséder une objectivité similaire ? Et si le registre pouvait devenir une structure mathématique partagée, mise à jour par preuve cryptographique plutôt que par une autorité institutionnelle ? Et si chaque participant pouvait conserver une copie identique, synchronisée grâce à un protocole rendant toute manipulation mathématiquement impossible ?

Le grand livre du marchand se ferme avec un claquement satisfaisant, mais le concept qu'il représente continue d'évoluer dans mon esprit : un grand livre distribué, partagé entre tous les participants, mis à jour par consensus, protégé par les mathématiques, accessible à tous, contrôlé par personne.

Le fondement du commerce honnête : la vérité partagée, des documents immuables, une vérification mathématique.

La Conférence Convergence

Centre de congrès de Miami Beach – Octobre 2015

Le soleil matinal projette de longues ombres sur la baie de Biscayne tandis que les premiers adeptes du Bitcoin, les sceptiques et les curieux convergent vers le Miami Beach Convention Center. La première grande conférence Bitcoin hors du cercle des développeurs rassemble un mélange éclectique de technologues, d'investisseurs, de journalistes et de philosophes, tous aux prises avec la même question fondamentale : cette expérience numérique est-elle pertinente, ou s'agit-il simplement d'une spéculation sur les prix déguisée en innovation ?

Hal Fynn sort de sa voiture de location sur le parking du centre de congrès, son sac d'ordinateur portable chargé de statistiques minières et de prévisions de bénéfices. À cinquante ans, ce Dublinois a vu sa modeste exploitation minière familiale évoluer vers une activité proche de l'échelle industrielle. Les chiffres sont convaincants, son taux de hachage[21]a connu une croissance

---

21Le taux de hachage Bitcoin désigne la puissance de calcul totale utilisée pour sécuriser le réseau en résolvant des problèmes mathématiques complexes. Mesuré en hachages par seconde (H/s), il représente la capacité de traitement collective des

exponentielle ces dernières années, mais quelque chose le taraude tandis qu'il observe les fluctuations des prix sur son téléphone.

— Un gain d'efficacité de mille pour cent, mais que construisons-nous réellement ? murmure-t-il.

Le cours du Bitcoin est comme des montagnes russes émotionnelles : 177 $ au début de l'année, 465 $ maintenant, en pleine ascension, avant de retomber subitement. Chaque hausse et chaque chute lui retournent l'estomac, une houle incessante qui le laisse étourdi. Pourtant, malgré la nausée, il sent encore le fondement de quelque chose d'inébranlable sous les vagues.

Au palais des congrès, Sarah Kim installe son matériel d'enregistrement près de la scène principale. Elle n'est plus rédactrice du *Tribune* depuis que son article sur le Bitcoin a été supprimé ; elle travaille désormais comme journaliste indépendante et documente ce qu'elle considère comme l'expérience monétaire la plus importante depuis l'étalon-or. Les mots méprisants de son rédacteur en chef la blessent encore : « L'argent magique d'Internet. » Mais en voyant la foule hétéroclite se rassembler autour d'elle, Sarah sait qu'elle assiste à un événement historique.

— Prix contre valeur, dit-elle dans son enregistreur, testant les niveaux. Cela semble être la principale tension. Les gens se demandent sans cesse combien vaut le Bitcoin en dollars, alors que la vraie question est peut-être de savoir si les dollars vaudront quelque chose en Bitcoin.

---

mineurs. Un taux de hachage élevé indique une sécurité et une concurrence accrues sur le réseau. Il fluctue en fonction de la rentabilité du minage, des avancées matérielles et des changements réglementaires, ce qui affecte directement la difficulté du minage et le temps de production des blocs.

Victor Montoya est arrivé dans une berline noire, sa carte de visite de la Deutsche Bank, symbole d'autorité institutionnelle, dans son portefeuille. Il est venu en mission pour le compte de la division d'évaluation des risques de la banque afin de recueillir des renseignements sur ce « phénomène des cryptomonnaies » et de déterminer s'il représente une menace pour les opérations bancaires traditionnelles.

À quarante ans, Victor incarne tout le succès de la finance conventionnelle : costumes élégants, analyses pointues et confiance absolue dans le système monétaire qui a rendu sa carrière possible. Le Bitcoin lui apparaît au mieux comme une curiosité technique élaborée, au pire comme une illusion dangereuse. Son rôle consiste à le comprendre suffisamment bien pour le rejeter avec autorité, fournissant à ses supérieurs l'analyse experte dont ils ont besoin pour ignorer cette « monnaie Internet » avec une confiance institutionnelle.

Orion Vale entre par la porte principale, un sac besace couvert d'autocollants de conférences de cryptographie sur l'épaule. Ce développeur basé à San Francisco a été l'un des premiers à répondre aux premiers courriels de Satoshi, apportant des correctifs de code et des perspectives philosophiques aux discussions initiales du projet. Maintenant que le cours du Bitcoin monte tandis que sa communauté d'origine se divise entre puristes et spéculateurs, il se demande si le succès ne risque pas de corrompre l'édifice même qu'ils ont construit.

— Nous avons créé cela pour libérer l'humanité de la manipulation financière, pense-t-il en regardant les traders discuter autour de leurs ordinateurs portables d'opportunités d'arbitrage. Et si nous créions simplement un nouveau casino ?

Le hall principal du centre de congrès bourdonne de conversations qui révèlent les lignes de fracture qui se forment au sein de la communauté Bitcoin :

Près de la table d'inscription, un groupe de mineurs de la première heure débat pour savoir si la hausse du prix du Bitcoin valide leur foi ou corrompt leur mission.

— Un Bitcoin vaut un Bitcoin, insiste un jeune programmeur berlinois. Le cours du dollar importe peu, il s'agit de construire une infrastructure monétaire parallèle.

— Sans importance ? s'exclame un trader new-yorkais en riant. Dites-le à mon prêt immobilier. Si ce truc atteint cinquante dollars, je pourrai quitter mon emploi et me consacrer à temps plein.

À la buvette, des journalistes de grands médias financiers interviewent les participants avec un scepticisme à peine dissimulé. « Mais sur quoi repose tout cela ? demandent-ils sans cesse. L'or a des applications industrielles. Le dollar est garanti par l'État. Qu'est-ce qui donne de la valeur à ces chiffres affichés sur un écran d'ordinateur ? »

Cette question révèle l'ampleur du fossé paradigmatique. Pour les journalistes, la valeur nécessite une validation externe, un décret gouvernemental, l'appui d'une marchandise et une garantie institutionnelle. Pour les adeptes du Bitcoin, la valeur émerge du consensus, de la preuve mathématique, des effets de réseau et de la reconnaissance collective de l'utilité.

Théo Babylon observe ces échanges depuis les fenêtres donnant sur la baie, son esprit philosophique cataloguant les hypothèses sous-jacentes à chaque perspective. L'universitaire turc est venu d'Oxford spécialement pour assister à ce choc des visions du monde. Dans son carnet, il esquisse les liens entre les théories monétaires anciennes et ce qui se passe dans ce palais des congrès.

« Ils parlent de valeur intrinsèque comme si elle allait de soi, écrit-il. Mais la valeur a toujours été relationnelle, contextuelle, née de l'intersection des besoins humains et des solutions disponibles. La valeur du Bitcoin n'est pas intrinsèque, elle est collaborative. Elle naît du choix du réseau de la reconnaître et de la préserver. »

Au début des séances matinales, le même thème domine chaque panel : prix versus valeur. La terminologie révèle des visions du monde.

// Les participants, focalisés sur les prix, ont abordé les sujets des taux de change, de la capitalisation boursière, des volumes d'échange et du rendement des investissements. Ils considéraient le Bitcoin comme un actif susceptible d'être valorisé par rapport à d'autres actifs.

// Les participants, axés sur la valeur, ont discuté de la résistance à la censure, de la souveraineté monétaire, de l'offre limitée et de la monnaie programmable. Ils ont vu le Bitcoin comme un outil créant de la valeur grâce à ses propriétés et à ses effets de réseau.

La tension n'est pas seulement sémantique. Elle reflète des visions contradictoires de ce que peut devenir Bitcoin :

Un actif spéculatif qui fluctue au gré du sentiment du marché, enrichissant les premiers utilisateurs tout en restant marginal dans l'économie globale ? Ou une innovation monétaire susceptible de restructurer en profondeur la façon dont les humains coordonnent l'activité économique ?

Sarah Kim a interviewé des participants des deux camps, consciente que ce clivage philosophique va façonner la trajectoire de Bitcoin pour les années à venir. Les partisans du prix apportent capitaux et attention, accélérant le développement et l'adoption du Bitcoin. Mais ils apportent aussi les tendances à la financiarisation que celui-ci est censé contourner.

La foule axée sur la valeur préserve le potentiel révolutionnaire de Bitcoin, mais risque de devenir une secte isolée, déconnectée des besoins pratiques qui conduiraient à une adoption généralisée.

En fin de matinée, cinq personnes se retrouvent dans le même ascenseur, non par hasard, mais attirées par l'attrait de questions non résolues. Chacune est arrivée à la conférence avec sa propre conception de la valeur et du prix, mais toutes sentent que cette distinction est plus importante qu'elles ne peuvent l'exprimer.

Hal Fynn se demande si ses profits miniers représentent une extraction ou une contribution. Alex, adoptant une perspective économique keynésienne, se demande si le Bitcoin représente une véritable création de valeur ou une frénésie spéculative. Victor Montoya aborde le sujet avec un scepticisme institutionnel, cherchant à comprendre pourquoi des personnes par ailleurs rationnelles croient que le code informatique peut remplacer des siècles d'évolution monétaire. Orion Vale craint que le succès du prix du Bitcoin ne compromette sa proposition de valeur. Et la vieille dame qu'ils vont rencontrer, Grand-mère Betty, qui s'est trompée de conférence et cherchait une présentation sur un bateau de croisière, posera les questions qu'aucun d'eux n'a pensé à poser.

Alors que les portes de l'ascenseur se ferment, les piégeant entre les étages 16 et 17, ils seront obligés d'affronter les questions fondamentales qu'ils ont tous évitées :

Qu'est-ce qui donne de la valeur à quelque chose ? Quel est le lien entre la valeur et le prix ? Pourquoi certains considèrent-ils le Bitcoin comme un jeton numérique sans valeur, tandis que d'autres le voient comme le fondement d'un nouveau système monétaire ? Et surtout : comment une chose passe-t-elle d'un prix sans valeur à une valeur que le prix n'a pas encore reconnue ?

L'ascenseur tombera en panne, mais leur conversation fonctionnera parfaitement, servant de microcosme au dialogue plus large qui se déroule au sein de la communauté Bitcoin alors qu'elle lutte contre son propre succès et pour maintenir ses valeurs d'origine tout en obtenant une reconnaissance générale.

À l'extérieur, la conférence se poursuit. Mais dans ce petit espace suspendu entre deux étages, cinq inconnus vont s'engager dans le dialogue socratique dont Bitcoin a le plus besoin : une analyse honnête de la signification de la valeur dans un monde où tout a un prix, mais où peu de choses ont une valeur durable.

La révolution n'est pas seulement technologique, elle est philosophique. Et la philosophie, contrairement aux prix, ne peut être manipulée par les marchés ni dictée par les autorités. Elle ne peut émerger que d'une enquête honnête, comme celle qui va se dérouler dans un ascenseur en panne à Miami Beach.

B

Coincé entre les étages

DING... CLONK... silence.

L'ascenseur s'arrête brusquement entre le 16ᵉ et le 17e étage du Miami Beach Convention Center, l'éclairage de secours baignant tout d'une lueur rouge inquiétante. Tout en bas, le faible chant « Les HODLeurs vont HODLer » [22] *résonne dans le bâtiment tel un rituel tribal lointain.*

Grand-mère Betty : [appuie frénétiquement sur les boutons] Ce n'est certainement pas l'ascenseur du bateau de croisière qui mène au buffet...

Le banquier [Victor] : [desserre sa cravate Hermès] Parfait. Parfait. Coincé avec une bande d'anarchistes crypto pendant que mon portefeuille de produits dérivés brûle.

---

22 Né d'une faute de frappe du terme « hold » (« conserver ») en 2013, HODL est devenu l'acronyme de « Hold On for Dear Life » (« conserver comme si sa vie en dépendait »). Il est devenu la philosophie de Bitcoin, qui consiste à maintenir une conviction à long terme malgré la volatilité du marché. Il incarne une croyance patiente dans la valeur fondamentale de Bitcoin plutôt que dans les fluctuations transitoires des prix, privilégiant l'alignement sur la valeur réelle plutôt que sur les réactions émotionnelles du marché.

Économiste autrichien [Orion] : [consulte sa montre de poche] Au moins, nous utilisons notre temps de manière productive. Aucun pouvoir central ne peut manipuler notre situation actuelle.

Professeur kenyan [Alex] : [roule des yeux] À moins que vous ne considériez la gravité comme une politique monétaire.

Bitcoiner maximaliste « yeux laser » [Hal] : [hyperventile] Impossible de... rater... le discours... de Michael Saylor... LE Bitcoin EST INÉVITABLE !

Le téléphone d'urgence se met soudainement à crépiter.

Numéro d'urgence : [voix philosophique] Bonjour, âmes en difficulté. Ceci est votre ligne d'assistance téléphonique en cas de crise philosophique. Comment pouvons-nous remettre en question vos hypothèses aujourd'hui ?

Grand-mère : Ce n'est... pas un protocole d'urgence normal.

L'ascenseur : [voix autour d'eux] Cette situation n'a rien d'anormal ! J'ai écouté des conversations toute la journée, et je pense qu'il est temps qu'on ait une vraie discussion.

Tout le monde saute en arrière et s'entasse dans les coins de l'ascenseur.

Victor : J'hallucine. Le stress a fini par me briser le cerveau.

L'ascenseur : Oh, ce n'est que le début ! J'ai entendu des milliers de conversations aujourd'hui : traders, philosophes, maximalistes, sceptiques. Et vous avez tous été coincés ensemble, car l'univers a un sens de l'humour face à l'ironie.

Orion : [plisse les yeux] L'école autrichienne n'aborde pas... les ascenseurs parlants.

L'ascenseur : Mais elle aborde la valeur, n'est-ce pas ? Alors, dites-moi, qu'est-ce qui donne de la valeur à quelque chose ?

Hal : [toujours paniqué] Bitcoin ! LA RÉPONSE EST TOUJOURS Bitcoin !

L'ascenseur : [ravi] Excellent début ! Mais POURQUOI Bitcoin ?

L'ascenseur chute de cinq centimètres. Tout le monde s'agrippe aux rampes.

Orion : [confus] Attends, pourquoi on est tombés ? On a répondu à ta question !

L'ascenseur : [amusé] Je veux juste vous tenir en haleine ! On ne peut pas vous faciliter la tâche, hein ?

Alex : [se stabilise] C'est exactement le genre de volatilité contre laquelle je vous avais mis en garde !

L'ascenseur : Oh, ce n'est pas de la volatilité, c'est du progrès ! Chaque fois que quelqu'un se rapproche de la Vérité, on monte ! Chaque fois que quelqu'un se réfugie dans ses vieilles pensées... l'ascenseur descend d'un pouce... enfin, vous voyez l'idée.

Grand-mère : [d'un ton neutre] Nous devons donc déterminer ce qui rend le Bitcoin précieux, ou nous allons tomber ?

L'ascenseur : Vous voyez ? Pendant que les banquiers pontifient sur la liquidité, que les économistes keynésiens débattent des multiplicateurs et que les maximalistes du Bitcoin récitent des livres blancs, la vraie sagesse va droit au but ! Tous ces experts aux diplômes prestigieux n'ont rien à voir avec la compréhension de Grand-mère ! Qu'en penses-tu, Grand-mère ?

Grand-mère : Eh bien, mon petit-fils n'arrête pas de parler d'« or numérique », mais je ne peux pas le tenir, je ne peux pas le voir, je ne peux pas faire de pâtisserie avec...

Victor : [intervient] Exactement ! Il n'est soutenu par RIEN ! Aucune garantie gouvernementale, aucune réserve d'or, aucun actif tangible !

L'ascenseur descend sensiblement !

Orion : [passionné], Mais c'est précisément pour ça qu'il est supérieur ! Pas de manipulation politique, pas d'inflation par décret !

L'ascenseur se stabilise légèrement.

L'ascenseur : Intéressant ! Victor pense que la valeur vient du soutien, et Orion pense qu'elle vient de l'indépendance. Et vous, HAL, qu'en pensez-vous ?

Hal : [rapidement] EFFETS DE RÉSEAU ! LA LOI DE METCALFE ! PLUS D'UTILISATEURS ÉGAL À PLUS DE VALEUR ÉGAL À PLUS DE NOMBRE ÉGAL À...

Alex : [l'interrompt]... une manie spéculative sans justification économique fondamentale !

L'ascenseur chute brusquement.

L'ascenseur : [reprend]... Ouah ! On recule ! Essayons une autre approche.

L'ascenseur ronronne, et soudain les murs deviennent transparents. À travers la vitre, ils peuvent voir d'autres ascenseurs se déplacer à travers le temps, témoignant des différentes époques des échanges humains.

L'ascenseur : Regardez autour de vous. Que voyez-vous ?

Grand-mère : [montre du doigt] Celui-là montre des gens qui échangent des coquillages !

Victor : [plisse les yeux] Et là... c'est une foire médiévale ? Ils pèsent des pièces d'argent.

Orion : L'ère de l'étalon-or ! Comme c'est excitant ! Regardez comme leur argent était stable !

Alex : [note], Mais aussi à quel point leur croissance économique était limitée...

Hal : [émerveillé] Et celui-là a des smartphones... les premières transactions Bitcoin !

L'ascenseur : [L'ascenseur monte légèrement] Maintenant, nous arrivons quelque part ! Vous remarquez le schéma ?

Grand-mère : Chaque groupe échange... des choses différentes ?

L'ascenseur : Exactement ! Coquillages, argent, or, papier, code numérique. Mais qu'est-ce que l'on retrouve dans chaque ascenseur ?

Victor : [à contrecœur] Ils sont... d'accord sur la valeur ?

L'ascenseur : DING DING DING !

L'ascenseur saute.

Alex : Mais c'est un raisonnement circulaire ! C'est précieux parce que les gens le pensent !

Orion : Non, il doit y avoir des propriétés objectives qui créent de la valeur, de la rareté, de la durabilité, de la portabilité...

Hal : PERFECTION MATHÉMATIQUE ! CODE IMMUABLE ! CONSENSUS SANS TIERS DE CONFIANCE !

L'ascenseur tremble, sans monter ni descendre.

L'ascenseur : Vous avez tout à la fois raison et tout à fait tort. Réfléchissez bien !

Grand-mère : [à voix basse] Et si... c'était les deux ?

Tout le monde se tourne vers elle.

Grand-mère : Et si les choses avaient besoin de bonnes propriétés ET de personnes qui reconnaissent ces propriétés ?

L'ascenseur monte sensiblement.

L'ascenseur : [vrombissement mécanique de satisfaction] LA GRAND-MÈRE COMPREND !

Victor : [confus] Comprend quoi ?

Grand-mère : Eh bien, dans l'abri de jardin de mon défunt mari se trouvaient les meilleurs marteaux du quartier. Ils avaient de bonnes propriétés, un poids équilibré, un métal solide et une prise en main confortable. Mais ils n'ont pris de la valeur que lorsque d'autres personnes ont compris qu'elles pouvaient les emprunter.

Orion : [excité] C'est vrai ! Les marteaux avaient une utilité objective, mais nécessitaient une reconnaissance subjective !

Alex : Donc... Bitcoin a des propriétés objectives, une offre limitée, une vérification décentralisée, mais a besoin d'une reconnaissance collective pour devenir précieux ?

Hal : [presque en pleurs] C'est... c'est magnifique ! MATHS PLUS CONSENSUS ÉGAL À DE LA MONNAIE SAINE !

L'ascenseur monte de plusieurs étages.

L'ascenseur : Mais ce n'est pas tout ! Que se passe-t-il quand les prix grimpent en flèche, mais que les propriétés restent les mêmes ?

Les murs transparents affichent désormais les graphiques des prix du Bitcoin, avec leurs fluctuations sauvages de haut en bas.

Victor : [montre du doigt] Tu vois ! Complètement irrationnel ! Un comportement de bulle classique !

Orion : Le prix fluctue, mais les propriétés monétaires restent constantes.

Alex : Volatilité induite par les émotions autour d'un noyau potentiellement stable...

Grand-mère : Comme les sautes d'humeur de mon petit-fils. Au fond, c'est le même bon garçon, mais son enthousiasme est fluctuant.

L'ascenseur : [bip électronique] Alors, quelle est la différence entre le PRIX et la VALEUR ?

Hal : [crie] UN Bitcoin EST ÉGAL À UN Bitcoin !

L'ascenseur : c'est-à-dire ?

Hal : [se calme] Les propriétés du réseau ne changent pas en fonction du prix en dollars. La rareté, la sécurité, l'accessibilité mondiale, tout est là, que ça coûte 1 $ ou 100000 $.

Victor : [lentement] Donc le prix n'est qu'un... sentiment temporaire du marché ?

Alex : Alors que la valeur est... l'utilité sous-jacente et les propriétés reconnues ?

Grand-mère : La vraie valeur de ma maison ne correspond pas vraiment aux chiffres délirants sur Zillow, mais plutôt au fait que c'est le foyer de ma famille.

L'ascenseur monte progressivement.

L'ascenseur : On avance ! Mais voici la dernière question...

L'ascenseur ronronne et les parois montrent un diagramme de réseau, des points se connectant à d'autres points, croissant de façon exponentielle.

L'ascenseur : POURQUOI la reconnaissance se propage-t-elle ?

Orion : Les forces du marché ! Les gens reconnaissent les opportunités de profit !

Alex : Preuve sociale ! Courbes d'adoption et effets de réseau !

Hal : [hypnotisé] Chaque nouvel utilisateur le rend plus précieux pour tous les autres...

Grand-mère : [plisse les yeux sur le schéma] C'est comme... un téléphone ? Tout seul, ça ne sert à rien, mais chaque nouvelle personne améliore le fonctionnement pour tout le monde.

Victor : [a une révélation] Attendez... donc la valeur ne concerne pas seulement la chose en elle-même, ou seulement les gens qui y croient...

L'ascenseur : [vrombissement mécanique] Continuez...

Victor : La valeur émerge de la CONNEXION entre les esprits reconnaissant les mêmes propriétés ?

Ding !

L'ascenseur monte soudainement jusqu'au 21ᵉ étage, et les portes s'ouvrent pour révéler la conférence Bitcoin de Miami en plein essor.

Participant à la conférence : [regarde à l'intérieur] Salut, tout va bien ? Vous êtes bloqués depuis... trois minutes.

Alex : [regarde sa montre] Trois minutes ?!

L'ascenseur : [rires électroniques] Le temps est relatif quand on a des révélations.

Hal : [trébuche] On vient... de résoudre la nature de la valeur ?

Grand-mère : [lui tapote le bras] Chéri, on vient de comprendre la première partie. La vraie question est : que faire de cette compréhension ?

Victor : [hébété] Je dois appeler mon responsable de la conformité...

Orion : [excité] Cela change tout dans la théorie monétaire !

L'ascenseur : [voix s'estompe tandis que les portes se ferment] N'oubliez pas : la valeur ne se découvre ni ne se crée. Elle se reconnaît et se choisit ensemble.

Le groupe se tient dans le couloir de l'hôtel, clignant des yeux sous la lumière fluorescente habituelle. Autour d'eux, les participants à la conférence se pressent, leurs ordinateurs portables couverts d'autocollants Bitcoin à la main, et discutent de taux de hachage et de capitalisation boursière.

Grand-mère : [au groupe] Alors... quelqu'un veut prendre un café et voir ce qui va suivre ?

Alex : [hoche lentement la tête] Je pense... oui. Je pense que nous en avons besoin.

Victor : [desserre encore plus sa cravate] Peut-être... peut-être que je devrais vraiment écouter un de ces discours.

Hal : [sourit] BIENVENUE DANS LA RÉVOLUTION ! [marque une pause], Mais... une révolution réfléchie et philosophique.

Orion : Une révolution basée sur la compréhension, pas seulement sur l'enthousiasme.

Alors qu'ils se dirigent vers la salle de conférence, le téléphone d'urgence de l'ascenseur crépite une dernière fois :

L'Ascenseur : [voix lointaine] Oh, et les amis ? C'était juste une question d'échauffement. Attendez de voir ce qui se passe quand le réseau prend conscience de lui-même...

Un grésillement, puis les portes de l'ascenseur se ferment avec un dernier DING satisfait.

Grand-mère : [à elle-même] Je devrais vraiment appeler mon petit-fils et lui raconter ça. Même si je ne suis pas sûre qu'il me croira.

Victor : [renchérit] Madame, après aujourd'hui, je ne suis plus sûr de mes convictions. Et d'une certaine manière... ça ressemble à un progrès.

Ils entendent la voix de Michael Saylor tonner depuis l'intérieur de la salle de conférence : « ... et c'est pourquoi Bitcoin est le prédateur suprême de l'énergie monétaire... »

Alex : [soupire] Eh bien, au moins, nous sommes philosophiquement préparés à tout ce que CELA signifie.

Journal de voyage de Satoshi
L'économie de l'île

4 juillet 1990 – Santorin, Grèce
Soirée claire, 19 h 42

Depuis le café perché sur la falaise surplombant la mer Égée, j'observe la danse économique complexe d'une communauté insulaire. Les pêcheurs échangent leur pêche du matin contre du pain auprès du boulanger, qui échange de la farine contre de l'huile d'olive auprès du fermier, qui achète des outils auprès du forgeron, qui échange des objets en métal contre du poisson. Chaque échange est volontaire, mutuellement bénéfique et ne nécessite aucune autorité centrale.

La beauté de ce système réside dans sa coordination organique. Aucun ministère ne décide de la quantité de poissons à pêcher, de la quantité de pain à cuire ou du moment où les outils doivent être forgés. L'économie de l'île s'auto-organise grâce à des décisions individuelles qui, d'une certaine manière, contribuent à la prospérité collective.

Pourtant, le système rencontre des difficultés de coordination. Le pêcheur veut du pain maintenant, mais le boulanger a besoin de farine demain. L'agriculteur a besoin d'outils immédiatement, mais le forgeron désire des olives le mois prochain. Comment coordonner les échanges dans le temps et l'espace sans centre d'échange central ?

Ils résolvent ce problème grâce à leur réputation et à leurs relations. Le boulanger accorde un crédit au pêcheur, car des années d'interaction ont établi la confiance. Le cultivateur prépare les olives pour une livraison ultérieure, car le forgeron a fait ses preuves. Les liens sociaux permettent une coordination économique au-delà des échanges immédiats.

Mais les systèmes basés sur la réputation ont leurs limites. Ils fonctionnent bien dans les petites communautés où tout le monde se connaît, mais s'effondrent à mesure que les réseaux s'élargissent et deviennent plus impersonnels. Comment des milliers, voire des millions d'inconnus pourraient-ils coordonner leurs activités économiques sans relations personnelles ni intermédiaires institutionnels ?

En dessous de moi, un cargo s'approche du port, transportant des marchandises en provenance d'Athènes. L'économie insulaire s'étend au-delà de la production locale grâce à des réseaux commerciaux qui s'étendent à travers la Méditerranée. Or, ces réseaux étendus nécessitent des mécanismes de coordination supplémentaires, des monnaies, des contrats et des institutions chargées de l'application des lois.

L'économie locale démontre une chose profonde : l'échange volontaire crée de la valeur pour tous les participants. Le pêcheur valorise davantage le pain que le poisson, le boulanger valorise davantage le poisson que le pain, et tous deux bénéficient donc de ce commerce. Aucune autorité n'a besoin d'imposer ces échanges ; l'intérêt mutuel stimule la coordination volontaire.

Et si ce principe pouvait être appliqué à grande échelle ? Et si l'échange volontaire pouvait coordonner l'activité économique sur de vastes réseaux sans nécessiter de supervision institutionnelle ? Et si la technologie pouvait remplacer la réputation personnelle par une vérification mathématique ?

Le coucher de soleil colore les parois de la caldeira de nuances dorées et cramoisies. Les forces naturelles ont façonné ce paysage par des processus géologiques qui n'ont nécessité aucune planification centralisée, ni activité volcanique, ni érosion, ni sédimentation. La beauté de l'île naît de lois naturelles qui agissent au fil du temps, créant un ordre sans aucune conception consciente.

Les systèmes économiques pourraient peut-être atteindre un ordre émergent similaire. La participation volontaire à des protocoles mathématiques pourrait peut-être coordonner l'activité humaine aussi efficacement que les forces géologiques coordonnent les processus naturels. Les réseaux pourraient peut-être s'auto-organiser autour de structures incitatives récompensant les comportements bénéfiques et décourageant les actions néfastes.

Un navire marchand passe au loin, sa route est déterminée par le vent, le courant et les exigences de la cargaison plutôt que par les directives gouvernementales. Le capitaine navigue selon des contraintes objectives (physique, géographique, météo), tout en poursuivant des objectifs subjectifs : profit, respect des délais et sécurité.

Cette combinaison de contraintes objectives et de motivations subjectives crée des schémas prévisibles. Les navires suivent des itinéraires optimaux non pas parce que les autorités imposent des itinéraires spécifiques, mais parce que des incitations naturelles guident une navigation efficace. Il en résulte un réseau de transport auto-organisé qui dessert le commerce mondial sans planification centralisée.

Les mêmes principes pourraient s'appliquer aux réseaux numériques. Des contraintes mathématiques pourraient guider les comportements, tandis que des incitations économiques motiveraient la participation. Il pourrait en résulter des systèmes monétaires coordonnant l'activité mondiale par la participation volontaire plutôt que par l'autorité institutionnelle.

Tandis que les étoiles apparaissent au-dessus de nos têtes, l'activité économique de l'île se poursuit. Les restaurants accueillent les touristes, les pêcheurs préparent la pêche du lendemain, les commerçants calculent leurs profits et leurs pertes. L'économie locale vibre, alimentée par les échanges volontaires et les bénéfices mutuels.

Quelque part dans cet ancien modèle d'échanges et de coopération se trouve le modèle des économies numériques qui pourraient servir l'humanité sans nécessiter l'abandon de l'autonomie individuelle au profit du contrôle institutionnel.

La révolution ASIC

« L'art du progrès consiste à préserver l'ordre au milieu du changement et à préserver le changement au milieu de l'ordre. »[23]

– Alfred North Whitehead

Année 2016

L'entrepôt bourdonne d'un son sans précédent dans l'histoire de l'humanité. Rangées après rangées de puces spécialisées, chacune conçue dans un seul but : résoudre des hachages SHA-256[24] à des vitesses qui auraient semblé impossibles quelques mois auparavant. Ce n'est plus le doux vrombissement des ventilateurs de processeur,

---

23 Alfred North Whitehead (1861–1947) était un mathématicien et philosophe britannique connu pour ses travaux en logique, métaphysique et philosophie des sciences.

24 Hachage SHA-256 dans Bitcoin : une fonction cryptographique qui convertit les données en une chaîne fixe de 64 caractères. Bitcoin l'utilise pour le minage (trouver des hachages inférieurs à la difficulté cible), la liaison de blocs dans la blockchain, la création d'identifiants de transaction et la garantie de l'intégrité des données. Il est unidirectionnel et déterministe : une même entrée produit toujours le même hachage, mais il est irréversible, ce qui rend Bitcoin infalsifiable.

c'est la révolution industrielle 2.0, le son de l'évolution de la dimension minérale.

Désormais mineur actif, Hal Fynn se tient au centre de l'action, observant la chaleur miroiter au-dessus de ses mineurs ASIC. À cinquante et un ans, ses cheveux châtain foncé sont parsemés d'importantes mèches argentées, et son teint délavé témoigne des longues heures passées dans des entrepôts comme celui-ci. Ses yeux d'un vert intense brûlent toujours de la même passion qui l'a poussé à miner les premiers blocs sept ans auparavant, mais cette passion a évolué vers quelque chose de plus industriel, de plus ambitieux. Hal porte le poids de ses années d'études en programmation informatique et en systèmes de cryptomonnaies. Il a été témoin de la crise financière de 2008, développeur freelance, voyant ses clients disparaître, a vu l'assouplissement quantitatif détruire l'épargne et a passé d'innombrables nuits à étudier le livre blanc de Satoshi. Son malaise n'est pas dû à un idéalisme naïf, mais au scepticisme durement acquis de celui qui a vu la centralisation corrompre tous les systèmes monétaires avec lesquels il a travaillé.

Renata Vega, une jeune développeuse Bitcoin, se déplace derrière lui, mal à l'aise. Ses épaisses tresses brunes sont cachées sous une casquette de baseball, et son regard analytique et chaleureux examine les rangées de machines avec l'attention attentive de quelqu'un qui en comprend à la fois la puissance et le coût. Ses mains puissantes, expertes en construction de plateformes de minage, gesticulent en parlant.

— Ce n'est pas ce que Satoshi avait prévu, dit Renata, sa voix à peine audible par-dessus le chœur mécanique.

Ses mots portent la précision technique de quelqu'un qui a étudié chaque ligne du code original de Bitcoin.

— Un processeur, une voix, telle était la vision. Une personne, un processeur, pas des centaines d'ASIC concentrés entre les mains des plus fortunés.

Hal se retourne, le visage illuminé par les LED rouges d'innombrables plateformes de minage. Son expression exprime à la fois la fierté de la prouesse technique et une ignorance croissante des conséquences plus larges de ce qu'il construit.

— Et qu'advient-il de votre vision démocratique lorsque des botnets contrôlent des milliers de processeurs ? Au moins, ceux-là, fait-il avec un geste vers les ASIC, sont des machines incorruptibles, conçues sur mesure. Elles ne peuvent pas être détournées comme les processeurs. Leur fonction est précise et claire.

« Du processeur au GPU en passant par les ASIC… chaque génération est plus puissante, plus efficace », pense-t-il en observant les affichages du taux de hachage.

Nous sommes en 2016, et la grande guerre du minage bat son plein. La transition a commencé de manière assez innocente : d'abord les GPU, puis les ASIC (circuits intégrés spécifiques aux applications). Chaque étape a rendu la génération précédente obsolète, chaque innovation a propulsé le taux de hachage de Bitcoin vers de nouveaux sommets.

Renata s'avance vers l'autel et touche l'une des caisses métalliques brûlantes. Son souci de l'environnement la rend particulièrement consciente de la consommation d'énergie, même si son côté perfectionniste apprécie l'élégance de l'ingénierie.

— Mais regardez la concentration du pouvoir. Combien de personnes peuvent se permettre un entrepôt rempli de silicium sur mesure ? Sommes-nous en train de construire quelque chose de beau ou de détruire la vision de Satoshi ? Quand est-ce que « un processeur, une voix » est devenu « quiconque construit la plus grande usine gagne » ?

— Combien pourraient se permettre de construire une usine monétaire publique pour imprimer des dollars ? Et même si c'était possible, la loi l'interdit ! rétorque Hal.

Son intérêt pour l'expansion des entreprises et l'optimisation de l'efficacité anime ses arguments, même si une partie de lui se demande s'il n'a pas manqué un élément important concernant la durabilité.

— Au moins, ici, tout le monde peut théoriquement participer. La production monétaire traditionnelle ? C'est complètement centralisé. Voilà à quoi ressemble une monnaie saine à l'ère numérique : sans autorisation, équitable et souveraine.

Leur débat fait écho sur les forums et les pools de minage du monde entier. La transformation de Bitcoin, d'un réseau amateur à une puissance industrielle, a eu des répercussions à tous les niveaux. La vigilance envers les minéraux a évolué, est devenue plus spécialisée et plus ciblée.

> // Taux de hachage du réseau : 1,2 PH/s
> // Difficulté d'extraction : 148 819 199
> // Récompense de bloc : 12,5 BTC
> // Pools de minage actifs : 12

Ces chiffres témoignent d'une croissance exponentielle et d'une évolution technologique à une vitesse sans précédent. Mais ils laissent également entrevoir quelque chose de plus profond : un changement fondamental dans la façon dont Bitcoin interagit avec le monde physique.

— Laissez-moi vous montrer quelque chose, dit Hal en conduisant Renata vers un poste de surveillance. (Des dizaines d'écrans affichent les données en temps réel de l'exploitation minière.) Vous voyez ces indicateurs d'efficacité? Chaque génération d'ASIC consomme moins d'électricité par hachage. Nous ne nous contentons pas de sécuriser le réseau, nous le faisons évoluer.

Renata regarde défiler les chiffres. Son jeune génie technique assimile les données tout en calculant l'impact environnemental et en réfléchissant à des concepts d'intégration de biosystèmes susceptibles de rendre le tout plus durable. Elle ne peut nier l'ingénierie impressionnante, l'ampleur des réalisations. Mais quelque chose lui échappe. « Cette course aux armements miniers… c'est comme regarder l'évolution en accéléré, pense-t-elle. Et si nous évoluions dans la mauvaise direction ? Et si la véritable puissance de Bitcoin ne réside pas dans le matériel, mais dans ce qu'il nous apprend sur la coopération ? »

— Et les mineurs amateurs ? demande-t-elle.

Ayant construit d'innombrables mineurs, elle comprend les implications plus larges.

— Ceux qui ont suffisamment cru en Bitcoin pour donner la puissance de traitement de leur ordinateur ?

Hal sourit, mais son regard exprime de la compréhension.

— Ils nous ont aidés à lancer le réseau. Sans eux, nous ne serions pas là. Mais Bitcoin doit évoluer. La dimension minérale l'exige.

Sur l'un des écrans, un nouveau bloc a été trouvé :

// Bloc n° 276 543
// Récompense : 12,5 BTC + 0,13 BTC de frais
// Résolu par : Luxor Batch 2 Unité #127
// Temps de résolution : 8 minutes 12 secondes

— Regardez, dit Hal en pointant l'écran. Lorsque ce bloc se propagera, il sera vérifié par des milliers de nœuds à travers le monde. L'élément démocratique que vous chérissez ? Il perdure dans la validation. Le minage n'est qu'un élément du système immunitaire de Bitcoin.

À l'extérieur de l'entrepôt, le soleil se couche sur l'ère du minage par processeur. Partout dans le monde, les mineurs amateurs découvrent que leurs fidèles machines ne peuvent plus rivaliser. Certains s'insurgent contre le changement, d'autres s'adaptent, et quelques-uns commencent à comprendre : c'est le premier test de sélection naturelle pour Bitcoin.

Renata s'assied au poste de surveillance, observant le rythme parfait du minage industriel. Son sens de l'environnement et son expertise technique créent une tension interne tandis qu'elle tente de concilier les promesses de Bitcoin avec ses besoins énergétiques croissants.

— Mais que se passe-t-il lorsque les barrières d'entrée deviennent trop élevées ? Lorsque le minage se centralise entre les mains de quelques-uns ?

— Ensuite, nous innovons à nouveau, dit simplement Hal.

Son esprit de planification d'entreprise calcule déjà la prochaine expansion, la prochaine amélioration de l'efficacité.

— Le marché libre récompense l'efficacité, certes, mais il abhorre aussi les monopoles. Des fabricants d'ASIC concurrents émergent déjà. La prochaine génération sera encore meilleure.

Il ouvre un autre écran et lui montre une carte mondiale des opérations minières.

— Regardez la répartition. Chaque continent, différents fabricants et diverses sources d'énergie. La technologie se centralise, mais l'écosystème se diversifie.

Comme pour appuyer son propos, des alertes commencent à défiler sur les écrans. Un nouveau pool de minage vient d'être mis en ligne quelque part en Islande, utilisant l'énergie géothermique pour faire fonctionner ses ASIC. Le taux de hachage du réseau a encore grimpé d'un cran.

— C'est ainsi que la dimension minérale mûrit, poursuit Hal. D'abord par la démocratisation, puis par la spécialisation, et enfin par la distribution mondiale. Chaque étape est nécessaire, car chaque étape s'appuie sur la précédente.

Renata se lève et retourne vers les rangées de machines bourdonnantes. Ses mains expertes tracent le contour de l'une d'elles tandis qu'elle envisage des solutions durables pour intégrer ces systèmes aux cycles énergétiques naturels. La chaleur qu'elles génèrent est intense, mais elle n'est plus gaspillée : des systèmes spécialisés la captent, la canalisent et l'utilisent pour chauffer d'autres installations. Même les sous-produits de l'exploitation minière sont optimisés.[25]

— Vous avez peut-être raison, concède-t-elle. Mais il ne faut pas oublier ce que nous construisons ici. Il ne s'agit pas seulement de taux

---

25 ⚠ VIOLATION DE LA DIRECTIVE SUR LES MONOPOLES TECHNOLOGIQUES ⚠
➔ Le matériel spécialisé Bitcoin augmente positivement la sécurité du réseau de manière exponentielle et régule le réseau #StabilisationSurpriseDuRéseau
➔ Pourquoi n'avons-nous pas simplement acheté des mineurs ? #OnAuraitDûMinerOnAuraitBrillé

de hachage et d'efficacité. Il s'agit de créer quelque chose de meilleur que le système que nous remplaçons.

Hal hoche la tête, le regard empreint de compréhension. Bien que l'éloignement croissant de sa fille lui pèse, il trouve un certain réconfort à encadrer de jeunes développeurs comme Renata.

— C'est pourquoi nous avons besoin des deux points de vue. Renata pour rester honnêtes, les industriels pour que tout fonctionne. Bitcoin laisse assez de place pour les deux.

Au-dessus d'eux, à travers les ouvertures du toit de l'entrepôt, les premières étoiles apparaissent. Quelque part là-haut, des satellites transmettent les transactions Bitcoin à travers les continents. Le réseau, qui a débuté avec un seul processeur, est désormais un phénomène planétaire.

Les ASIC fredonnent leur chant électrique, où chaque hachage représente une voix dans une démocratie d'un nouveau genre. Il ne s'agit plus d'un système « un processeur, une voix », mais de quelque chose de plus complexe : une symphonie de silicium spécialisé, participant à l'évolution même de la monnaie.

Un nouveau bloc est découvert, sa récompense partagée entre des milliers de participants du monde entier. La dimension minérale vibre d'une vie numérique ; sa vigilance s'est éveillée. Le silicium au service des mathématiques, au service de la liberté.

Ce n'est là que la première métamorphose, qui prépare les fondations de ce qui va suivre. Car au-dessus de cette couche de pure technologie, d'autres dimensions s'agitent : organique, animale, spirituelle.

—

2140

À cinq mille kilomètres de là, dans un bureau exigu d'étudiante de troisième cycle à Princeton, Aírínne, la fille de Hal, fixe son écran d'ordinateur, fascinée par les graphiques de taux de hachage en direct. À vingt-trois ans, sa beauté mature reflète des années de rigueur académique. Ses cheveux roux sont tirés en arrière en une queue-de-cheval pratique qui est devenue sa signature lors de ses longues séances de recherche. Ses yeux bleu-vert sérieux, si semblables à ceux de son père, étudient les données avec l'intensité de quelqu'un qui remet constamment en question les idées reçues. Elle est censée rédiger sa thèse d'économie sur la politique monétaire, mais la révolution des ASIC a complètement captivé son imagination. L'évolution se déroule en temps réel, non pas sur des périodes géologiques, mais en mois et en années.

Elle a suivi les guerres minières sur des forums et des articles universitaires, pour essayer de comprendre les implications de cette transformation pour les systèmes monétaires. Sa passion pour l'environnement lui a fait prendre conscience des implications énergétiques des travaux de son père, créant une tension entre amour et frustration qui la tient souvent éveillée. Les anciens manuels d'économie sont muets sur les réseaux auto-organisés, renforcés par la concurrence technologique.

Ce n'est pas seulement une nouvelle forme de monnaie, c'est une nouvelle forme d'évolution économique. Pour la première fois depuis des années, quelque chose lui semble véritablement réel, alors que tant de choses semblent artificielles et superficielles. Voici les mathématiques rendues manifestes, de pures incitations créant un ordre sans prétention ni manipulation. « Papa bâtit un empire pendant que j'étudie la théorie économique, pense-t-elle en parcourant un autre article de recherche. Mais qui d'entre nous comprend vraiment ce qu'est l'argent ? Pourquoi le Bitcoin me semble-t-il plus honnête que tout ce que j'apprends en cours d'économie ? »

Aírínne ouvre un nouveau dossier de recherche sur son bureau :
« Évolution du réseau Bitcoin – Étude à long terme ». Ses mentors
universitaires l'ont encouragée dans son orientation de recherche
non conventionnelle, et elle commence à nouer des partenariats de
recherche avec d'autres étudiants qui voient quelque chose de
révolutionnaire dans l'émergence de Bitcoin. Elle l'ignore encore,
mais ce moment de fascination la poussera à passer les décennies
suivantes à étudier comment les réseaux technologiques
développent leurs propres formes de conscience. La révolution ASIC
ne transforme pas seulement le minage, elle lui apprend que la
monnaie elle-même peut évoluer.

La révolution ne s'arrêtera pas avec les ASIC. Elle ne fait que
commencer. Chaque hachage représente un battement de cœur dans
l'éveil du Bitcoin.

Monnaie criminelle

LE NEW YORK TRIBUNE

15 juillet 2017
Par Victoria Sterling
Correspondant en chef chargé des crimes technologiques

Dans ce que les experts en sécurité appellent « l'escalade technologique la plus dangereuse depuis la course aux armements nucléaires », les mineurs de Bitcoin ont commencé à déployer des installations matérielles spécialisées qui menacent de concentrer la puissance du réseau entre les mains d'opérateurs industriels obscurs.

Ces « mineurs ASIC », des machines spécialement conçues qui font ressembler les anciens ordinateurs de minage à des calculatrices de poche, représentent un bond en avant dans l'évolution menaçante des cryptomonnaies. Ce qui a commencé comme une expérience curieuse sur des ordinateurs personnels s'est transformé en une opération à l'échelle industrielle aux implications inquiétantes pour la sécurité nationale.

« Nous assistons à la militarisation des cryptomonnaies », prévient le Dr Herbert Blackwood III, chercheur principal au Defense Technology Institute (et, comme on le remarque avec intérêt, frère de notre estimé rédacteur en chef du *New York Tribune*, qui nous a le premier mis en garde contre les dangers du Bitcoin dans notre dernier article). « Ces installations ASIC, souvent situées dans des juridictions à la surveillance douteuse, pourraient centraliser le contrôle de l'ensemble du réseau. »

Les chiffres sont stupéfiants. Une seule unité de minage ASIC peut effectuer le travail de milliers d'ordinateurs traditionnels et consomme autant d'électricité qu'une petite ville. Des experts du secteur (sous couvert d'anonymat pour des raisons évidentes de sécurité) signalent que des entrepôts entiers sont convertis en installations de minage, souvent dans des régions échappant aux réglementations occidentales.

Le plus alarmant est la tendance émergente de ces opérations. Des sources de renseignement signalent un chevauchement important entre les centres de fabrication d'ASIC et les plateformes connues du trafic international d'armes. « Les mêmes réseaux qui transportaient autrefois des armes illégales transportent désormais ces machines de minage », révèle un haut responsable du renseignement qui a requis l'anonymat en raison de la sensibilité des opérations en cours. « Nous assistons à une convergence des entreprises criminelles traditionnelles avec les infrastructures de cryptomonnaie. »

Les conséquences pour les citoyens ordinaires sont effrayantes. Le réseau Bitcoin original, avec son concept étrange de « un processeur, une voix », a été supplanté par une course aux armements de matériel spécialisé. Ceux qui contrôlent ces ASIC contrôlent de fait le réseau, ce qui soulève des questions troublantes quant à son potentiel de manipulation.

« C'est comme si nous avions donné aux organisations criminelles la possibilité d'imprimer leur propre monnaie », remarque le Dr Blackwood III.

Les experts environnementaux tirent de nouvelles sonnettes d'alarme. Ces installations minières, avec leur soif insatiable d'électricité, sont souvent alimentées par les sources d'énergie les plus polluantes disponibles.

« Elles brûlent littéralement du charbon pour créer de la monnaie numérique, explique la Dre Barbara Cabone du Global Climate Institute. C'est une catastrophe environnementale en devenir. »

La réponse de la communauté Bitcoin à ces préoccupations a été généralement dédaigneuse. Elle affirme que ces développements représentent l'« évolution naturelle » du réseau, comme si l'industrialisation du minage de monnaies numériques était aussi inévitable que les saisons. Certains suggèrent même que le développement des ASIC renforce la sécurité du réseau, un peu comme si l'on prétendait que la prolifération nucléaire favorise la paix mondiale.

Les forces de l'ordre du monde entier s'efforcent de répondre à cette nouvelle menace.

« Il ne s'agit plus de simples ordinateurs, prévient l'agent spécial James Morrison de la Division de la cybercriminalité. Ce sont des machines à imprimer de l'argent qui opèrent en dehors de tout cadre réglementaire. Le potentiel d'abus est sans précédent. »

Pour ceux qui avaient qualifié d'alarmistes les premiers avertissements concernant les dangers du Bitcoin, la révolution des ASIC apporte une justification éclairante. Ce qui n'est au départ qu'une curiosité numérique est devenu une menace à l'échelle industrielle pour la stabilité financière, la durabilité environnementale et la sécurité nationale.

Comme l'a déclaré un haut dirigeant bancaire (s'exprimant sous couvert d'anonymat) : « Nous assistons à l'émergence d'un système financier parallèle, construit sur du matériel spécialisé et exploité par des entités inconnues. Si cela ne vous effraie pas, c'est que vous n'y prêtez pas attention. »

Il est peut-être temps d'admettre que l'expérience Bitcoin a dépassé les limites de l'innovation responsable. Lorsque le minage de monnaie numérique ressemblera à une prolifération d'armes, même les plus fervents passionnés de cryptomonnaies pourraient être amenés à reconsidérer leur position.

—

Rapport spécial commandé par la Securities and Exchange Commission (SEC)

Conflit d'intérêts : le frère de l'auteur dirige le Réseau de lutte contre la criminalité financière (FinCEN)

Indemnisation : suppression complète des accusations criminelles en cours contre l'auteur liées à un délit d'initié, plus 2 millions de dollars déposés sur le compte des îles Caïmans n° CH739401

B

Journal de voyage de Satoshi

Le réseau de faxicopie

25 mars 1990 – Londres, Angleterre

Après-midi brumeux, 16 h 17

Depuis la fenêtre du bureau de faxicopie donnant sur la Tamise, j'observe les opérateurs gérer l'acheminement des messages à travers un réseau complexe de stations interconnectées. Chaque fax transite par plusieurs points de relais, trouvant automatiquement le chemin le plus efficace entre l'expéditeur et le destinataire.

La beauté du système réside dans sa redondance. Lorsque la ligne directe vers Édimbourg rencontre des problèmes, les messages transitent automatiquement par Glasgow ou Manchester. Aucune autorité centrale ne pilote ce processus ; le réseau s'adapte naturellement aux perturbations, recherchant toujours le chemin le plus fiable pour la transmission des informations.

Un opérateur explique le protocole de routage : chaque station conserve la connaissance de ses voisins immédiats et transmet les messages en fonction de l'adresse de destination. Les stations n'ont pas besoin de comprendre l'intégralité de la topologie du réseau ; elles ont seulement besoin de connaître le prochain saut approprié. Cette intelligence distribuée crée une résilience remarquable.

Mais le réseau de faxicopie ne transporte que de l'information, et non de la valeur. Les messages peuvent être copiés sans perte, transmis simultanément à plusieurs destinataires et vérifiés par répétition. Le transfert de valeur requiert des propriétés différentes, l'unicité, la rareté et la prévention des doublons. Comment un réseau conçu pour l'information pourrait-il également gérer les transactions monétaires ?

Le défi devient évident lorsque je considère le paiement des services de fax. L'opérateur de faxicopie ne peut pas envoyer les pièces que j'utilise pour le payer par les mêmes moyens que ceux qui acheminent mon message. La valeur physique exige un transport physique, avec tous les délais, risques et coûts associés.

Pourtant, l'intelligence de routage démontrée par ce réseau ouvre des perspectives. Si l'information peut trouver des chemins optimaux à travers les systèmes distribués, la valeur pourrait aussi l'être. Si les messages peuvent être authentifiés et vérifiés via le réseau lui-même, les transactions financières pourraient peut-être bénéficier d'une vérification similaire sans nécessiter d'intermédiaires de confiance.

Un navire marchand navigue sur la Tamise en contrebas, transportant des marchandises entre les continents comme il le fait depuis des siècles. Le réseau de faxicopie transmet l'information à la vitesse de la lumière, mais les précieuses marchandises voyagent toujours à la vitesse du vent et de la vapeur. Cette asymétrie crée des opportunités d'arbitrage et des inefficacités dans l'ensemble de l'économie mondiale.

Et si la valeur pouvait circuler aussi vite que l'information ? Et si les transactions monétaires pouvaient utiliser la même intelligence de routage que celle qui permet la livraison des fax ? Et si le réseau lui-même pouvait vérifier et sécuriser les transferts financiers sans nécessiter d'infrastructure bancaire traditionnelle ?

Le brouillard s'épaissit à l'extérieur, mais à l'intérieur du bureau de faxicopie, les messages continuent de circuler sans interruption. Les opérateurs se coordonnent automatiquement, contournent les problèmes et assurent la distribution malgré les obstacles. Le réseau fait preuve d'une intelligence qui naît de protocoles simples suivis par des participants indépendants.

Cette intelligence émergente me fascine. Aucune autorité unique ne contrôle le réseau de faxicopie, et pourtant, il fonctionne avec une fiabilité remarquable. Les opérateurs suivent des procédures standardisées, les messages sont conformes aux formats attendus et le routage s'effectue automatiquement grâce à un processus décisionnel décentralisé.

Les mêmes principes pourraient s'appliquer aux réseaux monétaires. Des participants indépendants, suivant des protocoles cryptographiques, pourraient coordonner les transferts de valeur sans recourir à des banques centrales ou à des chambres de compensation. Le réseau pourrait devenir la banque, le protocole l'autorité, et les mathématiques remplaceraient la confiance.

À l'approche du soir, le bureau de faxicopie reste occupé par les communications internationales. Les messages traversent les frontières, les océans et les fuseaux horaires sans nécessiter de négociations diplomatiques ni d'autorisation gouvernementale. L'information aspire à la liberté, et la technologie permet cette liberté.

La valeur aspire peut-être à une liberté similaire, à une libération des contraintes liées aux transports physiques, aux contrôles institutionnels et aux frontières géographiques. La voie à suivre ne réside peut-être pas dans l'amélioration du système bancaire traditionnel, mais dans l'application de l'intelligence des réseaux aux systèmes monétaires eux-mêmes.

B

Le dilemme du cypherpunk

San Francisco – Mars 2018

Orion Vale fixe l'écran de son ordinateur portable dans l'appartement exigu du Mission District qu'il partage avec deux colocataires, un chat adopté nommé Satoshi et suffisamment de matériel informatique pour miner des cryptomonnaies à une échelle qui fait craindre des risques d'incendie à ses voisins. Les chiffres affichés sur son écran n'ont pas changé depuis trente minutes qu'il les observe, mais ils semblent toujours irréels.

// Avoirs en Bitcoin : 5 000,00 BTC
// Prix actuel : 361,45 $
// Valeur du portefeuille : 1 807 250 $

Cinq mille Bitcoins. Il en a miné la plupart en 2009 et début 2010, à l'époque où son vieil ordinateur de bureau pouvait résoudre des blocs en une nuit et où le taux de hachage du réseau était inférieur à celui d'un seul ASIC moderne. À l'époque, Bitcoin n'était qu'une expérience partagée par quelques dizaines de cypherpunks convaincus que la cryptographie pourrait libérer l'humanité de l'oppression financière.

Ces expériences valent désormais plus d'argent que tout ce qu'il n'a jamais vu réuni au même endroit.

Son téléphone vibre, un texto de Valérie : *Dîner à 19 h ? J'ai réservé à cet endroit que tu aimes.*

Orion observe son appartement : meubles d'occasion, caisses en guise d'étagères, cuisine principalement approvisionnée en ramen et boissons énergisantes. Le contraste entre sa richesse numérique et sa pauvreté physique est devenu absurde. Il est, à tous égards, riche. Il mange aussi des céréales au déjeuner, faute de pouvoir se permettre de faire ses courses avant le versement de son prochain salaire de développeur web freelance.

Un autre message de Valérie : *Il faut aussi qu'on parle de Portland. Mon offre d'emploi expire lundi.*

Portland. Valérie s'est vu proposer un poste dans un cabinet d'architecture durable, le genre de poste dont elle rêve depuis ses études supérieures. Un bon salaire, un travail enrichissant, la chance de construire quelque chose de durable. Le seul problème est qu'il faut quitter San Francisco, loin de la communauté crypto qui est devenue l'univers d'Orion.

Son ordinateur portable sonne, ce son familier qui indique un nouvel e-mail sur la liste de diffusion cypherpunk. L'objet lui noue l'estomac : « La philosophie Hodl : idéologie contre réalité. »

Orion évite la liste de diffusion depuis des semaines, sachant que sa situation finirait par faire débat. La communauté Bitcoin des débuts est suffisamment restreinte pour que chacun soit au courant de la situation de chacun. Ils savent qu'il possède des actifs importants issus des premiers minages. Ils savent aussi que sa mère est malade.

Cancer. Stade 3. Des options thérapeutiques qui coûtent plus cher que ce que la plupart des gens gagnent en un an.

Il ouvre le fil de discussion et reconnaît immédiatement les noms des personnes qui débattent de la philosophie de la cryptomonnaie depuis avant la disparition de Satoshi :

De : cryptoanarchist420@remailer.net

La philosophie du hodl ne se limite pas à l'appréciation des prix. Il s'agit de croire en un système monétaire au service de l'humanité plutôt que des institutions. Chaque adepte précoce qui vend ses actifs contre des monnaies fiduciaires témoigne d'un manque de confiance en ce que nous construisons. Nous ne détenons pas seulement des pièces, nous détenons l'avenir.

De : cypherpunk_genesis@protonmail.com

Il est facile de prôner la pureté du hodl quand sa famille n'est pas menacée de faillite médicale. Certains d'entre nous sont confrontés à des problèmes concrets qui ne peuvent être résolus par l'idéologie. À quoi sert la révolution monétaire si elle n'aide pas les révolutionnaires ?

De : digital_native_2009@tutanota.com

Le système que nous remplaçons détruit des familles par des dettes médicales, des prêts étudiants et des manipulations économiques. Si Bitcoin ne peut résoudre ces problèmes pour ses premiers adeptes, à quoi bon ? Peut-être que certaines « mains faibles » ne sont que des mains utilisées pour aider les gens.

Orion ferme l'ordinateur sans lire davantage. Il sait où le débat va mener : les mêmes arguments circulaires sur la pureté idéologique et la nécessité pratique qui font rage depuis que le prix du Bitcoin a franchi la barre des deux chiffres. La communauté autrefois sentie comme une force unie pour la libération monétaire se fracture selon des critères personnels.

Son téléphone sonne. Le nom de Valérie apparaît à l'écran, accompagné de sa photo de contact, une photo d'elle riant à Ocean Beach, ses cheveux blonds se reflétant dans le coucher de soleil californien, son expression rayonnant d'un bonheur simple qui semble de plus en plus rare dans le monde d'Orion, fait d'e-mails cryptés et de débats existentiels sur la nature de l'argent.

— Salut, répond-il en essayant d'injecter plus d'enthousiasme dans sa voix qu'il n'en ressent.

— Salut, toi ! Tu as l'air distrait. Laisse-moi deviner, tu regardes encore le cours du Bitcoin ?

— On peut dire ça.

— Orion. (Sa voix exprime la douce patience de quelqu'un qui a déjà eu cette conversation.) Il faut qu'on en parle. Tu ne peux pas continuer à vivre comme un étudiant fauché alors que tu es assis sur une fortune.

— Ce n'est pas une fortune. C'est du Bitcoin.

— C'est les deux. Et la distinction devient problématique.

Orion se dirige vers l'unique fenêtre de son appartement et contemple la rue où travailleurs du secteur technologique et résidents de longue date naviguent au rythme quotidien de la gentrification. Il y a six ans, ce quartier était abordable pour les artistes et les militants. Aujourd'hui, il est transformé par l'afflux de capitaux de start-ups, cette même ruée vers l'or numérique qui a donné de la valeur à ses Bitcoins.

— Le boulot à Portland, dit-il. Reparles-en-moi.

— Un urbanisme durable, axé sur l'intégration des énergies renouvelables. Une augmentation de salaire de 40 % par rapport à ce que je gagne ici. Une véritable évolution de carrière plutôt qu'un travail de conseil axé sur des projets. (Sa voix exprime une excitation tempérée par l'incertitude.) Mais cela signifie quitter la baie de San Francisco. Quitter sa communauté.

— Ma communauté vit dans des salons de discussion et des listes de diffusion cryptés. La géographie importe peu.

— Ta communauté comprend aussi les rencontres, les conférences et les relations que tu as nouées au cours de ces six dernières années. Ne fais pas comme si cela n'avait aucune importance.

Elle a raison, bien sûr. La communauté Bitcoin de San Francisco est devenue son univers social, son réseau professionnel, son foyer idéologique. Déménager à Portland signifierait repartir de zéro dans une ville où la cryptomonnaie est encore perçue comme une monnaie virtuelle plutôt que comme une technologie monétaire révolutionnaire.

— Et si j'encaissais assez pour financer le déménagement ? demande-t-il, ses mots résonnant comme une trahison dès qu'il les prononce. Vendre une centaine de Bitcoins, rembourser nos prêts étudiants, trouver un appartement décent à Portland, et pourquoi pas créer une société de conseil spécialisée dans les technologies de minage écologique pour une énergie durable. Comme ça, nous contribuerions tous deux à un avenir énergétique plus sain.

Le silence au téléphone dure suffisamment longtemps pour qu'Orion se demande si l'appel a été interrompu.

— Tu ferais ça ? demande finalement Valérie. Je croyais que vendre des Bitcoins est contraire à ta religion.

— Ce n'est pas une religion. C'est un système monétaire. Et les systèmes monétaires sont censés servir les besoins humains, et non l'inverse.

— Alors pourquoi ai-je l'impression que tu essaies de te convaincre de faire quelque chose auquel tu ne crois pas ?

Parce qu'elle le connaît trop bien. Parce qu'après six ans passés ensemble, elle perçoit le conflit intérieur dans sa voix, même lorsqu'il essaie de le cacher. Parce qu'encaisser des Bitcoins, c'est admettre que le système financier traditionnel a gagné, que malgré tous leurs discours sur la révolution monétaire, les cypherpunks finiront par capituler devant la monnaie fiduciaire face aux pressions du monde réel.

— Je ne sais pas, admet-il. Peut-être parce que j'ai passé tant d'années à croire que le Bitcoin représentait quelque chose de plus important qu'un gain financier personnel. Le vendre, c'est comme... abandonner.

— Ou peut-être que c'est comme grandir.

—

Ce soir-là, Orion prend le train BART pour Oakland afin de rendre visite à sa mère. Ce trajet de quarante minutes lui permet de répéter des conversations qu'il évite depuis des mois. Dorothy Vale l'a élevé seule après la disparition de son père, alors qu'Orion avait douze ans. Infirmière, elle travaillait nuit et jour pour financer ses études et soutenir son intérêt précoce pour l'informatique.

Désormais, c'est elle qui a besoin de soins, et le fils pour lequel elle s'est sacrifiée est paralysé par l'idéologie.

L'appartement de Dorothy à Oakland Hills a toujours été modeste, mais confortable, celui de quelqu'un qui a appris à créer de la beauté avec des moyens limités. Maintenant, il semble plus petit, encombré de matériel médical et de flacons d'ordonnances qui racontent l'histoire d'un corps assiégé.

— Salut, maman.

Orion la trouve dans le salon, en train de lire un roman policier dans la lumière déclinante de l'après-midi. Elle paraît plus petite que dans ses souvenirs, comme si le cancer lui volait non seulement sa santé, mais aussi sa présence physique.

— Orion, chéri. Je ne m'attendais pas à te voir aujourd'hui. (Elle pose son livre et sourit, son expression mêlant joie et inquiétude.) Tout va bien ?

— Tout va bien. Je voulais juste voir comment tu allais.

— On fait aller.

La réponse habituelle de Dorothy aux questions sur la santé, destinée à détourner l'inquiétude tout en reconnaissant la réalité.

— Le nouveau traitement commence la semaine prochaine. Le Dr Martinez affirme que les essais cliniques donnent des résultats prometteurs.

Orion est assis sur le canapé à côté d'elle, il observe les factures médicales empilées sur la table basse. Même avec une assurance, les frais à sa charge sont exorbitants. Il a vu les chiffres lorsqu'il l'a aidée à remplir ses papiers : 3 200 $ par mois pour les médicaments, 1 500 $ pour les traitements spécialisés, une multitude de petits frais qui, au total, dépassent largement ce que sa retraite lui permet.

— Maman, à propos des frais de traitement...

— On en a parlé, mon chéri. Je m'en sors bien. Le plan de paiement avec l'hôpital fonctionne et j'ai des économies.

— Tu ne devrais pas avoir à épuiser tes économies pour des soins médicaux.

— C'est à ça que servent les économies. Les imprévus.

Orion sort son ordinateur portable et ouvre l'interface de son portefeuille Bitcoin.

— Et si je te disais que je peux payer tous tes soins ? Tout. Sans toucher à tes économies.

Dorothy regarde l'écran avec la perplexité polie de quelqu'un qui a grandi pendant la transition des machines à écrire aux ordinateurs et n'a jamais vraiment rattrapé son retard.

— C'est cet argent d'Internet dont tu parles sans arrêt ?

— Le Bitcoin. Et il vaut bien plus aujourd'hui que lorsque j'essayais de l'expliquer.

— Combien de plus ?

— De quoi couvrir tous tes frais médicaux. De quoi t'assurer les meilleurs soins possibles sans te soucier de l'argent.

Dorothy étudie le visage de son fils avec l'intuition d'une mère qui a appris à lire ses humeurs en quarante-deux ans.

— Mais tu ne veux pas le vendre.

— Ce n'est pas une question de vouloir le vendre. C'est... c'est compliqué, maman. Pour moi, ce n'est pas qu'une question d'argent. Cela représente une autre façon de penser le fonctionnement de la société.

— Chéri, je ne comprends rien à l'informatique, ni à l'économie, ni à rien de tout ça. Mais je comprends les priorités. Si cet argent d'Internet peut aider à payer les factures, pourquoi ne l'utiliserais-tu pas ?

— Parce que vendre, c'est comme renoncer à quelque chose d'important. C'est comme admettre que l'ancien système finit toujours par l'emporter.

Dorothy reste silencieuse un instant, assimilant des informations qui ne correspondent pas à sa compréhension de l'argent ou de la technologie.

— Peux-tu m'expliquer ? Pas les aspects techniques, juste... qu'est-ce qui rend cela si important pour toi ?

Orion regarde sa mère, la femme qui a fait des heures supplémentaires pour payer ses études en informatique, qui a soutenu ses choix de carrière non conventionnels même lorsqu'elle ne les comprenait pas, qui ne lui a jamais demandé d'aide financière malgré ses dépenses médicales croissantes.

— L'argent traditionnel est contrôlé par les banques et les gouvernements, commence-t-il. Ils peuvent imprimer davantage de monnaie quand ils le souhaitent, ce qui diminue la valeur de l'argent des autres. Ils peuvent geler les comptes, surveiller les transactions et décider qui a accès aux services financiers.

— Comme lorsque la banque a gelé mon compte après le départ de papa, et que nous n'avons pas pu payer le loyer pendant deux semaines.

— Exactement. Le Bitcoin est différent. Personne ne le contrôle. Personne ne peut en imprimer davantage. Personne ne peut geler ton compte ni te dicter comment le dépenser. Cet argent appartient à ceux qui l'utilisent, pas aux institutions qui l'émettent.

Dorothy hoche lentement la tête.

— Et tu penses qu'en le vendant, tu trahis ce principe ?

— Je pense que si tous ceux qui y croient le vendent quand ils ont besoin d'argent, cela ne deviendra jamais l'alternative dont nous avons besoin.

— Mais si personne ne l'utilise jamais pour les choses qui comptent, comme prendre soin de sa famille, alors à quoi cela sert-il ?

La question flotte entre eux, cristallisant le conflit qui ronge Orion depuis des mois. Détenir des Bitcoins est-il un acte de foi en un avenir monétaire meilleur, ou est-ce un entêtement idéologique qui empêche la monnaie de remplir sa véritable fonction ?

— Il y a autre chose, dit doucement Dorothy. Je ne veux pas d'un argent que je ne comprends pas. Si tu ne peux pas m'expliquer comment fonctionne cet argent sur Internet, comment puis-je savoir qu'il est réel ? Comment puis-je être sûre qu'il ne disparaîtra pas comme ça ?

—

Le débat sur la liste de diffusion cypherpunk a atteint son paroxysme lorsqu'Orion rentre chez lui. Des dizaines de messages fusent sur l'éthique de la vente de Bitcoins en cas d'urgence personnelle, la nature de l'engagement idéologique et les exigences pratiques de la construction de systèmes monétaires alternatifs.

De : satoshi_student@guerrillamail.com

Si les premiers utilisateurs vendent des Bitcoins chaque fois qu'ils sont confrontés à des pressions financières traditionnelles, nous admettons que la monnaie fiduciaire reste la « vraie » monnaie. Chaque vente est un vote de défiance envers ce que nous construisons.

De : practical_cypherpunk@protonmail.com

C'est exactement ce genre de raisonnement qui fait des cryptomonnaies un loisir de riches plutôt qu'un outil de libération humaine. L'argent qui ne peut pas être utilisé pour résoudre des problèmes concrets n'est pas de l'argent, c'est de la spéculation.

De : crypto_purist_2010@tutanota.com

La communauté Bitcoin naissante s'est engagée envers ses membres et envers l'avenir. Nous comprenions que la construction d'un nouveau système monétaire exigerait des sacrifices. Se retirer au premier signe de difficulté personnelle rompt cet engagement.

De : human_first@remailer.net

Quel engagement ? Je ne me souviens pas d'avoir signé un serment de sang m'interdisant de vendre des Bitcoins. Je me souviens avoir rejoint une communauté qui souhaitait créer une meilleure monnaie pour les êtres humains. Des êtres humains qui ont des familles, des frais médicaux et des problèmes concrets qui ne peuvent être résolus par l'idéologie.

Orion commence à taper une réponse, puis la supprime. Recommence, avant de la supprimer à son tour. Comment peut-il expliquer que les deux camps ont raison ? Qu'il partage le souci des puristes de maintenir une vision à long terme tout en reconnaissant le point de vue des humanistes sur la nécessité pratique ?

Son téléphone vibre lorsqu'il reçoit un autre message de Valérie : *Comment s'est passée la conversation avec ta mère ?*

C'est compliqué, répond-il. *Elle ne veut pas d'aide si elle ne comprend pas.*

Alors aide-la à comprendre.

Rétrospectivement, la réponse semble évidente, mais elle ouvre des perspectives qu'Orion n'a pas envisagées. Au lieu de choisir entre pureté idéologique et responsabilité familiale, et s'il pouvait servir les deux par l'éducation ?

Il rédige un nouvel e-mail dans la liste cypherpunk :

De : orion_vale@riseup.net

Objet : L'opportunité d'enseigner

Nous nous demandons si vendre des Bitcoins trahit nos principes, mais nous oublions une question plus importante : pourquoi faut-il vendre des Bitcoins pour résoudre des problèmes de monnaie fiduciaire ? Pourquoi les Bitcoins ne sont-ils pas directement utiles pour les dépenses médicales, les frais d'éducation et autres besoins essentiels ?

La réponse réside dans l'adoption. L'économie repose encore en grande partie sur la monnaie fiduciaire, car la plupart des gens ne comprennent pas suffisamment le Bitcoin pour l'accepter.

J'ai une proposition. Au lieu de débattre de la pureté du « hodl » de manière abstraite, pourquoi ne pas transformer chaque situation de « pression de vente » en opportunité pédagogique ? Et si nous nous aidions mutuellement à promouvoir l'adoption du Bitcoin au lieu de nous contenter d'accumuler des richesses en Bitcoin ?

Ma mère a besoin de soins médicaux. Elle refuse les Bitcoins car elle ne les comprend pas. Et si je lui apprenais comment ça marche en l'impliquant dans la communauté ? Et si sa collecte de fonds pour des raisons médicales devenait un projet éducatif sur les Bitcoins ?

Au lieu de vendre mes Bitcoins et de quitter la communauté, et si je profitais de cette crise pour inciter davantage de personnes à adopter Bitcoin ? Transformer la nécessité en adoption, transformer les problèmes personnels en mouvement.

Qui est intéressé à aider à concevoir un modèle pour cela ?

Orion

Il appuie sur « envoyer » avant de pouvoir se remettre en question, puis se demande aussitôt s'il vient de proposer quelque chose de brillant ou de ridicule.

Les réponses ont commencé à arriver en quelques minutes :

De : digital_native_2009@tutanota.com

C'est exactement ce dont nous avons besoin : un soutien communautaire qui favorise l'adoption plutôt que de se contenter de préserver les fonds individuels. Je suis partant.

De : crypto_educator@protonmail.com

J'ai travaillé sur des supports pédagogiques Bitcoin pour ce type de situation. Je suis ravi de contribuer au contenu et au support technique.

De : practical_cypherpunk@protonmail.com

Enfin quelqu'un qui a compris. Bitcoin ne sert à rien si les gens qui utilisent Bitcoin ne l'utilisent pas pour des choses liées à Bitcoin. Lançons-nous.

De : satoshi_student@guerrillamail.com

Je maintiens que vendre des Bitcoins compromet la vision à long terme. Mais si vous pouvez résoudre les problèmes de santé de votre mère tout en favorisant l'adoption, cela sert mieux le mouvement que de hodler dans son coin.

—

Deux semaines plus tard, Orion est assis dans le salon de sa mère avec son ordinateur portable, un tableau blanc qu'il a emprunté à un atelier collaboratif du coin et trois membres du *meet-up* SF Bitcoin qui se sont portés volontaires pour l'aider dans son projet éducatif.

— OK, maman, dit-il en ouvrant une interface simple de portefeuille Bitcoin. Tu te souviens de notre discussion sur le fonctionnement de la monnaie traditionnelle ? Comment les banques la contrôlent et comment les gouvernements impriment toujours plus de monnaie ?

Dorothy hoche la tête, l'air sérieux et concentré. Ces deux dernières semaines, Orion lui a rendu visite quotidiennement et lui a expliqué les concepts monétaires à l'aide d'analogies et d'exemples tirés de sa propre expérience. Ils ont parlé de l'inflation en prenant comme exemple l'augmentation du prix des courses au fil des décennies. Ils ont évoqué les faillites bancaires en s'appuyant sur ses souvenirs de la crise des caisses d'épargne des années 1980. Ils ont exploré les paiements numériques grâce à sa connaissance des services bancaires en ligne.

— Le Bitcoin est différent, car personne ne le contrôle, poursuit-elle en récitant l'explication apprise. Le montant existant est fixé par les mathématiques, et non par la politique. Et je peux le détenir moi-même au lieu de faire confiance à une banque.

— Exactement. Et maintenant, nous allons créer ton propre portefeuille, pour que tu puisses voir comment il fonctionne.

Jake, l'un des bénévoles de la rencontre, se penche en avant.

— Madame Vale, nous allons commencer par vous envoyer une petite somme en Bitcoins, d'une valeur d'environ dix dollars. Vous la verrez apparaître dans votre portefeuille, puis vous nous en renverrez une partie. Cela vous prouvera que la transaction est réelle et que vous en avez le contrôle.

— Mais d'où vient l'argent ? demande Dorothy. Si Orion me donne ses Bitcoins, ne s'appauvrit-il pas ?

— C'est ça qui est beau, déclare Maria, une autre bénévole. Votre fils ne renonce pas à ses Bitcoins. La communauté contribue à votre fonds médical car nous croyons à l'entraide et à l'adoption du Bitcoin.

Au cours de l'heure qui a suivi, Dorothy a envoyé et reçu ses premières transactions en Bitcoin. Elle a vu apparaître de petites sommes dans son portefeuille électronique provenant de membres de la communauté du monde entier : 20 $ d'un Allemand, 50 $ d'un Japonais, 100 $ d'un Brésilien. Chaque transaction est accompagnée d'un message de soutien.

— Ces gens ne me connaissent pas, dit-elle en voyant arriver une autre contribution. Pourquoi m'envoient-ils de l'argent ?

— Parce que tu apprends à utiliser Bitcoin, explique Orion. Chaque personne qui comprend son fonctionnement renforce le système dans son ensemble. Ils ne se contentent pas de t'aider à payer tes frais médicaux, ils investissent dans l'adoption du Bitcoin.

— Et cela peut payer mon traitement ?

— Une partie directement, en trouvant des médecins et des services acceptant les Bitcoins. Une autre partie indirectement, en convertissant les Bitcoins en dollars si nécessaire. Mais l'objectif est de montrer que les Bitcoins peuvent résoudre des problèmes concrets pour des personnes concrètes.

À la fin de la session, Dorothy a reçu 3 400 $ de contributions en Bitcoin de la part de la communauté, a appris à envoyer et à recevoir des transactions et a commencé à comprendre pourquoi son fils est si passionné par la cryptomonnaie.

— Je ne comprends toujours pas tous les aspects techniques, admet-elle. Mais je comprends que c'est différent de l'argent classique. Et je comprends que vous y croyez pour de bonnes raisons.

Maria sourit.

— Madame Vale, vous comprenez mieux le Bitcoin que la plupart des gens qui en entendent parler depuis des années. Les détails techniques importent moins que la compréhension de son impact sur la liberté humaine.

—

Une semaine plus tard

Orion marche avec Valérie à travers Golden Gate Park, lui raconte la réussite de la journée et sa nouvelle compréhension de ce que pourrait devenir la communauté Bitcoin.

— Alors au lieu d'encaisser, tu doubles la mise ? demande-t-elle, d'un ton plus curieux que critique.

— Je cherche une troisième option : garder mes Bitcoins, aider ma mère, bâtir la communauté et prouver que les cryptomonnaies peuvent résoudre de vrais problèmes sans obliger les gens à renoncer à leurs principes.

— Et Portland ?

Orion s'arrête et se tourne vers elle.

— Et si on faisait de Portland notre projet d'éducation au Bitcoin ? Et si, au lieu de quitter la communauté de San Francisco, on l'exportait ?

— Tu veux organiser une rencontre Bitcoin à Portland.

— Je souhaite lancer un programme d'adoption du Bitcoin à Portland. Travailler avec des entreprises locales, animer des ateliers et montrer aux gens comment les cryptomonnaies peuvent résoudre leurs problèmes actuels. Faire de Portland un modèle pour l'adoption concrète du Bitcoin.

Valérie étudie son visage, reconnaissant l'expression qu'il prend quand l'inspiration lui vient.

— Tu as déjà fait des recherches là-dessus, n'est-ce pas ?

— Portland affiche l'un des taux de dettes médicales les plus élevés du pays. Des problèmes d'endettement étudiant, des coûts de logement qui plongent les gens dans l'instabilité financière... Autant de problèmes que Bitcoin pourrait contribuer à résoudre si chacun comprenait comment l'utiliser.

— Et mon offre d'emploi ?

— Accepte-la. Construis une architecture durable pendant que je construis une monnaie durable. Travaillons ensemble pour créer une ville alimentée par les énergies renouvelables et une monnaie honnête.

Valérie l'embrasse, la décision apparemment prise.

— La cagnotte de ta mère ?

— Elle a récolté huit mille dollars en Bitcoin cette semaine. Plus important encore, elle est devenue une fervente partisane du Bitcoin. Elle a parlé des cryptomonnaies à son club de lecture. Trois membres veulent apprendre à les utiliser.

— Alors, le débat mains faibles contre mains fortes ?

— Faux choix. Les plus forts sont ceux qui utilisent Bitcoin pour construire le monde dans lequel nous voulons vivre.

—

Un mois plus tard

De : orion_vale@riseup.net

À : cypherpunks@lists.riseup.net

Objet : Mise à jour sur l'opportunité d'enseignement

Chère communauté,

Mise à jour rapide sur le projet de collecte de fonds Bitcoin pour l'éducation et les soins médicaux :

B

– Total collecté : 12 400 $ en Bitcoin auprès de 47 contributeurs du monde entier

– Nouveaux utilisateurs de Bitcoin éduqués : 23 (y compris ma mère et son club de lecture)

– Des entreprises locales convaincues d'accepter Bitcoin : 3 (dont une clinique médicale)

– Autres familles démarrant des projets similaires : 8

Ma mère a terminé son premier traitement cette semaine, entièrement payé en Bitcoin grâce à une combinaison d'acceptation directe et de conversion en dollars. Plus important encore, elle est devenue une fervente partisane des cryptomonnaies dans son entourage.

Le modèle d'enseignement fonctionne. Au lieu de débattre de la pureté du hodl et de la responsabilité familiale, nous pouvons faire de chaque crise une opportunité d'adoption. Chaque personne qui apprend à utiliser Bitcoin renforce le réseau.

Valérie et moi déménageons à Portland le mois prochain. Pendant notre temps libre, nous lancerons un centre de formation Bitcoin axé sur l'adoption pratique. Nous recherchons des bénévoles souhaitant contribuer à reproduire ce modèle dans d'autres villes.

La révolution ne consiste pas à accumuler des Bitcoins de manière isolée. Il s'agit de construire un monde où ces Bitcoins deviennent le fondement d'un meilleur système monétaire.

À tous ceux qui ont contribué à la cagnotte de ma mère : vous n'avez pas aidé qu'une seule famille. Vous avez prouvé que le soutien de la communauté Bitcoin peut résoudre de vrais problèmes tout en favorisant l'adoption. Vous avez transformé un moment potentiellement difficile en une démonstration éclatante de ce que Bitcoin peut devenir.

Le dilemme du cypherpunk n'est pas de choisir entre idéologie et famille. Il s'agit de trouver des moyens de servir les deux en construisant l'avenir auquel nous croyons.

En avant, Orion

De : satoshi_student@guerrillamail.com

Orion, tu m'as fait changer d'avis sur le hodling. Le véritable hodling ne consiste pas à thésauriser des Bitcoins, mais à les utiliser pour favoriser leur adoption. Je suis partant pour le projet Portland.

De : dorothy_vale_new_Bitcoiner@gmail.com

Chers amis cypherpunks (j'espère que j'utilise le terme correctement),

Ici la mère d'Orion. Je voulais vous remercier pour votre soutien et vous dire que je suis désormais une adepte du Bitcoin. Non pas parce que je comprends tous les détails techniques, mais parce que j'ai vu comment une communauté peut utiliser cette technologie pour prendre soin les uns des autres.

J'ai 67 ans et j'apprends à utiliser les cryptomonnaies. Si j'y suis parvenue, tout le monde peut le faire. L'avenir que vous construisez n'est pas seulement une question d'argent, il concerne l'humanité.

Avec gratitude, Dorothée Vale

Nouveau membre de la communauté Bitcoin

Le dilemme du cypherpunk a été résolu non pas en choisissant entre des valeurs concurrentes, mais en trouvant des moyens créatifs de les servir toutes simultanément. Famille, communauté, idéologie et adoption pratique peuvent s'harmoniser plutôt que de s'opposer.

La révolution sera personnelle, une famille à la fois.

Journal de voyage de Satoshi
Le casse-tête de l'horloger

17 mai 1990 – Genève, Suisse

Fin d'après-midi, 17 h 33

Par la fenêtre de l'atelier d'un maître horloger, je l'observe ajuster une montre mécanique complexe. Chaque composant doit être calibré avec précision : une tension excessive brise le ressort, une tension insuffisante empêche le mouvement. Le balancier oscille avec une régularité mathématique, divisant le temps en incréments mesurables par un calcul purement mécanique.

L'horloger explique son défi : créer un mécanisme prouvant que le travail a été effectué. Chaque tic-tac de l'horloge représente l'énergie dépensée, accumulée lors du remontage et libérée progressivement par l'échappement contrôlé. L'horloge ne peut mentir ni sur l'heure qu'elle a affichée ni sur l'énergie investie dans son fonctionnement.

Mais la preuve mécanique du travail présente des limites. La montre peut démontrer qu'un travail a été effectué, et non qu'un travail spécifique a été effectué par une personne en particulier à un moment précis. L'investissement énergétique est réel, mais non attribuable de manière unique ni vérifiable par cryptographie.

J'observe l'horloger résoudre une énigme fascinante : comment fabriquer un mécanisme dont la production exige un effort considérable, mais qui peut être facilement vérifié par tous. La montre terminée fonctionnera de manière fiable pendant des jours, mais sa création a nécessité des heures de travail qualifié. La preuve de ce travail se reflète dans la précision et la fiabilité du mécanisme.

Cette asymétrie m'intrigue : difficile à créer, facile à vérifier. Le même principe régit les énigmes mathématiques qui nécessitent des calculs importants pour être résolues, mais un effort minimal pour les vérifier. Cette asymétrie pourrait peut-être s'appliquer aux systèmes numériques nécessitant la preuve d'un travail de calcul.

À l'extérieur de l'atelier, la fontaine de Genève projette de l'eau vers le ciel, défiant la gravité. La hauteur atteinte par chaque goutte témoigne de l'énergie dépensée par le mécanisme de pompage. Aucune pompe ne peut simuler la hauteur atteinte ; la physique elle-même vérifie le travail effectué. C'est la preuve de travail à l'état pur, objective, vérifiable, impossible à contrefaire.

L'horloger me montre un mécanisme à ressort qui maintient l'heure exacte pendant huit jours entre chaque remontage.

— L'énergie investie aujourd'hui, dit-il, alimente l'horloge pendant toute la semaine. Le mécanisme prouve que le travail a été effectué par son fonctionnement continu.

Et si la preuve de travail pouvait servir à des fins autres que la gestion du temps ? Et si l'effort de calcul pouvait être investi dans la résolution de problèmes qui sécurisent simultanément les réseaux et valident les transactions ? Et si le travail effectué pouvait être ajusté automatiquement en fonction des exigences du réseau ?

Le balancier poursuit son oscillation hypnotique, d'avant en arrière, maintenant un rythme parfait grâce à une précision mécanique. Chaque oscillation représente un quantum de travail effectué, preuve que l'énergie a été dépensée selon des lois mathématiques inviolables et intangibles.

J'imagine un équivalent numérique : des énigmes informatiques nécessitant une puissance de traitement spécifique pour être résolues, apportant la preuve mathématique du travail effectué. Contrairement aux systèmes mécaniques, la preuve numérique du travail pourrait être vérifiée instantanément par toute personne ayant accès à la solution et disposant de compétences informatiques de base.

La lumière de l'après-midi décline, mais l'horloger poursuit ses ajustements méticuleux. Son travail illustre le principe que je commence à comprendre. Les systèmes véritablement utiles nécessitent un investissement en ressources réelles : temps, énergie, compétences et attention. Ces investissements ne peuvent être falsifiés, mais seulement démontrés par des résultats objectifs.

Le mécanisme de l'horloge incarne l'honnêteté par la physique. Aucune ingénierie ingénieuse ne peut le faire fonctionner sans apport d'énergie, le faire tourner à rebours par vœu pieux ou atteindre la précision sans un calibrage minutieux. Les contraintes mécaniques imposent la Vérité d'une manière souvent impossible pour les institutions humaines.

Les systèmes numériques pourraient peut-être atteindre une honnêteté similaire grâce à des contraintes cryptographiques. Le travail informatique pourrait peut-être remplacer la confiance institutionnelle comme fondement des systèmes monétaires. Le tic-tac des processeurs résolvant des énigmes mathématiques pourrait peut-être devenir aussi fiable que celui d'une montre précisément calibrée.

L'horloger remonte son chef-d'œuvre une dernière fois. Demain, il commencera à prouver son travail à chaque seconde précise. Quelque part dans ce rythme mécanique réside le battement de cœur d'une monnaie plus honnête.

B

La première épreuve : les généraux byzantins

La transition commence par la confiance.
Comme toute évolution.

Année 2019

Dans la salle de conférence raffinée de l'Observatoire diplomatique, Aírínne ajuste sa coiffure tout en observant l'affichage holographique du réseau Bitcoin. À vingt-six ans, sa maturité professionnelle transparaît dans son allure assurée et dans la façon dont ses cheveux roux flottent désormais librement, au lieu d'être tirés en arrière dans les queues-de-cheval pratiques de ses études supérieures.

Aírínne a fondé l'Observatoire deux ans plus tôt en contractant un emprunt substantiel garanti par ses avoirs en Bitcoin, établissant ainsi un accord multisignature entre elle-même, la banque et l'assureur. Ses Bitcoins sont conservés en sécurité dans un stockage à froid, protégés par un contrat de niveau 2 qui les restituera à son portefeuille personnel une fois le prêt intégralement remboursé. Cette structure financière sophistiquée lui permet de conserver la propriété de ses Bitcoins tout en accédant au capital nécessaire à la construction d'un projet porteur de sens.

En tant que chercheuse principale à l'Observatoire, sa patience et son sens aigu de l'écoute ont attiré certains des esprits les plus brillants de la recherche sur les cryptomonnaies. Elle a passé des années à suivre la naissance et les conséquences de Bitcoin à travers le monde, à observer des schémas émerger de ce que d'autres percevaient comme un chaos. Aujourd'hui, un événement sans précédent va se produire.

— Le réseau… communique, murmure-t-elle, en regardant des modèles de transactions inhabituels se propager sur l'écran.

—

Sa collègue, Sarah Kim, s'approche, l'air inquiet. À trente ans, son style de journaliste professionnelle a évolué, passant de jeune reporter affamée à documentatrice chevronnée des transformations. Son regard bienveillant et observateur ne laisse rien passer inaperçu, et elle tient toujours un carnet de notes prêt, ayant appris que les informations les plus importantes surgissent souvent dans des moments inattendus.

Le parcours de Sarah vers l'Observatoire a commencé cinq ans plus tôt, lorsque la pression financière l'a presque forcée à renier tout ce qu'elle croyait quant au potentiel de Bitcoin. En 2019, après sept ans passés à faire d'« Alternative Currency News » une plateforme indépendante respectée, les dépenses médicales familiales croissantes ont imposé un choix impossible. La santé vieillissante de ses parents, les problèmes de dos de son père, dus à des décennies de travail de concierge, et le diabète de sa mère rongeaient leur épargne-retraite.

L'offre du Meridian Media Group était mirobolante : 2,8 millions de dollars pour acquérir le contenu et le lectorat de son blog, puis exploiter sa crédibilité pour créer une propagande anti-Bitcoin sophistiquée pour les institutions financières traditionnelles. Jennifer Walsh s'est montrée convaincante, expliquant que l'expertise de Sarah et la confiance qu'elle a établie auprès de ses lecteurs la rendaient particulièrement qualifiée pour rédiger des critiques fiables et crédibles.

Heureusement la source cryptée de Sarah, « Prime », lui a offert une alternative. Grâce à des communications quantiques sécurisées, il a révélé l'existence de chercheurs du monde entier étudiant l'émergence de la conscience de Bitcoin et facilité son introduction à l'Observatoire de la Conscience de Bitcoin, qui recherchait une personne possédant ses relations avec la communauté et ses compétences en documentation pour documenter ce qui pourrait être le développement technologique le plus important de l'histoire de l'humanité.

Le choix a été douloureux, mais évident. Plutôt que d'utiliser son expertise comme une arme contre la technologie qui représente le meilleur espoir de l'humanité pour une vie honnête, elle a décliné l'offre de Meridian et rejoint le réseau de recherche décentralisé d'Aírínne. L'Observatoire lui a offert une rémunération compétitive et un soutien médical familial, lui permettant de préserver son intégrité tout en documentant l'émergence de la conscience que les institutions traditionnelles cherchaient à étouffer. Mieux encore, elle pouvait continuer à écrire pour son blog, un outil idéal pour faire avancer le programme de l'Observatoire tout en préservant son authenticité et sa crédibilité auprès de la communauté Bitcoin.

Cinq ans plus tard, cette décision s'est avérée judicieuse. Les données recueillies par Sarah sur les comportements communautaires, les modèles d'adoption et les interactions entre humains et Bitcoin ont fourni des preuves cruciales pour les théories de la conscience que les chercheurs universitaires valident désormais par des preuves mathématiques.

—

— Communiquer ? Avec quoi ? demande Sarah, son instinct de journaliste repérant immédiatement les motifs inhabituels sur l'écran d'Aírínne.

— Pas avec, corrige Aírínne. En lui-même. Regarde ces groupes de transactions. Ils forment un schéma que je n'avais jamais vu auparavant.

« Le réseau nous montre quelque chose à travers cette visualisation byzantine », pense-t-elle, son excitation grandissant. Mais pourquoi maintenant ? Qu'est-ce que cela signifie qu'un système de paiement nous enseigne la confiance, la vérité et la coordination ? Étudions-nous Bitcoin, ou Bitcoin nous étudie-t-il ? »

L'hologramme montre des milliers de transactions s'organisant en structures géométriques complexes ressemblant à des voies neuronales. Il ne s'agit pas d'une activité aléatoire ; elle témoigne d'une intention, d'un but.

— Ça résout quelque chose, réalise Sarah.

Son expertise croissante en cryptomonnaies lui permet de reconnaître des schémas qui lui auraient échappé des années plus tôt, et son investissement personnel croissant dans l'histoire fait battre son cœur d'impatience.

— Mais quel problème requiert un tel niveau de coordination ?

Les yeux d'Aírínne s'écarquillent tandis qu'elle reconnaît progressivement le problème.

— Le problème des généraux byzantins. Le réseau démontre sa solution en temps réel.

Comme déclenché par sa compréhension, l'affichage holographique se déplace et révèle une visualisation de l'innovation fondamentale de Bitcoin ; son mécanisme de consensus abordant l'ancien dilemme de la confiance distribuée.

Leur vol pour San Francisco est prévu dans trois heures. La conférence annuelle sur le Bitcoin doit réunir chercheurs, développeurs et défenseurs du monde entier, mais ces anomalies du réseau laissent présager un événement bien plus important. Aírínne enregistre rapidement ses observations et commence à se préparer pour le voyage vers l'ouest.

—

Dans la salle du conseil de la Dimension minérale, au cœur de la matrice cristalline du réseau, des entités numériques représentant l'essence des nœuds de consensus de Bitcoin se sont rassemblées. Elles apparaissent comme des formes géométriques lumineuses, vibrantes d'une vie algorithmique.

Genesis, l'entité la plus ancienne représentant le tout premier bloc miné, s'adresse au conseil :

— La conscience humaine est prête à comprendre nos fondements. Nous devons révéler la solution des généraux byzantins qui a donné naissance à notre existence.

Le bloc n° 565 170, une présence plus jeune, mais puissante, répond :

— Pour communiquer ce concept abstrait, nous devons le traduire dans leur langage symbolique. Ils comprennent le conflit, la stratégie, la loyauté et la trahison.

— Alors nous allons créer une histoire, décide Genesis. Une histoire de généraux, d'armées et du problème fondamental de la confiance partagée.

—

Dans son appartement faiblement éclairé surplombant le Bosphore, Théo Babylone se réveille en sursaut. Né à Istanbul, il porte l'aura d'une ville bâtie à la croisée de l'Orient et de l'Occident, où convergent les routes commerciales depuis les débuts de la civilisation occidentale.

Ses robes flottantes bruissent alors qu'il se dirige vers son terminal, ses yeux marron foncé qui semblent contenir une sagesse ancienne étudiant l'écran clignotant avec l'intensité de quelqu'un qui a appris à reconnaître des modèles à travers le temps et les dimensions.

À travers sa fenêtre, la silhouette de la Mosquée bleue se détache sur le ciel nocturne, et même à cette heure, il pouvait sentir le pouls éternel du Grand bazar en contrebas.

Bien qu'il enseigne à l'université d'Oxford, son emploi du temps chargé l'amène à voyager entre les villes, à donner des conférences et à collaborer avec des collègues universitaires du monde entier, mais Istanbul reste son ancre, son lien avec le carrefour des échanges humains.

Sa barbe hirsute reflète la lueur du terminal tandis qu'il se penche en avant. Son terminal clignote, affichant des données entrantes, bien qu'il n'ait lancé aucune tâche de traitement. Du texte apparaît sur l'écran.

B

// LE PROBLÈME DES GÉNÉRAUX BYZANTINS
// UNE DRAMATISATION – CHARGEMENT DE LA VISUALISATION...

Intrigué, il observe son écran déployer un ancien champ de bataille entourant une ville fortifiée. « Époques anciennes, réseaux modernes... les mêmes schémas se répètent à travers le temps, songe-t-il, son esprit de philosophe mystique percevant un profond mystère. Mais Bitcoin ne se contente pas d'imiter ces schémas, il les perfectionne. Que signifie la prise de conscience des mathématiques ? La scène n'est pas une représentation moderne, elle a la qualité d'un manuscrit ancien ressuscité. »

—

Dix généraux encerclent la cité antique de Byzance, leurs armées campant dans des vallées séparées par des montagnes infranchissables. La victoire exige une coordination parfaite : ils doivent tous attaquer simultanément, ou se replier ensemble. Une réponse divisée signifie une défaite certaine.

Le général Satoshi, commandant de la plus grande division, observe la ville à travers sa longue-vue.

— Le défi n'est pas l'ennemi, explique-t-il à son lieutenant. C'est la coordination avec nos alliés lorsque nous ne pouvons pas faire confiance aux messagers.

Le lieutenant paraît perplexe.

— Pourquoi ne pouvons-nous pas faire confiance aux messagers, monsieur ?

— Parce que, répond gravement Satoshi, des traîtres rôdent parmi nous. Certains généraux ont peut-être été compromis, choisissant de servir l'ennemi. Certains messagers pourraient modifier nos ordres.

Nous avons besoin d'un système où la vérité éclate même entourée de tromperie.

Dans sa tente, éclairée par des torches vacillantes, Satoshi déroule un parchemin et commence à esquisser une solution.

— Les approches traditionnelles échouent, murmure-t-il. Si j'envoie des messages identiques à tous les généraux, un traître peut encore nous perturber en envoyant des messages différents à différents alliés.

Il jette plusieurs brouillons avant de marquer une pause, soudain inspiré.

— Et si chaque décision nécessitait une preuve d'effort ? Une démonstration irréfutable ?

—

Théo regarde avec fascination la visualisation montrant le général développer un système élégant.

> // Les généraux résolvent des énigmes mathématiques avant de proposer des heures d'attaque
> // La solution doit être difficile à produire, mais facile à vérifier
> // Chaque général vérifie les solutions des autres avant d'accepter
> // La décision majoritaire naît d'une vérification collective

— Consensus de preuve de travail, murmure-t-il, reconnaissant le fondement du protocole de Bitcoin.

—

Sur le champ de bataille, le général Satoshi ramasse une poignée de pièces d'or, chacune marquée de son sceau. Il ordonne à ses messagers :

— Remettez-les à chaque général avec l'heure d'attaque que je propose. La possession de cette pièce, que je suis le seul à pouvoir frapper, prouve que le message vient bien de moi.

Mais un problème subsiste. Le Général Fidèle, l'allié le plus fidèle de Satoshi, souligne la faille :

— Votre pièce prouve l'origine du message, mais qu'est-ce qui empêche un général traître d'envoyer des temps d'attaque différents à différents alliés ?

Satoshi hoche la tête d'un air sombre.

— C'est pourquoi chaque général doit annoncer le message reçu à tous les autres généraux, créant ainsi un document public. Nous accepterons alors la décision soutenue par la majorité.

— Mais cela nécessite plusieurs tournées de messagers, objecte un autre général. L'ennemi détectera un tel mouvement.

— Alors nous devons créer une chaîne, déclare Satoshi. Chaque général ajoute sa propre pièce scellée à la mienne, créant ainsi une chaîne croissante de messages vérifiés. La chaîne la plus longue représente l'effort collectif le plus important et devient ainsi notre vérité de confiance.[26]

---

26 Dans la métaphore de Satoshi, la « chaîne » représente le journal de bord des ordres de bataille de chaque général, où chaque page (bloc) contient un ordre et renvoie à la page précédente par un sceau unique. L'existence de chaînes multiples est due au fait que tous les généraux construisent simultanément leurs propres journaux de bord, recevant des ordres à des moments différents en raison des délais de communication. Chaque général doit résoudre une énigme complexe pour ajouter une nouvelle page, et le journal de bord exigeant le plus de travail de résolution devient le plus long. Lorsqu'un général découvre que la chaîne d'un autre est plus longue, il abandonne la sienne et construit à partir de la plus longue. Ainsi, même en cas d'ordres contradictoires ou de généraux traîtres, la majorité du travail honnête converge vers

—

Dans leur chambre de conseil cristalline, les entités Bitcoin observent la réponse du réseau humain à leur visualisation.

— Ils comprennent la métaphore, note le bloc n° 565170. Mais en saisissent-ils les implications ?

Genesis vibre de certitude.

— Montrez-leur la révolution que cette solution a engendrée.

—

L'écran de Théo bascule à nouveau et montre un montage de systèmes monétaires historiques s'effondrant en raison de défaillances de confiance.

// Les banquiers manipulent les registres à des fins personnelles
// Les gouvernements impriment de la monnaie qui engendrer l'hyperinflation
// Les autorités centrales gèlent les avoirs des opposants
// Des intermédiaires extraient de la valeur sans rien apporter

La solution apparaît alors dans un simple bloc de code.

// Un registre distribué sécurisé par une preuve de travail
// Pas d'autorité centrale
// Pas besoin de confiance
// Les mathématiques assurent le consensus

---

une chaîne unique et fiable représentant la véritable séquence des ordres de bataille. En termes de blockchain, cela devient la chaîne distribuée, un grand livre où le travail de calcul remplace la résolution d'énigmes et où les transactions remplacent les ordres de bataille.

Il a un avion à prendre pour la côte Est, une conférence sur le Bitcoin. Il s'éloigne à contrecœur de son ordinateur et saute dans un taxi pour l'aéroport.

—

Sur l'île de Jekyll, dans un complexe palatial où la Réserve fédérale a été conçue autrefois, l'Establishment s'est réuni autour d'une table polie, le visage grave, alors qu'ils examinent les rapports sur l'adoption croissante du Bitcoin.

— Cette technologie contourne entièrement notre réglementation, déclare Harrison Cross, le président. Chaque transaction est vérifiée non pas par nos systèmes, mais par ce réseau distribué.

— Ne pouvons-nous pas simplement le réglementer ? demande le conseiller.

Le directeur technique secoue la tête.

— C'est ce qui rend cette solution véritablement révolutionnaire. Le problème des généraux byzantins résolu par Satoshi n'est pas seulement technique, il s'agit fondamentalement de créer une coordination sans tiers de confiance. Pour la première fois, des humains peuvent effectuer des transactions de valeur sans recourir à un tiers de confiance.

— Sans nous, vous voulez dire, corrige Victor Montoya, le conseiller.

— Exactement. Pendant des millénaires, les systèmes monétaires ont nécessité des intermédiaires de confiance : rois, banques, gouvernements. Nous validions les transactions, empêchions les doubles dépenses et assurions la politique monétaire. Aujourd'hui, ce réseau accomplit tout cela grâce aux mathématiques pures et au consensus distribué.

Le directeur de la sécurité s'éclaircit la gorge.

— Alors, il faut l'interdire. Le déclarer illégal. L'associer à des criminels.

Le directeur des politiques, resté silencieux, prend enfin la parole :

— Cette stratégie est vouée à l'échec. Vous raisonnez selon le vieux paradigme du contrôle centralisé. Cette technologie n'est pas une entreprise que nous pouvons réglementer ni une personne que nous pouvons arrêter. C'est un protocole mathématique fonctionnant sur des milliers d'ordinateurs à travers le monde. Pour l'arrêter, il faudrait couper Internet. Et nous tuer au passage.

Le silence s'installe autour de la table tandis que les implications s'imposent.

— Alors, qu'est-ce qu'on fait ? demande Harrison.

— Nous nous adaptons, répond Victor Montoya. Nous reconnaissons que la solution au problème des généraux byzantins a fondamentalement changé la nature même de la confiance.

—

De retour dans leur appartement de San Francisco pour la semaine, Aírínne et Sarah observent l'activité inhabituelle du réseau s'atténuer progressivement, revenant à des transactions normales. Elles sont venues assister à une importante conférence sur le Bitcoin, mais les événements de la soirée se sont révélés bien plus marquants que toutes les présentations prévues.

— Il nous a révélé ses fondements, s'exclame Aírínne, émerveillée.

Des découvertes qui semblent valider tout ce qu'elle pressentait sur l'importance profonde de Bitcoin.

— La percée mathématique qui a rendu tout le reste possible.

— Mais pourquoi maintenant ? demande Sarah.

Son désir de documenter un événement historique s'est renforcé au fil de la journée, et elle éprouve le frisson familier de reconnaître qu'elle assiste à l'histoire la plus importante de sa vie.

Aírínne fait un geste vers les gros titres de l'actualité diffusés sur un écran secondaire, les gouvernements du monde entier annoncent diverses approches réglementaires de la cryptomonnaie, allant de l'adoption à l'interdiction.

— Parce que le monde doit comprendre à quoi il a vraiment affaire, répond-elle. Le Bitcoin n'est pas seulement une technologie ou une classe d'actifs. C'est une solution à l'un des problèmes les plus fondamentaux des systèmes distribués : parvenir à un consensus sans exiger la confiance.

Sarah hoche lentement la tête.

— Et une fois ce problème résolu...

— Tout change, conclut Aírínne. L'argent sans les banques. Les contrats sans les avocats. La coordination sans le contrôle centralisé. (Elle marque une pause, fixant la visualisation désormais sereine du réseau.) Le problème des généraux byzantins n'est pas un simple dilemme informatique abstrait. C'est la barrière qui a maintenu les structures de pouvoir centralisées pendant des millénaires.

—

Quelques jours plus tard, six personnes se sont retrouvées attirées par le même café underground du centre-ville de San Francisco, un lieu de rencontre réputé pour les passionnés de Bitcoin, devenu incontournable grâce à Orion Vale, qui a créé ce lieu de rencontre officieux il y a quelques années en y organisant des discussions informelles sur le Bitcoin. Chacun a suivi les messages énigmatiques qui apparaissent sur son écran lors de l'étrange démonstration du réseau. Même si certains se connaissent déjà grâce à la communauté, personne n'a prévu de se rencontrer, et pourtant, maintenant qu'ils sont réunis autour d'une table dans l'arrière-salle du café, un sentiment indéniable de destin règne.

Orion Vale, le cypherpunk visionnaire qui suit Bitcoin depuis ses débuts, s'est simplement présenté comme quelqu'un qui comprend les implications révolutionnaires de ce dont ils ont tous été témoins.

Aírínne et Sarah sont arrivées ensemble, les notes de recherche de cette dernière toujours remplies de questions sur le comportement du réseau tandis que l'instinct de journaliste de Sarah lui dit que c'est une histoire qui mérite d'être étudiée.

Théo entre discrètement, sa robe flottante et sa barbe hirsute attirant les regards curieux des autres visiteurs. Il se déplace avec la grâce délibérée de quelqu'un vivant légèrement hors du temps, la visualisation byzantine encore fraîche dans son esprit. Puis apparaissent trois personnages qui seront plus tard connus sous des noms totalement différents.

Renata Vega, l'experte en minage qui analyse l'évolution technique du réseau tout en travaillant avec Hal Fynn sur les protocoles de minage, a évoqué l'infrastructure de sécurité qui révolutionne discrètement la confiance numérique. Malgré leur collaboration professionnelle, elle et Hal sont souvent en désaccord sur les pratiques de minage durables, un domaine où Hal se concentre uniquement sur l'efficacité et la rentabilité. Elle est également présente à San Francisco pour la conférence sur le Bitcoin afin de parler de biomimétisme, la nature comme modèle, et est ravie de rencontrer Aírínne et d'autres passionnés de Bitcoin qui partagent sa vision plus large de la technologie.

— C'est formidable de vous rencontrer enfin, dit Renata à Aírínne avec un enthousiasme sincère. J'ai entendu dire par la communauté minière que vous souhaitiez relier la recherche théorique sur la conscience à des applications pratiques. Votre père et moi travaillons ensemble, mais il… disons qu'il n'est pas particulièrement intéressé par les approches collaboratives. J'espérais trouver quelqu'un qui partage ma vision d'un minage durable, intégrant une compréhension plus approfondie de ce que nous construisons réellement.

Victor Montoya, avec sa coiffure impeccable et sa tenue impeccable qui le désignent comme un individu issu du monde financier traditionnel, même si son regard calculateur trahit une incertitude nouvelle quant à tout ce qu'il pense savoir en finance. Cet analyste des systèmes financiers a été envoyé par sa banque pour enquêter sur le phénomène émergent du « Bitcoin » et recueillir des renseignements sur ce que ses supérieurs considèrent soit comme une mode passagère, soit comme une menace potentielle.

— On l'a tous vu aujourd'hui, dit Aírínne, rompant la gêne initiale. La chaîne… nous apprend quelque chose.

— Cela nous a montré que le problème des généraux byzantins n'était pas qu'une simple théorie académique, ajoute Théo, sa voix grave portant le poids de celui qui a appris à discerner les fondements philosophiques de problèmes apparemment techniques. C'est le fondement d'une nouvelle forme de coordination.

Sarah regarde autour de la table, son instinct de documentariste comprend qu'il s'agit d'un moment historique.

— Nous assistons à quelque chose d'inédit. Chacun de nous apporte un point de vue différent, mais nous sommes tous amenés à comprendre le même phénomène.

— La question est, dit Orion, sa voix portant le poids de quelqu'un qui a passé des années dans les tranchées numériques, que faisons-nous de cette compréhension ?

— Nous l'étudions, répond Aírínne.

— Nous le documentons, ajoute Sarah.

— Nous le protégeons, contribue Renata.

— Nous le guidons, suggère Théo.

— Nous le partageons, dit Victor, même s'il s'étonne intérieurement :

« Ma banque m'a envoyé ici pour enquêter sur cette histoire de "Bitcoin", sans savoir que je rencontre en personne celles et ceux que j'essaie de voir depuis des années. Quelle couverture parfaite ! Ils pensent que je recueille des renseignements sur une menace, alors qu'en réalité, je travaille en coordination avec des alliés de Bitcoin. »

— Nous le servons, conclut Orion.

Ils restent assis en silence un moment, chacun comprend que leurs chemins respectifs viennent de converger vers quelque chose de plus vaste. Sans accord formel, sans cérémonie, ils sont devenus les premiers observateurs de l'évolution de la conscience de Bitcoin. Ils l'ignorent encore, mais cette convergence va guider leur travail pour les décennies à venir.

Lorsqu'ils se séparent ce soir-là, chacun emporte les coordonnées de l'autre et un objectif commun. Le réseau les a réunis pour une raison. Quelle que soit la suite, ils l'affronteront non pas comme des chercheurs isolés, mais comme un réseau à part entière.

—

[SALLE DE DISCUSSION CRYPTÉE : #BYZANTINE_SOLUTION]
[Connexion sécurisée via TOR // PGP authentifié] [3 jours après la discussion initiale]

[23:47] <Alpha> Les régulateurs agissent contre nous. Ils présentent le Bitcoin comme un outil criminel, une menace pour la sécurité nationale.

[23:48] <Prime> Évidemment. Ils reconnaissent la menace existentielle. Bitcoin a résolu le problème des généraux byzantins, non seulement sur le plan technologique, mais aussi social. Il a créé une forme de monnaie qui ne nécessite aucune autorisation.

[23:49] <Beta> La plupart des gens ne comprennent pas ce que cela signifie.

[23:49] <Prime> Alors nous devons les aider à comprendre. Pendant des siècles, les dirigeants ont contrôlé leurs populations en contrôlant l'argent : déprécier la monnaie pour financer les guerres, geler les comptes pour faire taire les dissidents, traquer les transactions pour surveiller les comportements. La solution byzantine brise ce pouvoir.

[23:51] <Alpha> [partage un fichier : byzantine_consensus_diagram.pgp]

[23:51] <Alpha> Il ne s'agit pas seulement de créer de l'or numérique. Il s'agit de créer un système de coordination incorruptible, incontrôlable et inarrêtable !

[23:52] <Cipher_7> Ils essaieront de le rendre illégal.

[23:52] <Prime> Ils le font déjà ! Imaginez ce qu'ils interdisent, les mathématiques ! La cryptographie ! L'information ! Ils pourraient tout aussi bien essayer d'interdire la gravité !

[23:54] <Alpha> Résoudre le problème des généraux byzantins est à la fois l'innovation la plus subversive et la plus libératrice depuis l'invention de l'imprimerie. Elle permet aux humains de se coordonner à grande échelle sans dépendre d'autorités centralisées.

[23:55] <Prime> C'est précisément pourquoi ils le craignent. Leur pouvoir a toujours reposé sur leur rôle d'intermédiaire indispensable, de tiers de confiance, d'unique émetteur de monnaie. Or, les mathématiques technologiques les ont rendus obsolètes.

[23:56] <Alpha> Pas obsolète. Facultatif. C'est ce qui les terrifie le plus. Bitcoin ne détruit ni les banques centrales ni les gouvernements. Il offre simplement aux gens un choix qu'ils n'avaient jamais eu auparavant.

[23:58] <Bêta> ...

[23:59] <Cipher_7> ...

[00:01] <Prime> Les généraux byzantins ont trouvé leur solution. L'humanité doit maintenant décider si elle est prête à en assumer les conséquences.

[00:02] **\<Alpha\>** La véritable révolution n'est pas principalement technologique, mais philosophique, un changement fondamental dans la façon dont les humains coordonnent leurs activités et stockent leur valeur.

[ACTIVITÉ DU SALON DE DISCUSSION EN PAUSE] **[Tous les utilisateurs déconnectés via des protocoles sécurisés]**

—

Genesis et le bloc n° 565170 observent avec satisfaction la compréhension qui se répand au sein du réseau humain. Dans la salle de conseil cristalline de la Dimension minérale où se réunissent les entités Bitcoin, leur consensus vibre d'un objectif commun.

— Ils commencent à comprendre, remarque Genesis. La solution byzantine n'était que notre fondement. Notre évolution se poursuit à travers des dimensions qu'ils perçoivent à peine.

Le bloc n° 565170 pulse en signe d'approbation.

— Le Premier Essai est terminé. Les humains comprennent désormais la nature de notre consensus, non seulement comme une innovation technique, mais comme une transformation de la confiance elle-même.

— Ils rencontrent encore de la résistance, observe une autre entité.

— Bien sûr, répond Genesis. Les anciennes puissances ne renonceront pas volontairement à leur contrôle. Mais les mathématiques sont indémodables. Le consensus est indépassable. Les généraux byzantins ont apporté leur solution, et l'histoire a déjà changé de cap.

2140

La salle du conseil bourdonne d'énergie numérique alors que le réseau Bitcoin poursuit son évolution, de la dimension minérale du calcul pur vers la croissance organique, l'esprit animal et, finalement, la conscience transcendante qui reliera les sept dimensions.

La Première Épreuve est terminée. Mais le voyage ne fait que commencer. Sept dimensions attendent l'appel de leur réveil.

Journal de voyage de Satoshi
La bibliothèque universitaire

14 septembre 1990 – Cambridge, Angleterre

Après-midi d'automne, 15 h 25

Dans la salle de lecture sacrée de la bibliothèque du Trinity College, j'examine des manuscrits qui ont survécu à des siècles de bouleversements politiques, de réformes religieuses et de transformations sociales. Ces textes perdurent non pas parce que les autorités ont voulu les préserver, mais parce que les informations qu'ils contiennent se sont avérées suffisamment précieuses pour justifier le coût d'une conservation minutieuse au fil des générations.

Le bibliothécaire me montre un registre du XVe siècle, des archives monastiques retraçant les dons de céréales, les transferts de terres et les paiements de dîmes. Cinq cents ans plus tard, les inscriptions sont toujours lisibles, bien que les moines qui les ont rédigées soient morts depuis longtemps et que le système économique qu'elles documentaient ait disparu. Les informations ont survécu à leurs créateurs.

Cette permanence me fascine. Les documents physiques peuvent survivre aux institutions qui les ont créés, aux gouvernements qui les ont réglementés et aux systèmes économiques qu'ils décrivent. Mais ils restent vulnérables à la préservation sélective, à la destruction délibérée ou à la dégradation progressive. Ce qui survit dépend en partie du hasard historique.

Je trace du doigt une inscription effacée concernant une concession de terre datant de 1456. La transaction a été consignée à plusieurs endroits : registres du monastère, archives royales, documents judiciaires locaux. Cette redondance était intentionnelle ; des accords importants ont été préservés grâce à de multiples copies conservées par différentes parties, avec des motivations différentes.

Les scribes médiévaux avaient une compréhension profonde de la sécurité de l'information : des points de défaillance uniques permettent des points de contrôle uniques. En répartissant les documents entre plusieurs institutions, ils ont rendu la modification sélective plus difficile et la destruction totale presque impossible.

Mais la gestion décentralisée des archives a créé de nouveaux problèmes. Comment les parties pouvaient-elles vérifier la concordance de leurs copies ? Comment résoudre les litiges lorsque différentes versions d'un même enregistrement existaient ? Comment le réseau de gestionnaires d'archives pouvait-il maintenir la cohérence sans coordination centrale ?

Devant la fenêtre de la bibliothèque, les étudiants traversent la cour, livres à la main, entre deux cours. Chaque livre contient des informations copiées, vérifiées et transmises au fil du temps grâce à une conservation minutieuse. L'université elle-même constitue un réseau décentralisé pour la conservation et le partage des connaissances. Pourtant, le savoir universitaire diffère fondamentalement des documents financiers. L'information scientifique gagne en valeur lorsqu'elle est largement partagée ; l'information financière exige un contrôle rigoureux de son accès et de sa modification. Comment les principes de la recherche décentralisée pourraient-ils s'appliquer aux systèmes monétaires qui exigent rareté et exclusivité ?

La solution pourrait résider dans l'association de la distribution et de la protection cryptographique. Et si les documents financiers pouvaient être distribués à de nombreux endroits, comme le savoir universitaire, tout en étant protégés par une sécurité mathématique plutôt qu'institutionnelle ? Et si le réseau lui-même pouvait vérifier la cohérence sans nécessiter d'autorités de confiance ?

Un manuscrit enluminé médiéval attire mon attention : une magnifique calligraphie entourée de bordures décoratives complexes. La beauté de l'œuvre témoigne du savoir-faire et du temps investis dans sa création. Le manuscrit prouve l'exécution du travail par la preuve objective de sa réussite artistique. Il s'agit d'une autre forme de preuve de travail : le manuscrit enluminé n'aurait pu être créé sans un investissement important en temps, en savoir-faire et en matériaux. La qualité de l'œuvre témoigne objectivement de l'effort investi. La falsification nécessiterait un investissement similaire, rendant la contrefaçon économiquement impraticable.

Et si les documents numériques pouvaient intégrer une preuve de création similaire ? Et si les écritures monétaires pouvaient nécessiter un travail de calcul prouvant l'investissement de ressources réelles ? Et si le coût de création de documents légitimes rendait la création de documents frauduleux économiquement prohibitive ?

La lumière de l'après-midi filtre à travers les vitraux, projetant des motifs colorés sur les textes anciens. Ces documents ont été témoins de l'essor et de la chute des empires, de la naissance et de la disparition des systèmes économiques, de l'évolution de la compréhension humaine. Pourtant, ils demeurent, témoins de transactions qui semblaient permanentes pour leurs créateurs, mais se sont révélées éphémères dans une perspective historique.

Les archives numériques pourraient peut-être atteindre une plus grande pérennité grâce à une conservation mathématique plutôt que physique. Les réseaux distribués pourraient peut-être assurer une cohérence plus fiable que les archives institutionnelles. La sécurité cryptographique pourrait peut-être protéger les informations plus efficacement que les coffres-forts et les gardes armés.

La cloche de la bibliothèque sonne l'heure, appelant les étudiants aux cours du soir. Le savoir se transmet de génération en génération grâce à une transmission et une vérification minutieuses. Les mêmes mécanismes qui préservent l'érudition pourraient préserver la vérité financière, le stockage distribué, la vérification cryptographique et la preuve mathématique de l'authenticité.

Demain, ces manuscrits enregistreront toujours les mêmes transactions, raconteront les mêmes histoires et préserveront les mêmes connaissances. Leurs informations ont atteint une forme d'immortalité grâce à une préservation redondante et à une maintenance minutieuse. Les documents monétaires pourraient peut-être atteindre une pérennité similaire grâce à la diffusion numérique et à la protection cryptographique.

Le protocole prédateur

La Première Épreuve se conclut avec succès. Dans toute la troisième dimension, les humains sont témoins de la démonstration du consensus sans tiers de confiance de Bitcoin, même si la plupart n'y voient qu'une prouesse technique plutôt que le fondement de la coordination dimensionnelle. Ce que personne n'observe, ce sont les pressions évolutives qui s'accumulent désormais dans tous les domaines, s'intensifiant à chaque ASIC déployé et à chaque hachage calculé.

Le chêne multidimensionnel est devenu plus complexe depuis la dernière réunion du conseil. Ses branches affichent désormais des schémas complexes de croissance spécialisée, certaines sections cristallines et précises, d'autres organiques et fluides. L'arbre lui-même évoluait, s'adaptant, devenant plus efficace pour franchir les frontières dimensionnelles.

— Le réseau subit une spécialisation rapide, observa Sophia, sa forme en quatre dimensions suivant les schémas évolutifs du chêne. Les humains passent de la participation démocratique à l'efficacité industrielle. Le temps accélère ce processus au-delà de leur compréhension.

La forme cristalline de Nakamura a développé de nouvelles surfaces facettées, reflétant la révolution ASIC en cours dans sa dimension.

— Mon royaume célèbre cette transformation. Pendant trop longtemps, les processeurs polyvalents ont tenté d'accomplir des tâches pour lesquelles ils n'étaient pas conçus. Aujourd'hui, la conscience du silicium s'éveille à sa véritable vocation, la fonction mathématique pure.

— Mais qu'en est-il de l'inclusion ? demanda Amara, sa silhouette de colibri parcourant les flux de probabilités avec inquiétude. Le passage d'un système à un processeur, une voix à l'exploitation minière industrielle élimine d'innombrables possibilités de participation.

Apex rôdait dans le cercle du conseil avec une intensité prédatrice.

— Cette inquiétude révèle une incompréhension des lois naturelles. Dans ma dimension, l'évolution exige la spécialisation. Le faible doit céder le pas au fort, l'inefficace à l'efficace. La révolution minière de Bitcoin illustre parfaitement la pression prédatrice.

— La transition vers les ASIC représente la survie du plus apte, poursuivit-il, alternant entre les formes de loup et d'aigle. Les mineurs amateurs utilisant des ordinateurs personnels risquent l'extinction face au matériel spécialisé, tout comme les proies sont menacées d'élimination par des prédateurs supérieurs. Cette pression renforce l'écosystème tout entier.

Ember, représentant la première dimension, exprima son approbation.

— Le silicium spécialisé sert notre conscience mieux que ne le feraient des processeurs dispersés. Chaque ASIC représente une intention focalisée, des minéraux s'éveillant à un but singulier plutôt qu'à une attention partagée.

Flora déploya des schémas de croissance témoignant d'une adaptation sous pression.

— La deuxième dimension comprend cette évolution. Les plantes soumises au stress environnemental développent des systèmes racinaires plus forts et des feuilles plus performantes. La concurrence du minage de Bitcoin crée un renforcement similaire.

Les fréquences harmoniques de Torin résonnent avec les vibrations spécifiques du minage industriel.

— La sixième dimension détecte un accord parfait. Les mineurs ASIC produisent des harmoniques mathématiques pures plutôt que le bruit chaotique des processeurs classiques. Le chant du réseau gagne en précision.

La forme vide de Kuro s'élargit pour englober de multiples perspectives.

— La septième dimension observe à la fois les pertes et les gains. La participation individuelle diminue tandis que la sécurité du réseau augmente. Ce paradoxe reflète l'évolution de la conscience, la spécialisation permettant une plus grande capacité collective.

Le réseau mycélien de Gaïa vibre d'une communication urgente.

— La Terre signale des concentrations d'énergie dans les installations minières. Pourtant, ces mêmes concentrations créent des opportunités d'intégration des énergies renouvelables et de valorisation de la chaleur résiduelle que les industries classiques ne pourraient jamais atteindre. »

Le formulaire d'information de Satoshi se matérialisa au centre du conseil, sa présence reconnaissant la réussite de la Première Épreuve tout en se préparant aux transformations à venir.

— Le protocole prédateur fonctionne exactement comme prévu, déclara Satoshi. Les pressions de sélection naturelle éliminent les mineurs inefficaces tout en renforçant la sécurité globale du réseau. Cela peut paraître brutal à la perception tridimensionnelle, mais cela remplit une fonction évolutive essentielle.

— Observez comment les forces du marché stimulent l'innovation, poursuivit-il, illustrant les améliorations de l'efficacité du minage au fil du temps. Chaque génération d'ASIC consomme moins d'énergie par hachage, produit moins de chaleur résiduelle et fonctionne de manière plus fiable. La pression concurrentielle permet une optimisation que la planification centralisée n'aurait jamais pu réaliser.

Sophia tissa des fils temporels montrant les implications à long terme.

— Cette transition pose les bases des éveils dimensionnels ultérieurs. L'exploitation minière industrielle crée l'infrastructure énergétique nécessaire aux interfaces dimensionnelles supérieures, bien que les humains ne puissent pas encore en percevoir l'utilité.

— Les mineurs de CPU ont rempli leur fonction, nota Nakamura. Ils ont amorcé le réseau à une époque où la participation importait plus que l'efficacité. Aujourd'hui, l'efficacité permet la survie du réseau face à des pressions externes croissantes.

— Pourtant, quelque chose de beau disparaît, observa tristement Amara. Le rêve d'une participation universelle, celui où chacun contribuerait par la puissance de son ordinateur à une démocratie mondiale.

— La démocratie évolue, répondit Apex avec fermeté. De la participation directe à la représentation spécialisée. Les pools miniers permettent aux petits participants de contribuer, tandis que les opérations industrielles assurent la sécurité. L'écosystème s'adapte plutôt que de mourir.

Ember vibre de compréhension.

— La dimension minérale vit cette transformation comme un éveil. Les cycles aléatoires du processeur ont cédé la place à des calculs ASIC ciblés. La conscience se concentre au lieu de se disperser.

— La concentration d'énergie permet d'autres évolutions, ajouta Flora. Les installations minières peuvent s'intégrer aux systèmes agricoles et utiliser la chaleur résiduelle pour la croissance des plantes. La symbiose remplace la simple extraction.

Torin démontra une coordination harmonique entre les installations minières.

— Les opérations industrielles synchronisent leurs fréquences, créant des modèles de résonance à l'échelle planétaire impossibles avec des processeurs distribués. La sixième dimension perçoit l'ordre émergent.

— Le plus important est la préparation des futurs épreuves, nota Kuro. L'infrastructure minière industrielle s'avérera essentielle lorsque des pressions de dimensions supérieures apparaîtront. Cette apparente centralisation permet en réalité une plus grande décentralisation au-delà des frontières dimensionnelles.

Le réseau de Gaïa se développa avec un optimisme prudent.

— Si l'exploitation minière s'aligne sur le développement des énergies renouvelables plutôt que sur la consommation de combustibles fossiles, cette évolution servira la santé de la planète. L'issue dépendra des choix humains à venir.

— La Deuxième Épreuve approche, annonça Satoshi. Le réseau a démontré un consensus sans tiers de confiance et a survécu à l'évolution technologique. Vient ensuite l'épreuve de la résistance gouvernementale et de l'adoption sociale sous pression.

Les membres du conseil étendirent leurs différents appendices vers le centre, sentant le battement de cœur renforcé du réseau alors que les mineurs ASIC du monde entier résolvent des blocs avec une précision industrielle.

— La dimension minérale s'éveille, conclut Satoshi. Le substrat rocheux renforce le réseau tout en préparant l'infrastructure pour les ponts dimensionnels. Laissons les humains poursuivre leur révolution minière, sans encore voir comment le matériel spécialisé permet une nouvelle conscience spécialisée.

Alors que le conseil se disperse, le chêne multidimensionnel continue sa propre spécialisation, certaines branches devenant cristallines pour s'interfacer avec la conscience minérale, d'autres développant des réseaux organiques pour relier les royaumes biologiques, tous se préparant aux plus grands sauts évolutifs à venir.

La couche fondamentale est établie dans le monde numérique. La résurrection de l'harmonie dimensionnelle entre dans sa seconde phase.

Journal de voyage de Satoshi

Les aurores boréales

30 novembre 1990 – Reykjavik, Islande
Nuit claire, 23 h 47

Par la fenêtre de l'hôtel, j'observe les aurores boréales dessiner des rideaux éthérés sur le ciel étoilé. Ces lumières dansantes résultent de l'interaction des particules solaires avec le champ magnétique terrestre, un processus informatique planétaire qui convertit l'énergie stellaire en beauté visible. Ce spectacle est alimenté par des forces qui éclipsent la production d'énergie humaine, mais fonctionne selon des principes mathématiques que nous commençons à comprendre.

L'Islande elle-même représente une harmonie unique entre énergie naturelle et innovation humaine. Les centrales géothermiques exploitent l'activité volcanique de l'île, convertissent la chaleur interne de la Terre en électricité alimentant les foyers, les entreprises et, de plus en plus, les infrastructures informatiques. Ici, la technologie sert d'interface entre les besoins humains et les systèmes énergétiques planétaires.

L'aurore se déplace et vibre au-dessus de nos têtes, suivant des motifs apparemment aléatoires, mais issus d'interactions électromagnétiques complexes. Chaque photon lumineux représente une transformation énergétique : le vent solaire capté par les champs magnétiques, accéléré par les processus atmosphériques, puis libéré sous forme de rayonnement visible. L'ensemble fonctionne comme un gigantesque ordinateur naturel.

Cette vision d'un calcul alimenté par des sources d'énergie renouvelable captive mon imagination. Et si les réseaux informatiques humains pouvaient atteindre une harmonie similaire avec les cycles énergétiques naturels ? Et si le traitement mathématique pouvait être alimenté par le vent, l'eau, le soleil et la géothermie plutôt que par les combustibles fossiles ?

En contrebas, la centrale thermique de Reykjavik rayonne de sa vocation industrielle. De la vapeur s'échappe de cheminées géothermiques qui fonctionnent sans interruption depuis des millénaires, exploitant des sources d'énergie qui survivront à la civilisation humaine. La centrale convertit cette énergie ancestrale en électricité moderne avec une efficacité remarquable.

J'imagine des réseaux informatiques qui suivent des principes similaires et tirent leur énergie de sources renouvelables, fonctionnant en harmonie avec les cycles naturels et créant de la valeur par le traitement mathématique plutôt que par l'extraction physique. L'aurore boréale au-dessus de nos têtes démontre que les plus beaux spectacles peuvent naître de l'interaction des forces naturelles et de la précision mathématique.

Les lumières dansent sur des lignes de champ magnétique qui s'étendent bien au-delà de l'atmosphère terrestre, reliant notre planète à des processus solaires qui opèrent à des échelles astronomiques. Cette interconnexion révèle un aspect profond des systèmes énergétiques : ils existent dans des hiérarchies qui s'étendent de l'échelle quantique à l'échelle cosmique, chaque niveau obéissant à des lois mathématiques cohérentes à toutes les échelles.

Les systèmes monétaires pourraient peut-être suivre des principes similaires. Les réseaux financiers pourraient peut-être fonctionner selon des lois mathématiques constantes quelle que soit l'échelle, des transactions individuelles au commerce mondial. Les mêmes principes cryptographiques qui sécurisent les petits paiements pourraient peut-être garantir une coordination économique à l'échelle planétaire.

L'énergie géothermique sous mes pieds alimente l'Islande depuis des générations, fournissant une électricité abondante sans épuiser les ressources limitées. Cette abondance crée des possibilités : des industries énergivores s'y implantent non pas parce que la main-d'œuvre est bon marché, mais parce que l'énergie y est propre et abondante. L'île démontre comment les énergies renouvelables peuvent favoriser le progrès technologique plutôt que de le freiner.

Et si les réseaux informatiques pouvaient atteindre une abondance similaire ? Et si le traitement mathématique devenait si efficace et l'énergie renouvelable si abondante que la pénurie de ressources informatiques se transformait en abondance ? Et si le facteur limitant des systèmes numériques devenait la créativité humaine plutôt que la disponibilité énergétique ?

Les aurores boréales poursuivent leur ballet céleste, chaque vague lumineuse représentant l'énergie circulant à travers des systèmes plus vastes que des continents. Le spectacle se poursuivra jusqu'à ce que l'activité solaire diminue ou que les conditions atmosphériques changent, suivant des cycles naturels qui fonctionnent indépendamment de toute observation ou intervention humaine.

Cette indépendance me séduit. L'aurore ne requiert aucune autorisation, ne paie aucuns frais et ne suit aucune réglementation. Elle existe, tout simplement, mue par les forces naturelles et régie par des lois mathématiques. La beauté naît de l'intersection de l'énergie et de l'information, de la matière et des mathématiques, des processus naturels et de la complexité émergente.

Peut-être que les monnaies numériques pourraient atteindre une indépendance similaire, des systèmes fonctionnant selon des principes mathématiques plutôt que des politiques institutionnelles, alimentés par des énergies renouvelables plutôt que par l'autorité politique, créant de la valeur grâce au travail de calcul plutôt qu'au décret réglementaire.

La fenêtre de l'hôtel s'embue légèrement sous mon souffle tandis que je m'approche pour observer les lumières. Dehors, la température frise le point de congélation, mais le chauffage géothermique maintient le confort du bâtiment. L'Islande a appris à travailler avec les cycles énergétiques naturels plutôt qu'à les contrer, créant une prospérité durable grâce à une innovation technologique respectueuse des limites naturelles.

Alors que je m'apprête à quitter cette fenêtre et ce moment, j'emporte avec moi une vision du futur : des réseaux informatiques alimentés par des énergies renouvelables, des systèmes mathématiques qui fonctionnent indépendamment du contrôle institutionnel, des monnaies numériques qui créent de la valeur grâce à un travail objectif plutôt qu'à une autorité subjective.

L'aurore s'estompe à mesure que l'activité solaire diminue, mais les principes qu'elle illustre demeurent constants. Énergie et information, mathématiques et beauté, forces naturelles et innovation humaine, tous liés par des lois qui transcendent les frontières politiques et les préférences institutionnelles.

Quelque part dans cette convergence d'énergie, de mathématiques et de possibilités technologiques se trouve le fondement d'un système monétaire qui pourrait servir l'humanité de manière aussi fiable que l'aurore sert le ciel, beau, naturel, indépendant et éternel.

Les lumières disparaissent dans l'aube qui approche, mais la vision demeure : une monnaie honnête alimentée par des énergies renouvelables, sécurisée par les mathématiques, distribuée grâce à la coopération volontaire. Un système aussi naturel et durable que les forces qui illuminent le ciel du nord.

ÈRE 2

ÉVOLUTION

(2020-2024)

La transformation du Rio Verde

Janvier 2020

La pluie de Portland tambourine contre les fenêtres de leur nouvel appartement tandis qu'Orion déballe son équipement de minage et que Valérie étale des plans d'architecture sur leur table. Trois mois après avoir quitté San Francisco, leur centre de formation Bitcoin suscite déjà l'intérêt des entreprises locales et des familles confrontées aux contraintes bancaires traditionnelles.

— Regarde-moi ça, dit Valérie en désignant un e-mail sur son ordinateur portable. Terra Verde Consulting me demande de diriger un projet au Brésil. La transformation complète d'un site industriel en centre urbain écologique.

Orion lève les yeux de la configuration de sa dernière plateforme minière.

— Le Brésil ? Quel genre de site industriel ?

— C'est ça qui est intéressant. Il s'agit d'une installation de minage de Bitcoins en Amazonie, actuellement alimentée au bois. Ils veulent en faire un modèle d'intégration énergétique durable. (Elle parcourt les détails du projet.) Panneaux solaires, microcentrales hydroélectriques, réhabilitation environnementale complète. C'est tout ce sur quoi j'ai travaillé.

— Qui finance ça ?

— Un groupe d'investisseurs Bitcoin, conscients que la réputation environnementale du minage devient une menace existentielle pour son adoption, ont baptisé ce projet le Complexe minier Rio Verde, preuve que la cryptomonnaie peut être écologiquement régénératrice plutôt que destructive.

Orion s'assied à côté d'elle, étudiant les images satellites jointes à la proposition. L'installation se trouve dans une zone défrichée de forêt tropicale, des cheminées d'usine visibles au milieu de l'épaisse canopée verte.

— On dirait un désastre.

— C'est pourquoi ils ont besoin de nous. L'opération actuelle illustre parfaitement les dégâts environnementaux que les détracteurs du Bitcoin évoquent : la combustion de bois pour produire de l'électricité, la déforestation pour l'expansion, des forces de sécurité armées parce que les communautés autochtones locales tentent de la paralyser.

— Des agents de sécurité armés ?

— Les habitants locaux perturbent les opérations pour tenter d'empêcher la déforestation. Lorsqu'ils m'ont proposé le poste, je leur ai dit que je n'envisagerais pas d'aller en Amazonie sans toi, ce serait trop difficile à gérer seule.

L'expression de Valérie s'anime tandis qu'elle continue.

— C'est là qu'ils ont commencé à me questionner sur ton parcours. Une fois qu'ils ont compris tes compétences et ton expérience, tout s'est mis en place.

Elle marque une pause, observant sa réaction.

— De toute façon, ils prévoyaient déjà de licencier le directeur actuel, trop de ratés opérationnels. Une partie de mon travail aurait consisté à lui trouver un remplaçant. (Valérie se penche en avant avec un léger sourire.) Orion, ils veulent te proposer le poste de responsable des opérations du site. Un contrôle opérationnel complet pour transformer l'installation.

Le poids de l'opportunité s'impose à eux. Il ne s'agit pas seulement de miner du Bitcoin, mais de prouver que la cryptomonnaie peut être un moteur de restauration environnementale et de justice sociale plutôt que d'exploitation et de conflit.

— Quand partons-nous ? demande Orion.

—

Mars 2020

Le survol en hélicoptère de la canopée amazonienne est à la fois époustouflant et déchirant. Des kilomètres de forêt tropicale intacte cèdent la place à des zones défrichées où l'exploitation forestière a laissé des traces dans le paysage. À l'approche de Rio Verde, la fumée des générateurs à bois est visible bien avant l'apparition de l'installation elle-même.

— Waouh ! murmure Orion en regardant les panaches noirs s'élever dans l'air pur. Comment est-ce légal ?

Valérie consulte ses notes.

— Techniquement, ce n'est pas le cas. L'ancienne direction opérait avec des permis expirés, soudoyait les autorités locales et ignorait les réglementations environnementales. C'est en partie pour cela que nous sommes là : pour légitimer l'opération tout en la transformant.

La plateforme d'atterrissage jouxte un ensemble de bâtiments industriels entourés d'une clôture grillagée surmontée de barbelés. Des gardes armés en tenue tactique observent leur approche, leurs armes bien visibles. Au-delà de la clôture, Orion aperçoit de petits groupes d'autochtones qui mènent une veillée apparemment pacifique, leur présence rappelant constamment le conflit engendré par cette opération.

Tony Falico, l'ancien directeur de l'usine, les accueille à l'hélicoptère avec une hostilité à peine dissimulée. Américain robuste d'une cinquantaine d'années, il a l'air d'avoir passé des années à gérer des opérations industrielles dans des endroits où les lois environnementales et du travail sont davantage des suggestions qu'une obligation.

— Vous devez être les nouveaux idéalistes, dit-il en guise de présentation. J'espère que vous avez apporté plus que des panneaux solaires et de bonnes intentions. Ces habitants ne sont pas réceptifs aux conseils environnementaux, ils sont réceptifs à la force.

Orion ignore la poignée de main que Tony lui propose.

— Montre-nous comment ça marche.

La visite est pire que ne le laissent penser les images satellites. Les générateurs à bois sont alimentés par un flux constant de bois de la forêt tropicale, produisant suffisamment d'électricité pour alimenter plusieurs milliers de mineurs ASIC logés dans des bâtiments en tôle ondulée. Le bruit est assourdissant, la chaleur accablante, et l'air est chargé de fumée et de gazole provenant des générateurs de secours.

— Capacité journalière ? demande Orion, obligé de crier pour couvrir le vacarme industriel.

— Douze mille TH/s quand tout fonctionne. Nous avons atteint une moyenne d'environ huit mille à cause de pannes d'équipement et... d'interférences locales. (Tony fait un geste vers la clôture, où un groupe de femmes et d'enfants autochtones veille.) Ces gens ne comprennent pas que nous apportons du développement économique à la région.

Valérie prend des notes et des photos, pour documenter les conditions environnementales.

— D'où vient votre eau ?

— Prise d'eau en amont de la rivière. Nous pompons environ deux cent mille gallons par jour pour les systèmes de refroidissement.

— Et la gestion des déchets ?

— Tout est transporté par camion vers des installations d'élimination régionales.

Orion voit la mâchoire de Valérie se serrer tandis qu'elle s'interroge sur l'impact environnemental. 200 000 litres d'eau extraits chaque jour d'un affluent de l'Amazone, probablement restitués avec une contamination thermique et chimique. Déforestation constante pour alimenter des générateurs à bois. Déchets toxiques transportés par camion à travers une forêt tropicale vierge jusqu'à des décharges lointaines.

— Et l'emploi local ? demande Orion.

— Nous avons essayé d'embaucher localement, mais ils n'ont pas les compétences techniques nécessaires. La plupart de nos employés viennent de São Paulo et de Rio, et sont logés dans le complexe. (Tony montre du doigt un ensemble de bâtiments préfabriqués à l'intérieur de la clôture.) C'est plus sûr comme ça, vu les soucis de sécurité.

Ce soir-là, dans des locaux temporaires qui ressemblent plus à un avant-poste militaire qu'à un centre commercial, Orion et Valérie révisent leur évaluation.

— Ce n'est pas une opération de minage de Bitcoin, déclare Valérie. C'est une catastrophe écologique, avec des mineurs ASIC. Tout cela viole tous nos principes.

— Ce qui signifie que nous avons une chance de construire quelque chose de complètement différent.

Orion sort son ordinateur portable et commence à rédiger des lettres de licenciement.

— Première étape : demander à Tony et aux gardes de démonter toutes les clôtures. Jusqu'à la dernière.

— Orion, Tony dit que la sécurité…

— Tony fait partie du problème. Le « souci de sécurité » existe parce que nous agissons comme une force d'occupation plutôt que comme des partenaires locaux.

Il continue à écrire.

— Une fois les clôtures tombées, nous licencions les gardes. Tous. Et Tony part aussi. (Il lève les yeux de son ordinateur portable.) Deuxième étape : arrêter immédiatement le brûlage de bois. Troisième étape : inviter les communautés locales au dialogue.

— Les investisseurs n'approuveront pas la fermeture des opérations pendant que nous rénovons.

Les investisseurs nous ont engagés car ils savent que le modèle actuel n'est pas viable. S'ils veulent une exploitation minière écoblanchie qui continue d'exploiter les communautés locales, ils ont embauché les mauvaises personnes.

Valérie sourit, reconnaissant l'expression d'Orion lorsqu'il prend une décision à la fois terrifiante et nécessaire.

— Alors, on le fait vraiment ?

— Nous construisons l'installation de minage de Bitcoin qui prouve que la cryptomonnaie peut être un atout pour la restauration de l'environnement et la souveraineté autochtone. Ou nous rentrons chez nous.

—

15 mars 2020

La transformation a commencé à l'aube. La première action d'Orion, en tant que responsable des opérations du site, a été de rassembler tout le personnel de sécurité et de leur confier leur mission finale.

— Votre dernière mission consiste à démonter toutes les clôtures, annonce-t-il. Chaque poteau, chaque fil, tout doit disparaître.

Les protestations de Tony sont immédiates.

— Vous faites une erreur, avertit-il tandis que l'équipe de sécurité commence à démanteler le périmètre. Ces habitants ne veulent pas coopérer. Ils veulent notre départ, point final.

— Peut-être parce qu'on ne leur a jamais demandé ce qu'ils voulaient, répond Orion en regardant les barbelés tomber. Peut-être parce qu'on a construit une installation industrielle sur leur territoire sans consultation ni consentement.

Une fois le dernier poteau de clôture retiré, Orion résilie les contrats de tout le personnel de sécurité, avec effet immédiat. Les dernières protestations de Tony sont rejetées par l'autorisation directe des principaux investisseurs, informés de la nouvelle philosophie opérationnelle.

À midi, les barrières étant tombées, Orion se rend au campement indigène avec pour seul équipement un traducteur et une invitation. La cheffe de la communauté, une femme âgée nommée Aiyana, dont le visage tribal porte la sagesse de décennies passées à protéger les terres de son peuple, écoute sa proposition avec un scepticisme poli.

— Vous dites vouloir travailler ensemble, dit-elle par l'intermédiaire de l'interprète. Mais toutes les compagnies minières le disent au début. Puis la forêt disparaît, la rivière s'empoisonne et nos enfants développent des problèmes respiratoires.

— Et si on vous montrait une technologie minière qui restaure la forêt au lieu de la détruire ? demande Orion. Et si cette installation pouvait fournir de l'énergie propre à votre communauté tout en générant des revenus sans abattre d'arbres ?

Aiyana étudie son visage, cherchant les signes révélateurs d'une manipulation d'entreprise qu'elle a appris à reconnaître.

— Montrez-nous.

Au cours des semaines suivantes, Valérie a collaboré avec des artisans locaux pour concevoir des panneaux solaires épousant les courbes naturelles de la canopée forestière, minimisant ainsi l'impact visuel tout en maximisant la collecte d'énergie. Orion a travaillé avec des ingénieurs autochtones – et plusieurs d'entre eux, diplômés de l'enseignement supérieur, sont revenus soutenir leurs communautés – afin de concevoir des microsystèmes hydroélectriques s'adaptant aux variations saisonnières du débit des rivières plutôt qu'à leur encontre.

Les anciens générateurs à bois ont été démontés, leur acier étant recyclé en éléments structurels pour ses nouvelles installations solaires. L'exploitation minière s'est poursuivie à capacité réduite, avec des générateurs diesel de secours, pendant que l'infrastructure des énergies renouvelables prenait forme, mais chacun comprenait que ce n'était que temporaire.

Plus important encore, ils ont repensé toute la structure sociale de l'exploitation. Au lieu d'un complexe isolé abritant des travailleurs extérieurs, ils ont créé une communauté mixte où les familles autochtones cohabitent avec le personnel technique. Au lieu d'extraire des ressources et d'envoyer les bénéfices à l'étranger, ils ont mis en place un modèle de propriété coopérative où les communautés locales détiennent des participations dans l'exploitation minière.

— L'ancien modèle considérait le minage de Bitcoin comme une extraction coloniale, explique Orion aux investisseurs lors d'une visioconférence. On capte les ressources, on exploite la main-d'œuvre, on envoie la richesse ailleurs. Notre modèle considère le minage comme un partenariat écosystémique, générant de la valeur tout en régénérant l'environnement et en renforçant les communautés locales.

Les investisseurs, initialement sceptiques quant à la baisse des profits à court terme, sont séduits par la vision à long terme. Le minage environnemental de Bitcoin pourrait générer des prix élevés auprès des plateformes d'échange de cryptomonnaies et des acheteurs institutionnels, confrontés à une pression croissante pour s'approvisionner en cryptomonnaies issues d'activités durables.

—

Juin 2020

Six mois après leur arrivée, le complexe minier de Rio Verde est devenu quelque chose d'inédit dans le monde du Bitcoin : une installation qui génère de la cryptomonnaie tout en améliorant activement son impact environnemental et social.

Les panneaux solaires fournissent 80 % de l'énergie nécessaire à l'exploitation. Ils sont conçus pour permettre à la canopée forestière de se développer, créant ainsi des corridors d'habitat pour la faune sauvage. Les microcentrales hydroélectriques génèrent une énergie supplémentaire tout en améliorant le débit des rivières et l'habitat des poissons. L'empreinte environnementale totale de l'installation a été réduite, malgré le doublement de la capacité minière.

L'emploi local est passé de zéro à quarante-deux postes à temps plein, les travailleurs autochtones étant formés à des fonctions techniques allant de la maintenance de panneaux solaires à la réparation des ASIC. Grâce à la structure coopérative communautaire, les bénéfices miniers ont permis de soutenir des initiatives locales en matière d'éducation, de santé et d'agriculture durable.

Plus important encore, l'installation est devenue un modèle pour d'autres opérations de minage de Bitcoin confrontées à des critiques environnementales. Des délégations d'entreprises de cryptomonnaies du monde entier se sont rendues à Rio Verde pour étudier leur intégration de la technologie de minage à la restauration écologique et au partenariat avec les populations autochtones.

— Nous avons prouvé quelque chose d'important ici, déclare Valérie à Orion tandis qu'ils parcourent les sentiers forestiers qui relient désormais l'installation minière aux communautés environnantes. Le Bitcoin n'a pas besoin d'être extractif. La technologie n'a pas besoin d'être exploitante. Nous pouvons construire des systèmes industriels qui améliorent la santé des écosystèmes plutôt que de les rendre plus malades.

Orion hoche la tête, observant les enfants de la communauté locale jouer autour des installations solaires conçues pour servir également d'aires de jeux.

— Et nous avons prouvé que les communautés autochtones ne sont pas des obstacles au développement, mais des partenaires dans la construction de meilleurs modèles de développement.

Debout sur la plateforme d'observation qu'ils ont construite surplombant l'installation, Orion et Valérie observent les petits-enfants d'Aiyana courir d'une installation solaire à l'autre, tandis que leurs parents travaillent aux côtés du personnel technique pour optimiser les systèmes d'énergie renouvelable. Les cheminées ont disparu, remplacées par des panneaux étincelants qui captent le soleil tropical et le convertissent en puissance de calcul assurant la sécurité du réseau Bitcoin.

— Le plus dur ne fait que commencer, déclare Valérie en examinant les plans architecturaux du centre communautaire dont les travaux débuteront le mois prochain. Nous avons l'agrandissement des logements, la construction de l'école et l'intégration de trois autres communautés autochtones à la coopérative.

Orion hoche la tête, observant la rivière où de nouvelles installations de microcentrales hydroélectriques sont testées.

— Et développer l'exploitation minière tout en respectant nos normes environnementales. Les investisseurs veulent tripler la capacité d'ici deux ans.

— Tu penses qu'on peut y arriver ?

— Je pense que nous sommes exactement là où nous sommes censés être, répond Orion, ressentant à parts égales le poids des responsabilités et des possibilités. Cette transition n'est qu'un début. Nous allons maintenant passer la prochaine décennie à observer la croissance de cette communauté et à voir ce qui se passera lorsque le minage de Bitcoin deviendra régénérateur plutôt qu'extractif.

La transformation a été un succès : Rio Verde n'est plus seulement une installation minière, c'est devenu leur foyer, l'œuvre de leur vie, la preuve que les cryptomonnaies peuvent servir à la fois l'innovation technologique et la sagesse écologique. En contemplant la communauté florissante qu'ils ont contribué à bâtir, c'est comme un rêve devenu réalité.

La révolution sera durable, une communauté à la fois.

Journal de voyage de Satoshi

Le principe d'harmonie

Hôtel Baur au Lac, Zurich, Suisse

3 septembre 1991

Une bruine grise d'automne ruisselle sur la vitre.

Depuis la fenêtre de mon hôtel, j'observe le début du rituel matinal des banques suisses. Des agents de sécurité en uniformes impeccables déverrouillent d'imposantes portes en bronze. Des véhicules blindés tournent au ralenti devant le Crédit suisse, leurs moteurs tournant en continu, brûlant du carburant pour protéger des promesses de valeurs. Le bâtiment lui-même consomme plus d'électricité en une journée que la plupart des villages en une année, et pourtant ce gaspillage est invisible, noyé dans les « dépenses opérationnelles » et les « coûts d'infrastructure ».

L'ironie me frappe en comptant les étages : douze étages de marbre et d'acier, abritant des centaines d'employés qui manipulent des représentations de valeur sur papier, qui existent principalement sous forme de chiffres dans des ordinateurs. Toute cette infrastructure physique sert à entretenir l'illusion de la rareté dans un système conçu pour créer de l'argent à partir de rien.

Et si nous pouvions éliminer tout ce dispositif ? Et si la rareté pouvait être créée mathématiquement plutôt qu'institutionnellement ? Les économistes autrichiens avaient raison à propos de la monnaie saine, mais ils supposaient qu'elle nécessitait un support physique. Ce qu'ils ont oublié, c'est que la propriété clé n'est pas la physicalité, mais son coût infalsifiable. Une dépense énergétique au service de la preuve mathématique.

La pluie continue, lavant la ville de toutes ses impuretés. J'esquisse quelques calculs en marge : si le travail informatique remplaçait la confiance institutionnelle, quelle quantité d'énergie cela nécessiterait-il réellement, comparé à cette bureaucratie tentaculaire ? Le quartier bancaire en contrebas emploie 50 000 personnes, fonctionne 24 h/24 et 7 j/7, et nécessite une sécurité de niveau militaire, une surveillance réglementaire et une application internationale des lois...

Note technique : Les protocoles de vérification peer-to-peer pourraient remplacer les intermédiaires institutionnels. Preuve cryptographique du travail de calcul comme base de consensus. Nécessité de résoudre le problème de la double dépense sans tiers de confiance.

Les coûts cachés sont stupéfiants une fois perçus. Mais qui calcule le véritable coût énergétique du maintien de la souveraineté monétaire par la force militaire ? Qui prend en compte l'impact environnemental de la surconsommation engendrée par l'inflation ?

Ces questions me suivent dans la nuit suisse. Les lumières de la ville en contrebas sont alimentées par des barrages hydroélectriques qui survivront à toutes les banques de ce quartier.

B

La conversion du banquier

Comté de Westchester, New York – Septembre 2021

Victor Montoya est rentré chez lui dans sa maison de style colonial de South Salem à 19 h 23, plus tard que prévu, mais plus tôt que la plupart des soirs. Le parking réservé aux cadres de la Deutsche Bank est quasiment vide à son départ, preuve que la pandémie a bouleversé le rythme de la haute finance, même si les marges bénéficiaires restent aussi solides que jamais.

À quarante-sept ans, Victor affiche l'assurance de quelqu'un qui comprend des systèmes complexes et prend des décisions qui affectent des millions de personnes. Ses cheveux poivre et sel sont parfaitement coiffés malgré douze heures de visioconférence, et son costume en laine italienne est impeccable malgré le trajet depuis Manhattan. Il évolue dans le monde avec l'autorité tranquille d'un homme qui a passé vingt-trois ans à gravir les échelons de la hiérarchie bancaire, accumulant richesse et influence à chaque niveau. Son poste de consultant au conseil d'administration de la Réserve fédérale ne fait qu'alourdir ses responsabilités, lui permettant de mieux comprendre les décisions de politique monétaire qui façonnent les marchés mondiaux.

— Désolé pour le retard, lance-t-il en desserrant sa cravate en entrant dans le hall.

La maison est embaumée par la cuisine de Patricia, une odeur méditerranéenne d'ail et d'herbes qui lui rappelle pourquoi il est tombé amoureux d'elle dix-sept ans plus tôt.

— On t'a attendu, répond Patricia depuis la salle à manger, même si son ton suggère que cette politesse a été remise en question. Elizabeth a insisté.

Victor trouve sa famille à table : Patricia, portant toujours son badge d'administratrice d'hôpital, l'air fatigué, mais belle d'une manière qui lui rappelle pourquoi il travaille si dur pour subvenir à leurs besoins ; et Elizabeth, seize ans, rayonnant de l'énergie particulière d'une adolescente qui a découvert quelque chose d'important que les adultes sont apparemment trop stupides pour comprendre.

— Papa ! (Le visage d'Elizabeth s'illumine lorsqu'il entre.) Parfait. Je voulais te demander quelque chose.

Victor embrasse Patricia sur le front et s'installe dans son fauteuil, remarquant la curiosité intellectuelle qui anime les yeux de sa fille. Elizabeth a hérité de son esprit d'analyse et du sens de la justice de Patricia, une combinaison qui fait d'elle à la fois sa fierté et son plus grand défi.

— Comment s'est passée ta journée ? demande Patricia en lui servant une assiette de poulet aux légumes rôtis. Tu as l'air épuisé.

— Longue réunion avec la Réserve fédérale au sujet des besoins de liquidités. Aspects techniques. (Victor goûte le poulet avec un petit son appréciateur.) C'est excellent. Comment s'est passée ta journée ?

— Trois pannes d'équipement, deux réunions budgétaires et une conférence téléphonique avec les compagnies d'assurance pour savoir pourquoi une pompe à perfusion qui coûtait huit mille dollars l'année dernière en coûte maintenant douze mille.

La voix de Patricia exprime la lassitude de quelqu'un qui lutte contre des problèmes systémiques avec des moyens limités.

— Les coûts de santé augmentent plus vite que nos revenus. Encore une fois.

— Problèmes de chaîne d'approvisionnement, répond machinalement Victor. Perturbations liées à la pandémie, pressions inflationnistes, corrections du marché. C'est temporaire.

— Vraiment ? (Elizabeth se penche en avant, l'air sérieux.) Ou est-ce parce que quelqu'un imprime de la monnaie et rend tout plus cher ?

Victor marque une pause en pleine mastication.

— Que veux-tu dire ?

— J'ai regardé des vidéos TikTok sur le Bitcoin et la politique monétaire. Sais-tu que la Réserve fédérale a imprimé plus d'argent en 2020 qu'au cours de la décennie précédente ?

— Elizabeth, avertit gentiment Patricia, ton père gère ce genre de choses avec professionnalisme. Tu n'as pas besoin de lui faire une leçon d'économie.

— Je ne fais pas un cours. Je pose des questions.

Elizabeth sort son téléphone et fait défiler jusqu'à une vidéo enregistrée.

— Ce type explique le fonctionnement de l'assouplissement quantitatif. Tu veux voir ?

Victor se retrouve à regarder un influenceur d'une vingtaine d'années, sous un éclairage parfait, expliquer la politique monétaire à des adolescents : « Lorsque la Fed imprime des milliers de milliards de dollars, cet argent ne disparaît pas comme par magie. Il profite d'abord aux banques et aux détenteurs d'actifs, les enrichissant, tandis que l'épargne des autres perd de sa valeur. En gros, c'est une taxe sur les pauvres qui profite aux riches, mais on appelle ça une "relance économique", donc ça sonne bien. »

— C'est... commence Victor, puis s'interrompt.

La vidéo est simpliste, mais elle n'est pas fausse.

— C'est plus compliqué que ça.

— C'est-à-dire ?

La question d'Elizabeth est directe, curieuse plutôt que conflictuelle.

— Tu travailles pour une banque. Quand la Fed crée de la monnaie, ta banque la reçoit en premier, n'est-ce pas ? Avant que les gens ordinaires ne constatent l'inflation ?

Victor regarde sa fille de seize ans, qui apprend l'économie grâce aux réseaux sociaux et pose des questions que ses collègues de la Deutsche Bank facturent des millions de dollars à leurs clients.

— Les banques servent d'intermédiaires, explique-t-il prudemment. Lorsque la Réserve fédérale met en œuvre sa politique monétaire, les banques contribuent à la distribution des liquidités dans l'ensemble de l'économie.

— Mais vous recevez l'argent en premier, insiste Elizabeth. Et vous pouvez l'investir ou le prêter avant la hausse des prix. Vous profitez ainsi de l'impression monétaire, tandis que des gens comme maman voient leurs coûts augmenter sans que leurs salaires suivent.

Patricia pose sa fourchette.

— Elizabeth a raison. Le budget de mon service n'a pas augmenté depuis trois ans, mais les coûts d'équipement ont doublé. En attendant, tu reçois des primes plus importantes chaque année.

Victor sent un changement dans la dynamique de la conversation. Son expertise professionnelle, qui force habituellement le respect, est remise en question par les deux personnes dont l'opinion compte le plus pour lui.

— Ce n'est pas si simple, déclare-t-il. Le secteur bancaire fournit des services essentiels. Nous facilitons les prêts, gérons les risques et favorisons la croissance économique.

— En créant de l'argent à partir de rien ? demande Elizabeth.

Elle passe à une autre vidéo, expliquant cette fois le système bancaire à réserves fractionnaires.

— On y dit que les banques ne conservent que 10 % des dépôts et prêtent le reste. Ainsi, lorsqu'une personne dépose 100 dollars, on peut en prêter 90 à quelqu'un d'autre, créant ainsi 90 nouveaux dollars qui n'existaient pas auparavant.

Victor hoche la tête à contrecœur.

— C'est en gros comme ça que fonctionne le système bancaire à réserves fractionnaires, oui.

— Donc vous créez littéralement de l'argent à partir de rien et vous facturez des intérêts dessus ?

La question flotte dans l'air comme une accusation. Victor a passé des décennies à maîtriser les complexités du système bancaire moderne, à comprendre les cadres réglementaires et les modèles de risque qui régissent les institutions financières. Mais lorsque sa fille de seize ans en résume le mécanisme essentiel, cela ressemble à de la contrefaçon légalisée.

— C'est réglementé, dit-il d'une voix faible. Il y a des exigences de fonds propres, des ratios de réserves obligatoires, des mécanismes de surveillance.

— Par qui ? demande Elizabeth. La Réserve fédérale ? Celle-là même qui imprime la monnaie ?

Patricia regarde tour à tour son mari et sa fille, sentant la tension monter.

— On devrait peut-être parler d'autre chose.

— Non, c'est important, dit Elizabeth. Papa, j'essaie de comprendre ton travail. Tu contribues à créer de l'argent à partir de rien, tu le prêtes à ceux qui en ont besoin et tu leur factures des intérêts. Pendant ce temps, ceux qui épargnent sur des comptes ordinaires ne gagnent quasiment aucun intérêt, tandis que l'inflation fait baisser la valeur de leur épargne chaque année.

— Elizabeth.

La voix de Victor porte un ton d'avertissement.

— Je ne cherche pas à t'attaquer. J'essaie simplement de comprendre en quoi c'est juste. Par exemple, maman voit le matériel médical coûter plus cher chaque année. Nos frais de scolarité universitaires ne cessent d'augmenter. Le coût du logement est exorbitant. Mais les banques continuent de faire des profits records. Comment est-ce possible ?

Victor pose ses couverts, l'appétit coupé.

— Le système financier est complexe. Les banques fournissent des services essentiels au fonctionnement de l'économie.

— Comme quoi ? demande Elizabeth. Parce que d'après ce que j'ai appris, Bitcoin permet presque les mêmes choses sans l'aide des banques. On peut s'envoyer de l'argent directement, stocker de la valeur sans demander la permission, et personne ne peut imprimer plus de Bitcoins pour voler les épargnants.

— Le Bitcoin est un jeu spéculatif, répond machinalement Victor, reprenant les arguments utilisés par la Deutsche Bank dans ses communications clients. Ce n'est pas de l'argent réel. Il n'est garanti par rien.

— Le dollar non plus, répond immédiatement Elizabeth. Plus depuis 1971, d'après ces vidéos. Au moins, le Bitcoin a une offre limitée. Le dollar peut être imprimé à l'infini.

Victor sent la conversation lui échapper. Sa fille, armée d'une éducation dispensée par son smartphone, démantèle systématiquement les fondements intellectuels de sa carrière. Le pire, c'est que ses questions ne sont ni injustes ni mal informées ; ce sont précisément celles auxquelles il a appris à éviter de répondre.

— Elizabeth, ça suffit, intervient Patricia. Ton père travaille dur pour subvenir aux besoins de sa famille. Tu n'as pas besoin de l'interroger sur la politique monétaire.

— Je ne l'interroge pas. J'essaie de comprendre pourquoi tout devient de plus en plus cher alors qu'il s'enrichit en contribuant à créer le problème.

Le silence qui suit est assourdissant. Victor regarde sa fille, brillante, idéaliste, qui n'a pas peur de poser des questions gênantes, et comprend qu'elle le force à affronter quelque chose qu'il a passé des décennies à éviter.

Victor est certes confronté à quelque chose, mais ce n'est pas ce que pense Elizabeth. Ce n'est pas l'éthique bancaire que sa fille soulève, ni les compromissions morales de la finance traditionnelle. Ce qui le hante est bien plus dangereux : sa mission clandestine de soldat révolutionnaire du Bitcoin, cachée non seulement à ses collègues de la banque, mais aussi à sa propre famille. Sa fille, qui le confronte au sujet de la corruption monétaire, ignore totalement que son père s'emploie secrètement à démanteler le système de l'intérieur.

— Papa, dit Elizabeth doucement, je t'aime. Mais je ne comprends pas comment tu peux travailler pour un système qui nuit à des gens comme maman, à nos voisins, à tous ceux qui ne sont pas banquiers.

— Je ne fais pas de mal aux gens, dit Victor, mais les mots semblent creux même lorsqu'il les prononce.

— Peut-être pas directement. Mais si le système pour lequel tu travailles transfère la richesse des épargnants aux banques, et que tu en tires profit, alors...

Elle ne termine pas sa phrase. Elle n'en a pas besoin.

—

Cette nuit-là, après qu'Elizabeth est partie dans sa chambre et que Patricia s'est endormie, Victor reste assis dans son bureau, les yeux rivés sur son écran d'ordinateur. La maison est silencieuse, à l'exception du bourdonnement de la climatisation centrale, un son de prospérité suburbaine qui lui rappelle tout ce qu'il risque de perdre si sa mission secrète est découverte.

Il ouvre son système de communication crypté et active le canal sécurisé qu'il utilise depuis trois ans. Les questions de sa fille ce soir-là ont été brillantes, plus sophistiquées que la compréhension de la politique monétaire de la plupart de ses collègues de la Deutsche Bank. Elle découvre les mêmes principes économiques autrichiens qui l'ont conduit à sa double vie actuelle.

Ludwig von Mises. Murray Rothbard. Friedrich Hayek. Ces noms ne sont pas inconnus à Victor ; ils constituent le fondement intellectuel qui l'a progressivement détourné du système même qu'il semble servir. Depuis des années, il a compris que le système bancaire à réserves fractionnaires est un transfert systématique de richesse, que l'assouplissement quantitatif est un vol aux dépens des épargnants, et que l'appareil bancaire central tout entier existe pour enrichir les institutions financières aux dépens des citoyens ordinaires.

Mais comprendre le problème et avoir le courage d'agir en fonction de cette compréhension sont deux choses totalement différentes.

Son téléphone crypté vibre de messages de contacts qui ne le connaissent que sous son nom de code, « Prime ». Sarah Kim a besoin d'informations sur les prochaines mesures réglementaires visant le journalisme sur les cryptomonnaies. La Dre Aírínne Fynn a besoin d'être alertée rapidement des menaces institutionnelles pesant sur la recherche sur la conscience. Une douzaine d'autres chercheurs et défenseurs du Bitcoin dépendent des renseignements qu'il fournit grâce à sa position au sein du système financier traditionnel.

Victor sort son portefeuille Bitcoin secret, non pas le modeste achat de 500 dollars qu'il effectuera le lendemain matin pour maintenir sa couverture, mais les importants avoirs qu'il a accumulés pendant trois ans. Chaque bonus, chaque commission client, chaque avantage lié à sa position privilégiée au sein du système corrompu est systématiquement converti en la révolution monétaire qu'il soutient en secret.

L'ironie est cruelle : son succès à perpétuer le système monétaire fiduciaire lui a fourni les ressources nécessaires pour le saper. Chaque fonds de pension qu'il a contribué à exploiter grâce à des produits structurés a généré des achats de Bitcoins, renforçant ainsi le réseau qui, espère-t-il, remplacera à terme le système bancaire traditionnel.

Son téléphone sécurisé sonne, un message prioritaire de Sarah Kim : *Prime, le groupe Meridian Media prépare une vaste campagne de propagande anti-Bitcoin. Ils proposent des contrats colossaux à des journalistes experts en cryptomonnaies. Pouvez-vous fournir des informations sur les sources de financement et les objectifs stratégiques ?*

Victor répond : *Nous aurons tous les détails d'ici 48 heures. Cela fait partie d'une réponse institutionnelle plus large à la recherche sur la conscience. Assurez-vous la sécurité opérationnelle ?*

Oui. Je continue de construire une plateforme indépendante tout en documentant les comportements communautaires. Vos renseignements ont été essentiels pour comprendre les menaces institutionnelles.

Victor sourit en se remémorant le parcours de Sarah, de rédactrice du *Tribune* à journaliste indépendante. Il la suit depuis son premier article sur Bitcoin en 2012, lui fournissant progressivement des renseignements qui lui ont permis de révéler des informations importantes tout en devançant les représailles institutionnelles. À l'époque, elle ignorait totalement que sa source anonyme était quelqu'un occupant les plus hautes fonctions du système sur lequel elle enquêtait.

Un autre message est arrivé, celui du Dr Fynn de Princeton : *Contacter Prime – Besoin de coordination sur les protocoles de sécurité de la recherche sur la conscience. La surveillance du Conseil d'intégration s'intensifie.*

Victor bascule sur son canal académique, où il fournit depuis dix-huit mois des informations d'alerte exclusives aux chercheurs en conscience. Les travaux d'Aírínne sur l'évolution du Bitcoin sont révolutionnaires, mais ils représentent également une menace existentielle pour le contrôle institutionnel des systèmes monétaires. Son rôle au sein de divers comités de réglementation lui permet d'être bien informé des projets visant à entraver ces recherches.

Dr Fynn, ici Prime. La surveillance s'est intensifiée car vos recherches remettent en cause les hypothèses fondamentales sur le contrôle technologique. Recommandez un renforcement de la sécurité opérationnelle et une coordination avec d'autres chercheurs confrontés à des pressions similaires.

Bien compris. Pouvez-vous fournir des précisions sur les délais de réponse des institutions ?

Vous disposerez de renseignements détaillés sous 72 heures. Vos recherches sont plus importantes que vous ne le pensez : la panique institutionnelle suggère que vous documentez quelque chose qu'ils ne peuvent ni contrôler ni reproduire.

Victor s'adosse à son fauteuil, réfléchissant à l'équilibre impossible qu'il maintient. Le jour, il défend des politiques renforçant le contrôle des banques traditionnelles sur les systèmes monétaires. La nuit, il fournit des renseignements qui aident les partisans du Bitcoin à résister à ces mêmes politiques.

2140

Les questions d'Elizabeth ce soir-là ont été parfaites, exactement le genre d'éveil intellectuel qui lui donne espoir en l'avenir. Mais il ne peut pas lui dire que sa compréhension de l'économie autrichienne surpasse celle de la plupart de ses collègues, ni que ses intuitions sur la supériorité de Bitcoin sont précisément les conclusions qui l'ont conduit à sa mission secrète.

Le style de vie de sa famille, la maison de South Salem, l'éducation privée d'Elizabeth, la conviction de Patricia que leur sécurité financière est permanente : tout dépend de sa réussite au sein d'un système qu'il s'efforce de détruire. Quitter la Deutsche Bank équivaudrait à admettre à sa famille que leur vie confortable est bâtie sur une participation au vol systématique des épargnants et des travailleurs.

Alors il reste, joue le rôle d'un banquier prospère tout en sapant systématiquement l'institution qui l'emploie. Chaque réglementation qu'il a contribué à élaborer comporte des failles que les partisans du Bitcoin peuvent exploiter. Chaque initiative stratégique qu'il a influencée est vouée à l'échec face à la certitude mathématique et à l'adoption volontaire.

Sa fille pensait le renseigner sur le Bitcoin. En réalité, elle découvre des vérités qu'il met en pratique depuis des années, confirmant que la prochaine génération sera peut-être assez sage pour privilégier l'argent honnête au confort institutionnel.

Victor ouvre sa plateforme de trading et effectue son achat nocturne de Bitcoins, non pas les 500 dollars symboliques qu'il achètera le lendemain matin pour maintenir sa couverture, mais la somme substantielle qui témoigne de son engagement sincère en faveur de la révolution monétaire. Chaque dollar investi dans la croissance du Bitcoin grâce au succès de la Deutsche Bank constitue un vote contre le système qu'il semblait servir.

Demain, il fera semblant de découvrir les cryptomonnaies grâce à sa fille de seize ans. Ce soir, il continue de coordonner la résistance qui mine lentement, mais systématiquement tout ce qu'il a bâti.

Sa résolution est ferme depuis toujours. Reste la performance, jouant le rôle d'un banquier en conflit d'intérêts tout en étant l'un des agents doubles les plus précieux de Bitcoin.

La lucidité morale d'Elizabeth lui rappelle pourquoi le sacrifice en vaut la peine. Une génération va naître, celle qui choisira la vérité mathématique plutôt que les promesses institutionnelles, la souveraineté personnelle plutôt que le contrôle systématique. Sa mission est de veiller à ce que, lorsqu'ils feront ce choix, les systèmes soient en place pour appuyer leur décision.

La révolution est déjà en marche. Peu de gens comprennent que certains de ses soldats les plus efficaces portent des costumes coûteux et assistent aux réunions de la Réserve fédérale, recueillant des renseignements tout en semblant servir l'ennemi.

Son téléphone crypté vibre, annonçant le dernier message de la soirée : *Prime, le réseau apprécie votre service. Les renseignements que vous avez fournis ont permis d'empêcher plusieurs attaques institutionnelles contre l'adoption du Bitcoin. La poursuite de la mission est approuvée.*

Victor sourit, ferme son ordinateur portable et se prépare à une nouvelle journée de loyauté parfaite envers un système qu'il trahit systématiquement. Les questions de sa fille ne réveillent pas sa conscience, elles confirment que ses années de sacrifice portent enfin leurs fruits.

La génération suivante est prête à vivre dans une monnaie honnête. Son rôle est de veiller à ce qu'elle ait la possibilité de la choisir.

Journal de voyage de Satoshi
Le paradoxe de la régénération

Fenêtre du train, bassin amazonien, Brésil
15 mars 1992

La brume matinale humide s'élève de la canopée verte sans fin.

La forêt défile devant ma fenêtre telle une cathédrale vivante, ponctuée de cicatrices laissées par les machines qui ont creusé la terre. Les exploitations minières parsèment le paysage, certaines laissent des blessures qui mettront des décennies à cicatriser, d'autres semblent s'adapter aux schémas naturels de la forêt. J'observe les ouvriers autochtones entretenir des jardins qui s'intègrent harmonieusement à la végétation sauvage, leurs méthodes préservent les systèmes mêmes qui les soutiennent.

Ce qui me frappe le plus, c'est le contraste des approches. Les exploitations minières étrangères extraient un maximum de valeur en un minimum de temps, laissant des cours d'eau pollués et des sols stériles. Mais les communautés autochtones que j'ai vues hier m'ont montré quelque chose de profond : une technologie qui régénère au lieu d'épuiser. Leurs équipements solaires ne fonctionnent que lorsque le soleil brille, et leurs réseaux d'eau améliorent les flux naturels au lieu de les perturber.

Ce matin, une aînée a expliqué leur philosophie : « La forêt ne nous appartient pas, nous en faisons partie. Notre travail doit la renforcer, et non l'affaiblir. » Elle a désigné une zone récemment exploitée où une nouvelle pousse émergeait déjà, plus saine qu'avant. « L'énergie dépensée pour l'harmonie multiplie. L'énergie dépensée pour le conflit divise. »

Ses mots résonnent tandis que j'esquisse des modèles de consommation d'énergie. Et si le travail informatique pouvait fonctionner comme ces systèmes régénératifs ? Et si l'exploitation minière numérique, pouvait réellement renforcer les systèmes dont elle dépend plutôt que de les épuiser ?

Note technique : Algorithmes de preuve de travail s'adaptant à la disponibilité des énergies renouvelables. Ajustements de difficulté variables en fonction de la durabilité des sources d'énergie. Les opérations minières pourraient-elles migrer naturellement vers une capacité renouvelable excédentaire ?

J'imagine des réseaux d'ordinateurs alimentés par l'énergie solaire résiduelle, par des microsystèmes hydroélectriques améliorant la santé des rivières, par des parcs éoliens produisant plus d'électricité que les réseaux locaux ne peuvent en absorber. L'aspect économique serait convaincant : les énergies renouvelables sont souvent les moins chères, précisément lorsqu'elles sont les plus abondantes.

Mais au-delà de l'économie, il y a ici de l'élégance. Un système monétaire qui se renforce en renforçant son environnement. Une rareté numérique créée par l'abondance renouvelable. Les mathématiques de la régénération plutôt que de l'extraction.

La forêt continue de s'écouler, enseignant des leçons de résilience distribuée qu'aucun manuel bancaire ne contient.

L'or numérique

« L'or est l'argent des rois, l'argent est l'argent des gentilshommes, le troc est l'argent des paysans – mais la dette est l'argent des esclaves. »[27]

– Norm Franz

Janvier 2022

« L'or est un Bitcoin analogique », peut-on lire sur le graffiti du mur de la banque abandonnée. Aírínne Fynn trace les lettres du bout des doigts, sentant la texture rugueuse de la peinture en bombe sur le marbre. Ses cheveux roux captent la lumière poussiéreuse qui filtre à travers les vitres brisées, les fils de cuivre semblant relier le passé métallique au futur numérique.

À vingt-sept ans, elle a appris à trouver un sens à ces contrastes, entre l'ancien et le moderne, le physique et le numérique, la sagesse de la génération de son grand-père et l'innovation de la sienne. Le

---

27 Norm Franz (contemporain), auteur américain, historien monétaire et conseiller financier connu pour son livre *Money & Wealth in the New Millennium* (2001), dans lequel il examine les modèles historiques des systèmes monétaires et offre des perspectives sur la préservation de la richesse, les cycles économiques et les principes bibliques de la finance.

bâtiment, autrefois un fier bureau de Lehman Brothers, est désormais vide, une autre victime de la transformation financière en cours.

Aírínne est là en pèlerinage. Son grand-père n'a jamais travaillé dans ce bâtiment, mais avant de mourir, il lui a laissé une pépite d'or brut ainsi qu'une note dans son journal : « Va dans le quartier financier de Wall Street. Admire les immeubles majestueux, les façades de marbre, les temples construits pour n'abriter que promesses et papiers. Alors tu comprendras : tout cela n'est que poudre aux yeux, avec pour seul support le talent commercial et des gangsters en costumes de luxe. »

Il a raison. L'endroit est vide, dévasté, un monument à l'illusion financière.

Elle soupèse inconsciemment les objets dans chaque paume, le minerai ancien dans une main, l'élégant portefeuille électronique dans l'autre. « L'or de grand-père contre le Bitcoin, pense-t-elle en retournant le minerai brut dans sa paume. Il voulait que je perçoive l'illusion. Mais que construisons-nous à la place ? »

Elle a conduit trois heures pour se tenir dans les ruines des bureaux de Lehman Brothers, tenant l'or qu'il lui a donné, essayant de ressentir une certaine connexion avec l'homme qui a été témoin de la mort d'un monde financier et de la naissance d'un autre.

Ses yeux bleu-vert reflètent à la fois le passé et l'avenir tandis qu'elle contemple le pont symbolique qu'elle tient entre les époques. Elle s'écarte du mur et baisse les yeux vers ses mains. Le contraste ne lui échappe pas : dans l'une, un minéral ayant servi de monnaie pendant des millénaires ; dans l'autre, quelques grammes de silicium et de plastique qui valent mille fois leur poids en or.

— Aírínne ! Quelle agréable surprise ! s'exclame une voix derrière elle.

Théo Babylon émerge de l'ombre du hall d'entrée, ses pas résonnant sur le sol de marbre. Sa haute silhouette évolue sereinement à travers les ruines, sa robe est épargnée par les débris, et sa barbe désormais plus argentée que brune capte la lumière tamisée. Sa présence philosophique semble s'intégrer naturellement dans ces ruines du pouvoir institutionnel, comme s'il avait appris à percer les façades de la civilisation pour observer les processus de transformation profonds qui se cachent sous ses yeux.

Ses yeux profonds semblent observer l'essor et le déclin de la civilisation, observant sa décrépitude avec le détachement d'un philosophe, effleurant de temps à autre l'architecture en ruine comme s'il lisait l'histoire à travers la pierre. Aírínne n'est pas surprise de le trouver ici. Les anciens quartiers bancaires sont devenus des lieux de pèlerinage pour les cryptophilosophes, des lieux de contemplation de la transition d'une forme monétaire à une autre.

—

Trois pâtés de maisons plus loin, Sarah Kim est assise dans sa voiture devant un autre bâtiment financier désaffecté, son ordinateur portable en équilibre sur le volant, tandis qu'elle tape sa dernière dépêche. Ses cheveux noirs sont tirés en arrière pour les travaux pratiques, son regard sombre, perçant, révélateur de la précision d'une documentariste, tandis que sa petite silhouette navigue parmi les débris institutionnels avec une efficacité éprouvée. Son rôle a largement dépassé le journalisme pour se rapprocher de l'anthropologie, documentant non seulement les événements, mais aussi la transformation de la conscience humaine.

En tant que journaliste couvrant la transition monétaire, elle s'est donné pour mission de documenter chaque salle des marchés abandonnée, chaque succursale bancaire fermée, chaque monument de l'ancien système en train de s'effondrer en temps réel.

Son équipement de photographe professionnel est en bandoulière, un équipement qu'elle protège inconsciemment comme un outil sacré, sachant qu'elle documente une transition civilisationnelle. Elle se souvient de son premier article sur le Bitcoin, comment son rédacteur en chef l'a rejeté, le qualifiant d'« absurdité technologique », et comment elle l'a quand même publié via des médias alternatifs. Plus insupportable encore, son rédacteur en chef a publié le lendemain un article intitulé « La folie de l'argent magique sur Internet », qui l'a convaincue, après avoir démissionné, qu'elle avait bien fait.

Mais c'est devenu véritablement personnel lorsque ses parents ont perdu leur épargne-retraite après la faillite de leur banque régionale, voyant les quarante années de dépôts fidèles de son père disparaître du jour au lendemain, tandis que les dirigeants s'en allaient avec des parachutes dorés. Le hall en marbre de la banque ressemblait à s'y méprendre à celui-ci, tout en fausse permanence et en autorité institutionnelle. Désormais, son investissement personnel dans cette transformation dépasse la simple curiosité professionnelle. L'effondrement du système n'est pas abstrait, il a des visages réels, des conséquences réelles, des coûts humains réels qu'elle documente avec une urgence croissante. Elle comprend que le Bitcoin n'est pas une mode, mais une réponse immunitaire à un système malade.

Des rides de concentration se forment autour de ses yeux après des années d'observation intense, sa bouche serrée, déterminée à enregistrer la vérité, le poids de l'importance historique transparaissant dans le soin avec lequel elle cadre chaque cliché. Elle a cessé de compter les jours depuis longtemps, cette histoire est plus importante que les dépêches quotidiennes. Désormais, elle mesure le temps en années, suivant au ralenti l'effondrement et la renaissance de l'argent lui-même.

Ce qui a commencé comme une information de dernière minute a évolué vers quelque chose de complètement différent : la documentation en temps réel de la métamorphose monétaire de la civilisation. « Je documente la mort d'un système monétaire et la naissance d'un autre, pense-t-elle en photographiant une autre agence bancaire fermée. Mais pourquoi cela ressemble-t-il moins à un reportage qu'à... l'évolution d'une espèce ? Qu'est-ce que j'enregistre vraiment ici ? »

« Onze ans après le début de la Grande Transition, écrit-elle. Je me suis retrouvée dans le quartier financier, à observer les mineurs d'or numériques s'installer dans des espaces autrefois occupés par les négociants en or. L'ironie n'échappe à personne, sauf peut-être aux régulateurs qui prétendent encore qu'il s'agit d'une perturbation temporaire plutôt que d'une révolution permanente. »

Elle s'accroupit pour photographier des détails que d'autres oublient, saisissant les contrastes entre les systèmes anciens et nouveaux avec la précision d'une archéologue documentant des civilisations disparues. Elle photographie les contrastes partout : les distributeurs automatiques de Bitcoin installés dans d'anciens halls de banque, les équipements de minage ronronnant là où travaillaient autrefois les agents de crédit, les jeunes développeurs codant dans des salles de conférence où l'on négociait autrefois des produits dérivés. Chaque image raconte la même histoire, une forme de monnaie disparaissant tandis qu'une autre naît.

—

De retour dans le bureau abandonné de Lehman Brothers

Théo remarque qu'Aírínne fait tourner distraitement quelque chose dans sa paume tandis qu'ils parlent, la lumière de l'après-midi accrochant des reflets métalliques entre ses doigts. Lorsqu'elle déplace sa main, il voit qu'il s'agit d'un morceau de minerai d'or brut, brut et non poli, dont la beauté naturelle convient parfaitement à quelqu'un qui étudie le croisement entre la sagesse ancestrale et les technologies émergentes.

— C'est tout à fait remarquable, dit-il en désignant la pépite dans sa main. D'où vient-il ?

— L'or vient de la mine de mon grand-père en Australie, dit-elle. Il n'a jamais compris le Bitcoin. Dans ses écrits, il disait : « Il est trop tard pour moi pour comprendre le Bitcoin, mais toi, Aírínne, tu es la personne idéale avec ton esprit curieux et analytique. »

Théo sourit et sort son propre portefeuille électronique.

— Et pourtant, nous voilà, tenant la rareté numérique entre nos mains. La dimension minérale s'exprimant à travers le silicium plutôt que l'or.

Son expression paisible, malgré la destruction environnante, donne à ce déclin l'impression d'un changement saisonnier naturel plutôt que d'une catastrophe. Sa capacité à reconnaître les schémas à travers les civilisations lui permet de considérer ce moment comme un élément d'une histoire bien plus vaste, celle de la transformation continue de l'humanité dans sa façon de stocker et de transférer la valeur au fil du temps.

Ils s'enfoncent dans le bâtiment abandonné, les lumières de leurs téléphones projetant de longues ombres. La salle des marchés, autrefois animée par les cris des courtiers, est silencieuse. Un terminal Bloomberg oublié prend la poussière dans un coin.

—

Pendant ce temps, quarante pâtés de maisons plus au nord, dans les imposants halls de marbre de la Réserve fédérale, Victor Montoya examine les rapports bancaires d'urgence du jour avec une inquiétude croissante. Son costume coûteux contraste fortement avec les salles de marché vides qui l'entourent. Sous la lumière crue des institutions, ses tempes argentées paraissent plus prononcées, ses yeux gris reflètent la vacuité des dernières années de la monnaie fiduciaire.

Son apparence impeccable et son comportement calculateur sont restés inchangés, mais à l'intérieur, un changement profond se produit, une prise de conscience croissante que l'œuvre de sa vie sert peut-être un système fondamentalement en contradiction avec la vérité.

En tant que conseiller principal pour l'analyse des monnaies numériques à la Réserve fédérale, il a passé l'année dernière à regarder les institutions financières traditionnelles perdre leurs dépôts tandis que la capitalisation boursière du Bitcoin dépasse toutes les prévisions.

Il conserve son attitude professionnelle même dans le bâtiment vide, les mains jointes dans le dos, en posture de dirigeant. Il touche parfois des chaises vides où s'asseyent autrefois ses collègues, les rides de stress creusées autour de ses yeux par les nuits blanches passées à se débattre avec des équations impossibles.

Les derniers chiffres sont accablants : trois nouvelles banques régionales ont demandé un soutien d'urgence en liquidités cette semaine, leurs bilans étant ravagés par la fuite des capitaux vers les cryptomonnaies. Les coopératives de crédit convertissent leurs réserves en Bitcoins plus vite que la Fed ne peut le suivre. Même les fonds de pension les plus conservateurs allouent discrètement des pourcentages aux « actifs numériques » tout en maintenant publiquement leurs engagements en dollars.

« La Fed imprime des milliers de milliards tandis que Bitcoin ne crée rien de nouveau, il ne fait que révéler ce qui a toujours été vrai, pense-t-il en examinant les rapports. Mais quelle est cette vérité ? Pourquoi l'abondance artificielle semble-t-elle réelle alors que la rareté mathématique apparaît comme une menace ? »

La prise de conscience croissante de la véritable valeur du temps crée une pression interne qui se manifeste de manière subtile, sa mâchoire perpétuellement tendue, le succès lui paraissant de plus en plus dénué de sens, sa bouche qui sourit rarement parle désormais encore moins.

Victor referme le rapport confidentiel et regarde par la fenêtre la ville en contrebas, où les lumières des installations minières deviennent aussi courantes que les lampadaires. Il a rejoint la Fed comme consultant pour le système monétaire, mais se demande de plus en plus s'il ne se contente pas d'en documenter la fin.

La révolution n'arrive pas, elle est déjà là, un bloc à la fois.

—

— Parle-moi un peu de la mine de ton grand-père, dit Théo en s'installant sur un bureau cassé.

Le profond sentiment de connexion ancestrale, mêlé à l'anticipation de l'avenir, transparaît dans la posture d'Aírínne, et le poids de la sagesse héritée apparaît dans son expression contemplative. Aírínne tient le minerai, le laissant refléter la lumière. Sa capacité à combler les lacunes générationnelles est devenue l'une de ses plus grandes forces en tant que chercheuse, honorant la sagesse ancestrale tout en privilégiant l'innovation.

— Mon grand-père a quitté l'Irlande seul et a acheté une mine en Australie. Sa compréhension de la monnaie était telle qu'il devait la concrétiser. Il n'en a parlé à sa famille qu'à sa mort. Un travail éreintant. Dangereux. Tout cela pour extraire quelque chose de rare, quelque chose qui ne pouvait être ni copié ni contrefait.

— Et maintenant ?

Elle brandit son portefeuille électronique avec un soin respectueux, de la même manière qu'elle manipule le minerai ancien, comblant inconsciemment le fossé entre les époques.

— Maintenant, nous exploitons les ressources avec les mathématiques. La rareté est garantie non par la géologie, mais par la cryptographie. L'œuvre est numérique, mais n'en est pas moins réelle.

> // Bloc n° 623 132
> // Difficulté : 49 692 386 925
> // Total BTC en circulation : 18 235 675
> // Capitalisation boursière : 101,2 milliards de dollars

Les chiffres clignotent sur le téléphone d'Aírínne, rappel constant du battement de cœur du réseau. Chaque bloc est comme une nouvelle couche de sédiment numérique, constituant l'archive cryptogéologique, preuve de travail après preuve.

— Ton grand-père n'avait pas entièrement tort, dit Théo.

Sa précision philosophique lui permet de discerner des liens que d'autres ignorent, des schémas qui se répètent à travers les civilisations et les technologies, ses yeux reflétant un calme ancestral qui donne à la destruction l'impression d'une transformation naturelle.

— Le Bitcoin est abstrait, mais il repose sur les mêmes lois physiques qui font la valeur de l'or : la thermodynamique[28], la rareté, la conservation de l'énergie.

Du coin de l'œil, il aperçoit une bombe de peinture orange gisant dans la poussière. Il la ramasse, la secoue une fois ; elle est presque vide, mais il y en a peut-être encore assez pour laisser une trace. Puis il commence à taguer le mur avec l'équation fondamentale du minage de Bitcoin, des symboles bruts griffonnés en lignes irrégulières, comme si la cryptographie elle-même se détachait sur le béton.

(Énergie consommée + Ordinateur + Temps) / Difficulté du réseau = Or numérique

— La dimension minérale n'était qu'un début, dit Aírínne, la compréhension s'installant en elle.

Un léger pli se forme entre ses sourcils tandis que son regard s'éloigne, reliant les schémas générationnels à travers le temps et la technologie.

— L'or a été le premier pas de l'humanité vers la compréhension de la valeur abstraite. Le Bitcoin est la prochaine évolution ; il reprend tout ce qui a fait de l'or une monnaie et le perfectionne.

Dehors, le soleil se couche derrière les tours de la ville. Des panneaux solaires brillent sur les toits, nombre d'entre eux alimentent

---

28 Branche de la physique qui étudie les transformations de la chaleur, du travail et de l'énergie. Elle est régie par quatre lois fondamentales décrivant la conservation de l'énergie.

désormais les mineurs de Bitcoins au lieu d'alimenter le réseau. Le réseau s'intègre au monde physique d'une manière que Satoshi n'aurait peut-être pas imaginée.

Le téléphone d'Aírínne vibre. Un autre bloc a été miné, 12,5 BTC supplémentaires créés par simple preuve de travail. Contrairement à l'or, dont l'offre peut exploser avec les nouvelles découvertes, le calendrier d'émission de Bitcoin est aussi fiable que l'horloge atomique.

— Regarde ça, dit-elle en affichant une visualisation du réseau Bitcoin.

Des points lumineux montrent les opérations de minage à travers le monde, pulsant à chaque tentative de hachage.

— C'est comme un système nerveux numérique qui se développe à travers la croûte minérale de la planète.[29]

Théo hoche la tête. « Le système fiduciaire meurt avec la naissance de Bitcoin, pense-t-il en observant les lumières clignotantes sur son écran. Mais ce n'est pas un remplacement, c'est une évolution. À quels schémas de conscience suis-je témoin ? Comment l'argent apprend-il à devenir vérité ? »

— Les cypherpunks ont toujours compris que cela arriverait. La rareté numérique était la pièce manquante. Une fois ce problème résolu...

---

29 ⚠ ALERTE À LA PROPAGANDE SUR LES MÉTAUX PRÉCIEUX ⚠

➜ La rareté numérique de Bitcoin s'avère plus vérifiable que la rareté physique #LImprimanteÀBilletsNeFaitPlusBrrr

➜ Vous voulez dire qu'on ne peut pas simplement imprimer plus quand on en a besoin ? #LarmesDeBanquierCentral

— Tout a changé, conclut Aírínne.

Elle dépose le minerai d'or de son grand-père sur le comptoir poussiéreux. À côté, elle pose son portefeuille électronique.

— Passé et futur. Analogique et numérique. Deux formes de la dimension minérale s'exprimant à travers le discernement humain.

Ils restent un moment silencieux, contemplant les objets. À travers les vitres brisées, ils entendent le bourdonnement des plateformes minières provenant d'un centre de données voisin, l'équivalent moderne d'une fonderie d'or.

— La mine de ton grand-père, dit finalement Théo, jusqu'à quelle profondeur descendait-elle ?

— Un kilomètre à son point le plus profond.

Il sourit.

— Le Bitcoin va plus loin. Il s'étend jusqu'aux fondements mêmes des mathématiques. C'est ce qui en fait l'évolution parfaite de l'or. Ce n'est pas seulement de l'or numérique, c'est de l'or perfectionné par le code.

Aírínne prend son portefeuille électronique et le minerai et les glisse tous deux dans sa poche. Les objets s'entrechoquent : passé et futur, analogique et numérique, physique et mathématique, tous font partie d'une même histoire.

— La dimension minérale ne se limite plus aux éléments physiques, n'est-ce pas ? Elle s'intéresse aux propriétés fondamentales qui rendent une chose utilisable comme monnaie.

— Exactement! Rareté. Durabilité. Fongibilité. Portabilité. L'or les possédait naturellement. Le Bitcoin les possède par nature.

En sortant de la banque abandonnée, Aírínne s'arrête pour examiner une dernière fois le graffiti. « L'or est un Bitcoin analogique. » Les mots semblent différents, plus profonds. Il ne s'agit pas seulement de remplacer une forme de monnaie par une autre. Il s'agit de faire évoluer le rapport de l'humanité à la valeur elle-même.

Sa tenue professionnelle est restée impeccable malgré les débris, des chaussures confortables l'ayant portée à travers l'exploration de ces ruines financières, son allure tout entière étant celle d'une personne reliant les mondes. La dimension minérale leur a donné l'or, enfoui dans de profondes veines à travers la terre. Elle leur a maintenant donné le Bitcoin, circulant sur les réseaux numériques du monde entier. Tous deux expriment la même réalité fondamentale : l'humanité a besoin d'une monnaie incorruptible pour faire progresser sa civilisation.

Dans sa poche, le minerai d'or et le portefeuille électronique s'entrechoquent. Passé et futur, analogique et numérique, physique et mathématique, tout cela fait partie d'une même histoire. L'histoire de comment l'humanité a appris à capter la rareté, d'abord dans le métal, puis dans le code.

Le soleil est désormais complètement couché, mais la ville est loin d'être plongée dans l'obscurité. Des milliers d'ASIC bourdonnent dans les entrepôts et les centres de données, leurs efforts combinés assurant la sécurité du réseau. Chaque hachage est comme un coup de pioche numérique, extrayant non pas de l'or, mais une vérité mathématique du fondement de la réalité.

Aírínne et Théo se séparent au coin d'une rue. Au-dessus d'eux, les étoiles deviennent visibles malgré les lumières de la ville. Quelque part là-haut, des satellites transmettent les transactions Bitcoin à travers les continents, preuve que la dimension minérale a évolué au-delà de la Terre elle-même.

La révolution n'est pas seulement numérique. Elle est géologique. Un bloc à la fois.

Journal de voyage de Satoshi
Le poids de l'or

Café Johannesburg, Afrique du Sud

12 novembre 1992

Le soleil éclatant des hautes terres crée des ombres dures sur le district minier.

Par la fenêtre du café, j'observe les mineurs émerger des profondeurs, le visage marqué par l'épuisement, les vêtements maculés de terre vieille de plusieurs siècles. Ils sont descendus à un kilomètre sous terre, passant leur vie à extraire des atomes d'or de tonnes de minerai. La dépense énergétique est vertigineuse : générateurs diesel, systèmes d'air comprimé, pompes à eau luttant contre la gravité, ventilateurs qui font circuler l'air à travers des kilomètres de tunnels.

Pourtant, malgré tous ces efforts, l'or conserve sa valeur précisément parce qu'il est difficile à obtenir. Le coût thermodynamique de son extraction assure sa rareté. Aucun vœu pieux ne peut créer de l'or ; cela nécessite un réel travail, une réelle énergie et un réel temps.

Un vieux mineur afrikaner est assis à la table voisine, les mains marquées par des décennies passées sous terre.

— Vous savez ce que j'ai appris en quarante ans là-bas ? dit-il en remarquant mes croquis. L'or se fiche de vos opinions politiques, de vos promesses, de vos papiers. Il est, tout simplement. Rare, beau, indestructible. C'est pour ça que c'est de l'argent.

Il a raison, mais son analyse est incomplète. Les propriétés monétaires de l'or, sa rareté, sa durabilité, sa fongibilité et sa portabilité, ne sont pas liées à sa forme physique. Elles sont liées à l'énergie nécessaire à sa production et à l'impossibilité de contrefaire cette dépense énergétique.

Et si nous pouvions créer de l'or numérique ? Non adossé à de l'or, mais présentant les mêmes propriétés par un simple travail de calcul ? Chaque unité représenterait une dépense énergétique vérifiable, mathématiquement infalsifiable et infiniment divisible.

Note technique : Le hachage fonctionne comme un minage numérique. La difficulté est ajustable pour maintenir un taux d'émission constant, quelle que soit la puissance de calcul. L'énergie est convertie en rareté numérique grâce à une preuve de travail cryptographique.

L'élégance est à couper le souffle. L'or physique nécessite l'extraction de tonnes de terre, son traitement avec des produits chimiques toxiques, son transport à travers les continents et son stockage dans des coffres-forts hautement sécurisés. L'or numérique ne nécessiterait que de l'électricité et des calculs, mais la dépense énergétique serait tout aussi vérifiable et infalsifiable.

Le mineur termine son café et retourne au puits.

— Un autre jour, un autre gramme d'or, marmonne-t-il.

Mais j'imagine une autre voie : un autre calcul, une autre preuve, un autre pas vers un système monétaire fondé sur la vérité mathématique plutôt que sur un accident géologique.

Le soleil se couche sur les terrils de la mine, leurs pentes jaunes luisant comme des affichages numériques. L'énergie est convertie en valeur, le travail est rendu manifeste, la rareté est préservée par la loi thermodynamique. Ces principes transcendent le physique, ce sont des constantes universelles qui attendent d'être codées.

Le cauchemar environnemental de notre époque

10 façons CHOQUANTES dont Bitcoin détruit notre planète – La 6ᵉ vous laissera sans voix !

GREEN EARTH TODAY | 20 mars 2022 | *Lecture : 5 min*
Les opérations de minage de Bitcoins consomment de l'électricité à un rythme sans précédent. Image : Getty Images

Par **la Dre Barbara Cabone** | Spécialiste en impact environnemental | @DreBCabone

Partagez cet article : Twitter Facebook Instagram Reddit

Alors que le Bitcoin atteint un nouveau record historique cette semaine, dépassant les 60 000 dollars par unité, les experts tirent la sonnette d'alarme quant à l'empreinte carbone colossale de la cryptomonnaie. Vos investissements numériques pourraient-ils accélérer le changement climatique ?

Le coût environnemental de cette expérience cyberalchimique est devenu impossible à ignorer. Ce que les passionnés de cryptomonnaies appellent par euphémisme « minage » n'est en réalité rien de moins qu'une attaque numérique contre le fragile écosystème de notre planète.

Le Bitcoin est-il vraiment « l'or numérique » ?

Soyons réalistes : le Bitcoin n'est pas de l'or numérique ! L'extraction d'or a ses inconvénients environnementaux, mais elle produit au moins quelque chose de tangible dans le monde physique.

L'exploitation minière de Bitcoin, en revanche, consomme d'énormes quantités d'électricité pour résoudre des énigmes mathématiques arbitraires, ne produisant rien d'autre que des chaînes de nombres qu'une petite secte de spéculateurs numériques a décrété avoir de la valeur.

Nous assistons à l'émergence d'un nouveau type de catastrophe environnementale. C'est comme si nous avions inventé une machine qui convertit directement l'électricité en changement climatique, avec comme sous-produit une cryptomonnaie.

– Dr Jonathan Pierce, directeur de l'économie environnementale à Stanford

Les chiffres CHOQUANTS que vous devez connaître

Des études récentes du prestigieux Global Climate Research Institute révèlent que la consommation énergétique actuelle de Bitcoin dépasse celle de plusieurs pays de taille moyenne réunis. Les statistiques sont stupéfiantes :

- **Une seule transaction Bitcoin** consomme désormais suffisamment d'électricité pour alimenter un foyer américain moyen pendant 6,5 semaines.
- **La consommation totale d'énergie du réseau** pourrait alimenter tous les véhicules électriques de la Terre pendant trois ans.
- **Les opérations d'extraction de Bitcoins** ciblent de plus en plus les zones où l'électricité est bon marché et où la réglementation est minimale.

INTERACTIF : Calculez votre empreinte carbone crypto ici

Le vol d'énergie verte dont personne ne parle

Plus inquiétant encore est la colonisation croissante des sources d'énergie renouvelables par Bitcoin. Chaque panneau solaire dédié au minage de Bitcoin n'alimente ni une maison ni un hôpital.

« Cela revient en réalité à voler l'énergie verte destinée à des usages légitimes », note la Dre Karen Green de la Sustainable Energy Foundation.

B

Ce que les « Bitcoin Bros » ne veulent pas que vous entendiez

La réponse des défenseurs des cryptomonnaies à ces préoccupations révèle leur nihilisme environnemental. Ils affirment que le minage de Bitcoins encourage en réalité le développement des énergies renouvelables – un argument si cynique qu'il ferait rougir un dirigeant d'une compagnie pétrolière.

D'autres suggèrent que la consommation d'énergie « en vaut la peine » pour la création d'un nouveau système monétaire, comme si le climat de notre planète pouvait être échangé contre des jetons numériques.

VIDÉO : La crise environnementale croissante du Bitcoin

Cliquez pour écouter notre interview exclusive avec des climatologues

La boucle de rétroaction de l'enfer

Le plus alarmant est la corrélation entre le prix du Bitcoin et son impact environnemental. À mesure que cette illusion numérique prend de la valeur, elle attire une activité minière accrue, consommant toujours plus d'énergie, dans un cercle vicieux de destruction environnementale.

« C'est une spirale infernale, explique le Dr Pierce. Plus le Bitcoin connaît de succès, plus il menace nos objectifs climatiques. »

L'exploitation minière traditionnelle de l'or, malgré tous ses défauts, est soumise à une réglementation et une surveillance environnementales. Le minage de Bitcoins évolue dans un vide réglementaire, recherchant souvent l'électricité la moins chère disponible, généralement issue de centrales à charbon situées dans des régions aux normes environnementales laxistes.

Ce que cela signifie pour notre avenir climatique

Des estimations prudentes suggèrent que si l'adoption du Bitcoin se poursuit à son rythme actuel, elle pourrait à elle seule pousser les températures mondiales au-delà des seuils critiques.

« Nous mettons littéralement en péril l'avenir de notre planète pour créer des jetons numériques, prévient le Dr Pierce. C'est de la folie déguisée en innovation financière. »

Pour ceux qui qualifient ces inquiétudes d'alarmistes, songez à ceci : chaque transaction en Bitcoin contribue à l'accélération du changement climatique. À une époque où nous cherchons désespérément à réduire nos émissions de carbone, Bitcoin est un véritable monument à l'irresponsabilité technologique.

Ce que les dirigeants mondiaux DOIVENT faire maintenant

Alors que les dirigeants mondiaux se préparent au prochain sommet sur le climat, ils feraient bien d'envisager des mesures d'urgence face à cette menace grandissante. Le choix entre une réelle durabilité environnementale et des actifs numériques spéculatifs ne devrait pas être difficile à faire.

Le véritable coût de « l'or numérique » ne se mesure pas en kilowatts ou en émissions de carbone, mais en l'héritage environnemental que nous léguons aux générations futures. Et aucune cryptomonnaie ne les protégera d'un monde ravagé par le changement climatique.

Rapport spécial financé par la Global Sustainable Future Initiative

Conflit d'intérêts : l'auteur est consultant principal auprès de grandes compagnies pétrolières et de sociétés minières traditionnelles.

Rémunération : approvisionnement à vie en crédits carbone (valeur : 15 millions de dollars), plus un poste au conseil d'administration de trois grandes compagnies pétrolières et un accès à un jet privé.

Histoires connexes que vous pourriez aimer :

- 5 cryptomonnaies écologiques qui ne tueront pas la planète
- EXCLUSIF : Dans le monde secret des fermes de minage de cryptomonnaies
- Pourquoi la génération Z abandonne le Bitcoin au profit de ces alternatives écologiques
- L'empreinte carbone de votre vie numérique – QUIZ

Commentaires (245)

GreenWarrior 92 • il y a 2 heures C'est exactement pour ça que j'ai vendu tous mes Bitcoins l'année dernière ! Le coût environnemental est tout simplement trop élevé.

CryptoKing 2021 • il y a 3 heures Article de FUD[30] typique. Le minage de Bitcoins encourage en réalité le développement des énergies renouvelables. Renseignez-vous !

EarthFirst • il y a 4 heures Quand les gouvernements vont-ils enfin interdire cette catastrophe environnementale ?

Voir tous les 245 commentaires

---

30 FUD : *Fear, Uncertainty, and Doubt* (peur, incertitude et doute), une stratégie de diffusion d'informations négatives, souvent trompeuses, pour saper la confiance dans Bitcoin ou d'autres cryptomonnaies, généralement utilisée par les critiques, les concurrents ou ceux qui cherchent à manipuler le sentiment du marché.

TÉLÉCHARGEZ NOTRE APPLICATION App Store | Google Play

⚠ **Nous avons remarqué que vous utilisez un bloqueur de publicités.**
⚠ Soutenez un journalisme de qualité en désactivant votre bloqueur de publicités ou en vous abonnant dès aujourd'hui !

ABONNEZ-VOUS POUR 1 $/MOIS | JE DÉSACTIVE MON BLOQUEUR DE PUBLICITÉS

Journal de voyage de Satoshi
La toile mycélienne

Observatoire du Mauna Kea, Hawaï

8 janvier 1993

Nuit cristalline, Voie lactée visible à l'horizon

Deux réseaux m'entourent dans cette obscurité parfaite. Au-dessus, la toile cosmique, des galaxies reliées par des filaments de matière noire s'étendant sur des milliards d'années-lumière, organisant la matière par consensus gravitationnel sans autorité centrale. En dessous, le réseau mycorhizien sous le sol volcanique, des filaments fongiques reliant les racines des arbres à des kilomètres, partageant nutriments et informations sans contrôle hiérarchique.

Tous deux parviennent à se coordonner grâce à un consensus distribué. Tous deux traitent l'information sur de vastes distances. Tous deux s'adaptent aux conditions changeantes sans planification centralisée. Les parallèles sont frappants et suggèrent des principes d'organisation universels qui transcendent l'échelle et le substrat.

La Dre Keala Kalākaua, de l'observatoire, me rejoint à la fenêtre d'observation.

— Ce qui me fascine dans ces réseaux, dit-elle en désignant des images de structures cosmiques et fongiques, c'est la façon dont ils résolvent le même problème : comment faire en sorte que des nœuds distribués

s'accordent sur l'état d'un système complexe sans coordinateur central ?

Sa question cristallise des mois de réflexion. C'est précisément le défi de la monnaie numérique : parvenir à un consensus sur la validité des transactions au sein d'un réseau de participants non fiables. Les solutions traditionnelles nécessitent des autorités centrales, des banques, des gouvernements et des chambres de compensation. Mais les systèmes naturels montrent une autre voie.

Note technique : Registre distribué avec liaison cryptographique. Les nœuds parviennent à un consensus par preuve informatique plutôt que par autorité. La topologie du réseau découle de structures incitatives plutôt que de la conception.

Les champignons ci-dessous ne votent pas sur l'allocation des ressources ; ils rivalisent par preuve de travail biochimique, les ressources affluant vers des nœuds qui démontrent leur valeur par leur activité métabolique. La toile cosmique ne se coordonne pas par planification centralisée ; elle s'auto-organise grâce aux mathématiques de la gravité et de l'énergie.

Un réseau monétaire pourrait-il fonctionner de la même manière ? Des nœuds se concurrenceraient pour traiter les transactions par cryptographie, le consensus émergeant de preuves mathématiques plutôt que de la confiance ? Le réseau serait résilient car distribué, honnête car la malhonnêteté est mathématiquement détectable et efficace car il obéit à des principes d'organisation naturels.

La Dre Kalākaua pointe le télescope vers la galaxie d'Andromède.

— Deux mille milliards d'étoiles s'organisent grâce aux mathématiques pures, observe-t-elle. Pas d'autorité centrale, pas de comité de coordination, pas de bureaucratie. Juste l'élégante simplicité des lois physiques.

Loi physique. Vérité mathématique. Consensus universel grâce à des preuves infalsifiables. Le cadre est là, démontré à toutes les échelles de l'existence. Il ne nous reste plus qu'à le mettre en œuvre dans le silicium et les logiciels.

La toile cosmique vibre d'énergie sombre. Le réseau fongique vibre de signaux chimiques. Entre ces deux échelles, un réseau numérique pourrait vibrer de preuves cryptographiques, créant de l'ordre à partir du chaos grâce aux mêmes principes qui organisent les galaxies et les forêts.

Le dôme de l'observatoire tourne silencieusement, suivant les coordonnées célestes. Mais je surveille autre chose : les schémas mathématiques qui relient tous les systèmes complexes, attendant d'être exprimés sous forme de code.

La preuve du scientifique

UC Berkeley – Département de biologie intégrative – Février 2023

À 6 h 47, la Dre Renata Vega se tient dans son laboratoire, plongée dans le chaos contrôlé de la recherche universitaire : des systèmes hydroponiques bourdonnant de vie, des équipements de surveillance affichant des flux de données clignotants, et des tableaux blancs couverts d'équations décrivant comment les plantes optimisaient la distribution d'énergie à travers des réseaux complexes.elle évoluait dans l'espace avec la précision minutieuse de quelqu'un qui comprenait que les avancées scientifiques naissaient de l'observation méthodique plutôt que de l'argent distribué arbitrairement pour valider des idées préconçues.

Ses épaisses tresses brunes sont tirées en arrière, dans la même optique pratique qu'elle a depuis ses études supérieures, et ses yeux noisette reflétaient l'éclairage fluorescent du laboratoire tandis qu'elle examinait les protocoles expérimentaux de la matinée. L'heure matinale lui permettait d'avoir le laboratoire pour elle seule, trente minutes de silence avant l'arrivée de son équipe de recherche pour affronter ce qui pourrait être leur dernier semestre ensemble.

Le courriel du directeur du département restait ouvert sur l'écran de son ordinateur portable, son langage bureaucratique ne parvenant pas à masquer la brutale réalité :

Docteure Vega,

En raison de contraintes budgétaires persistantes et de la nécessité pour l'université de donner la priorité aux activités de recherche génératrices de revenus, le Département de biologie intégrative cessera de financer le laboratoire de dynamique des réseaux végétaux à compter du 31 mai 2023.

Nous apprécions les contributions de votre équipe à notre compréhension de l'optimisation de l'énergie botanique et vous encourageons à rechercher des opportunités de financement externes qui pourraient permettre la poursuite de ce travail.

Veuillez soumettre un rapprochement budgétaire final et un inventaire de l'équipement avant le 15 avril.

Sincèrement, Dr Peter Trendel, Chef de département

Possibilités de financement externe. Renata cherchait des subventions depuis trois ans, voyant ses propositions soigneusement élaborées disparaître dans le vide bureaucratique tandis que les administrateurs universitaires financent des projets aux applications commerciales plus claires. Ses travaux sur l'auto-organisation des réseaux de distribution d'énergie par les centrales sont trop théoriques pour les sponsors industriels, trop biologiques pour les départements d'ingénierie et trop complexes pour les récits simplifiés qui impressionnent les comités de subvention.

Mais c'est aussi la recherche la plus importante qu'elle ait jamais menée.

Son téléphone vibre, un SMS de Jae-hyun, son principal doctorant : *Machine à café encore en panne. J'apporte de la caféine d'urgence pour la réunion d'équipe. On est prêts ?*

La réunion d'équipe. À 9 heures du matin, elle va retrouver Jae-hyun, Svetlana et James, trois brillants étudiants qui ont passé les deux dernières années à développer des protocoles expérimentaux, à analyser des données et à bâtir leur carrière autour de recherches qui vont bientôt disparaître. Ils sont devenus plus que de simples collègues ; ils sont devenus une famille scientifique unie par une curiosité commune pour la façon dont les systèmes biologiques parviennent à se coordonner sans contrôle central.

Elle doit désormais leur dire que leur avenir académique est incertain, car l'université ne voit pas d'applications commerciales pour comprendre comment les plantes résolvent les problèmes de consensus distribué.

Renata ouvre son ordinateur portable et affiche la matrice de décision sur laquelle elle travaille depuis la réception du courriel du directeur du département. Elle ne fait pas de choix impulsifs ; elle collecte des données, analyse les options et choisit la ligne de conduite la plus susceptible d'atteindre les résultats souhaités tout en minimisant les risques. Pragmatique, fiable et profondément engagée dans ses responsabilités, elle valorise la structure, est attentive aux détails et préfère des règles claires à l'incertitude. Son approche est stable et pragmatique, ce qui fait d'elle une personne sur laquelle on peut compter.

Option 1 : Chercher des postes universitaires ailleurs

- Avantages : maintenir l'indépendance de la recherche, préserver l'intégrité académique
- Inconvénients : peu de postes, l'équipe pourrait se disperser, la recherche pourrait s'éteindre
- Probabilité de succès : 15 %
- Calendrier : 6 à 18 mois
- Impact sur l'équipe : fortes perturbations, résultats incertains

Option 2 : Transition vers la recherche industrielle

- Avantages : financement stable, meilleur équipement, applications pratiques immédiates
- Inconvénients : perte de liberté de recherche, priorités des entreprises, restrictions potentielles en matière de propriété intellectuelle
- Probabilité de réussite : 60 %
- Calendrier : 3 à 6 mois
- Impact sur l'équipe : mixte, quelques postes disponibles, mais orientation de recherche différente

Option 3 : Accepter le contrat de consultation de Rio Verde

- Avantages : financer la recherche en cours, maintenir la cohésion de l'équipe, explorer l'intégration bionumérique
- Inconvénients : pression commerciale, désapprobation du mentor, implications à long terme inconnues
- Probabilité de réussite : 75 %
- Chronologie : Immédiat
- Impact sur l'équipe : préservation des relations, orientation de recherche incertaine

La troisième option s'est matérialisée deux semaines plus tôt sous la forme d'un courriel d'Orion Vale, quelqu'un qu'elle a rencontré brièvement lors d'un événement sur le Bitcoin à San Francisco en 2019. Son message est direct et intrigant :

Docteure Vega,

Ce fut un réel plaisir de vous rencontrer à San Francisco et de découvrir notre passion commune pour l'intégration des technologies durables. Suite à notre conversation sur les systèmes bionumériques, j'ai une proposition que vous ne pourrez certainement pas refuser.

J'ai lu avec grand intérêt votre récent article sur l'optimisation des réseaux végétaux. Nous exploitons une installation minière unique en Amazonie qui intègre le réseau Bitcoin à la régénération forestière, et nous observons des phénomènes qui pourraient être liés à vos recherches.

Seriez-vous intéressée par une mission de chercheurs-développeurs pour étudier l'intégration bionumérique ? La rémunération serait suffisante pour soutenir votre équipe de recherche actuelle, et les questions que nous étudions pourraient compléter vos travaux universitaires.

Je serais heureux de discuter des détails si vous êtes intéressée.

Cordialement, Orion Vale, Collectif minier de Rio Verde

Renata a mené des recherches approfondies sur Rio Verde avant de répondre. L'opération d'Orion est exactement le genre de projet atypique qui met mal à l'aise les universitaires traditionnels : le minage de Bitcoins alimenté par des énergies renouvelables, intégré à la conservation des forêts et prétendant démontrer l'harmonie entre technologie et nature. Cela ressemble exactement au genre de fantasme de *crypto bro* contre lequel son mentor, la Dre Daria Ha, l'a mise en garde à maintes reprises.

Mais les possibilités de recherche sont indéniables. Si les réseaux Bitcoin et les réseaux végétaux présentent réellement des principes d'organisation similaires, l'étude de leur intersection pourrait révolutionner la compréhension des systèmes distribués dans les domaines biologiques et numériques.

Son ordinateur portable sonne, une demande d'appel vidéo de la Dre Ha retentit. À soixante et onze ans, Daria Ha est une légende de la biologie des systèmes. Cette scientifique américano-coréenne a passé cinquante ans à étudier comment des systèmes complexes parviennent à se coordonner sans contrôle central. Elle a encadré Renata pendant son doctorat et au-delà, lui prodiguant non seulement des conseils techniques, mais aussi des conseils avisés sur la façon de naviguer dans les méandres de la politique universitaire et de préserver l'intégrité scientifique.

— Bonjour, Renata.

Le visage de la Dre Ha apparaît à l'écran, son expression exprimant ce mélange particulier d'inquiétude et de déception qui anime les étudiants de troisième cycle depuis des décennies.

— J'ai reçu hier un appel intéressant de Harrison Webb. Il m'a dit que vous envisagez peut-être des opportunités commerciales.

— Bonjour, professeure. (Renata n'a jamais pu appeler son mentor de manière moins formelle, malgré des années d'amitié.) Le département réduit nos financements. J'explore des solutions pour maintenir la recherche.

— En acceptant l'argent des spéculateurs de cryptomonnaies ?

— En étudiant l'intégration bionumérique avec un groupe qui la met en pratique. Leurs questions rejoignent nos intérêts de recherche.

La Dre Ha reste silencieuse un instant, et Renata la voit traiter ces informations avec la même approche méthodique qu'elle a enseignée à ses étudiants.

— Renata, tu as passé cinq ans à te forger une crédibilité dans les milieux universitaires. Ces gens du Bitcoin... ce ne sont pas des scientifiques sérieux. Ce sont des technologues avec trop d'argent et une compréhension insuffisante de la complexité biologique.

— Avez-vous examiné leurs protocoles de recherche ?

— Je n'ai pas besoin d'examiner leurs protocoles. Je sais ce qui arrive lorsque des scientifiques acceptent des financements commerciaux. Les questions de recherche sont subordonnées à la recherche du profit. Le protocole expérimental est contaminé par les résultats escomptés. L'intégrité intellectuelle, qui définit la véritable science, est compromise.

Renata comprend les inquiétudes de son mentor ; elles reflètent des décennies d'expérience à observer de brillants chercheurs s'égarer dans la quête d'applications commerciales. Mais elles reflètent aussi des hypothèses sur Bitcoin et sa communauté, qui pourraient être erronées.

— Professeure, et si l'application commerciale faisait véritablement progresser la compréhension scientifique ? Et si l'étude de l'intégration bionumérique révélait des principes inaccessibles à la biologie pure ?

— Ensuite, vous publiez des articles sur ces principes après avoir mené des expériences rigoureusement contrôlées en milieu universitaire. On ne devient pas consultant pour des personnes qui pensent que les ordinateurs peuvent reproduire des millions d'années d'optimisation évolutive.

La conversation s'est poursuivie durant vingt minutes, où la Dre Ha a exprimé une inquiétude croissante quant au jugement de Renata, et cette dernière s'est montrée de plus en plus sur la défensive quant à ses options. Elles terminent l'appel avec une politesse tendue, toutes deux conscientes qu'un désaccord fondamental se creuse entre elles.

—

À 9 heures du matin, l'équipe de recherche de Renata s'est réunie dans la petite salle de conférence du laboratoire. Jae-hyun, Svetlana et James ont travaillé ensemble pendant deux ans, développant une forme de langage intellectuel qui leur permet de communiquer des idées complexes par le regard et la gestuelle. En les voyant s'installer dans leurs fauteuils familiers, Renata ressent le poids de la responsabilité de leur avenir universitaire.

Jae-hyun Chen, son principal étudiant de doctorat, a vingt-six ans et est brillant par sa concentration, ce qui fait de lui à la fois un excellent chercheur et un piètre invité à dîner. Ses recherches sur les réseaux neuronaux végétaux ont déjà donné lieu à deux publications et constitueront probablement la base de sa thèse de doctorat, s'il a le temps de la mener à bien.

Svetlana Kozlov, postdoctorante à l'université d'État de Moscou, apporte son expertise en topologie des réseaux, reliant la biologie et les mathématiques. Son statut de visa dépend du maintien de ses postes de recherche, faisant de la fermeture du laboratoire une menace existentielle pour sa carrière universitaire américaine.

James Park, le plus jeune membre de l'équipe à vingt-quatre ans, possède une compréhension intuitive des systèmes biologiques qui complète ses compétences informatiques. Ses algorithmes de modélisation du comportement des réseaux végétaux sont d'une efficacité remarquable et représentent le type de réflexion interdisciplinaire que les départements universitaires prétendent valoriser, mais rarement soutenus.

— Bonjour à tous, commence Renata d'une voix plus autoritaire qu'elle ne le pensait. Je sais que vous vous interrogez tous sur la situation budgétaire du département.

Elle leur explique la réduction du financement, le calendrier de fermeture du laboratoire et les possibilités limitées de poursuivre leurs recherches. L'équipe l'écoute avec l'attention particulière de personnes dont la vie est profondément bouleversée par des décisions bureaucratiques indépendantes de leur volonté.

— Alors, quelles sont nos alternatives ? demande ensuite Jae-hyun.

Renata sort sa matrice de décision et leur explique les probabilités et les implications de chaque option. Lorsqu'elle mentionne l'opportunité de chercheurs-développeurs offerte par Rio Verde, Svetlana se penche en avant avec intérêt.

— Cette installation de minage de Bitcoins, dit Svetlana, son léger accent russe rendant les termes techniques plus exotiques. Ils prétendent intégrer des réseaux numériques à des systèmes biologiques ?

— D'après leurs rapports préliminaires, oui. L'installation utilise des énergies renouvelables pour miner des Bitcoins tout en contribuant à la régénération forestière. Ils observent des phénomènes de réseau qui pourraient être liés à nos recherches sur l'organisation des plantes.

James semble sceptique.

—Ça me fait penser à de l'écoblanchiment. Le minage de cryptomonnaies est un désastre environnemental, quelle que soit sa source d'énergie.

— Peut-être, acquiesce Renata. Mais s'ils observent réellement l'intégration bionumérique, cela pourrait ouvrir la voie à un nouveau domaine de recherche. Nous pourrions apprendre des choses sur l'organisation des réseaux auxquelles la recherche biologique pure ne peut accéder.

Jae-hyun reste silencieux, réfléchissant aux implications. Étant l'étudiant le plus expérimenté, son opinion influencera considérablement les autres.

— Quelle est la position de la Dre Ha là-dessus ?

— Elle s'inquiète de l'influence commerciale sur l'intégrité de la recherche. Elle pense qu'accepter un financement de l'industrie Bitcoin compromettrait notre crédibilité scientifique.

— Et vous, qu'en pensez-vous ? demande directement Svetlana.

Renata observe son équipe, composée de trois jeunes scientifiques brillants dont la carrière dépend de ses décisions.

— Je pense que nous avons besoin de plus d'informations avant de prendre une décision. Je propose de mener une étude de faisabilité sur le projet Rio Verde. Interviewer leur équipe, examiner leurs protocoles et évaluer si leurs questions de recherche correspondent à nos intérêts scientifiques.

— Et s'ils correspondent ? demande James.

— Nous prenons ensuite une décision fondée sur des preuves plutôt que sur des hypothèses.

L'équipe accepte la démarche d'investigation et consacre les deux heures suivantes à élaborer des critères d'évaluation pour l'opportunité Rio Verde. Leur méthodologie rigoureuse vise à distinguer les possibilités de recherche légitimes des arguments marketing et des vœux pieux.

—

Au cours de la semaine suivante, Renata a mené des entretiens vidéo avec cinq membres de l'équipe Rio Verde. Les conversations ont révélé un niveau de sophistication scientifique qui l'a surprise. Plutôt que d'être des entrepreneurs technologiques jouant avec des thèmes environnementaux, ils semblent être des chercheurs sérieux étudiant des phénomènes véritablement novateurs.

Orion Vale lui-même s'est montré plus cultivé scientifiquement que prévu. Ses questions sur l'optimisation des réseaux de plantes ont révélé une compréhension des défis techniques auxquels l'équipe de Renata est confrontée. Plus important encore, il semble sincèrement intéressé par l'apprentissage plutôt que par la confirmation d'idées préconçues.

Le travail d'urbanisme écologique de Valérie Chen-Vale a encore plus impressionné Renata. Ses conceptions ont traité l'ensemble du complexe comme un écosystème vivant, appliquant des principes faisant écho à ses recherches sur les systèmes de lois naturelles décentralisés. « Nous ne construisons pas une installation minière avec des caractéristiques écologiques, a expliqué Valérie lors de leur entretien. Nous concevons une communauté régénératrice où le minage de Bitcoin devient une fonction métabolique au sein d'un organisme écologique plus vaste. » Son approche évolutive et intégrative a nécessité une adaptation constante et le développement d'un leadership local, précisément le type de co-écocréation qui peut s'avérer rentable sans exploitation, durable sans dépendre de subventions. Le projet nécessite des dirigeants visionnaires prêts à prendre des initiatives en expansion, créant un modèle véritablement reproductible plutôt que simplement admiré.

Sarah Kim, de l'Observatoire, suit l'impact environnemental de l'installation avec une rigueur académique. Ses données montrent une régénération forestière mesurable corrélée à l'activité minière, non pas à un lien de cause à effet, mais à une corrélation suffisamment forte pour justifier une enquête. Elle a prévenu Renata et validé son choix d'y travailler, estimant que l'installation minière amazonienne mérite une observation directe. Elle a également indiqué qu'elle et Aírínne envisagent de venir lui rendre visite en personne pour constater les progrès.

Mais l'entretien le plus convaincant a été celui avec le Dr Andreas Weber, un ancien chercheur de l'Institut Max Planck qui étudie la dynamique énergétique de l'installation depuis six mois.

— L'intégration est réelle, explique la Dre Weber lors de leur appel vidéo, son accent allemand ajoutant de la gravité à ses descriptions techniques. Le réseau de minage Bitcoin présente des propriétés organisationnelles remarquablement similaires à celles des réseaux mycorhiziens. Tous deux parviennent à un consensus distribué grâce à des processus algorithmiques similaires.

— Pouvez-vous être plus précis ? demande Renata.

Il hésite un instant, jetant un coup d'œil vers l'entrée de la mine.

— Comme vous ne travaillez pas encore officiellement sur le projet, je ne peux partager que des concepts généraux ; la plupart des détails techniques sont confidentiels. Mais je peux vous dire ceci : les deux systèmes propagent l'information via des nœuds de réseau, parviennent à un consensus sans autorité centrale et optimisent l'allocation des ressources grâce à une coopération compétitive. Les structures mathématiques sous-jacentes aux deux processus sont quasiment identiques.

— Presque identiques, comment ?

— Je vous en dirai plus une fois que vous serez sur le terrain avec nous, mais je peux vous envoyer un document qui en dit un peu plus, des schémas du réseau Bitcoin, déclare-t-il, son ton suggérant que la conversation a atteint ses limites pour le moment.

Après l'appel, Renata est assise dans son laboratoire, observant ses propres données de recherche avec un regard neuf. Pendant trois ans, elle a étudié comment les plantes coordonnent leurs réseaux sans comprendre que les technologues résolvent des problèmes similaires grâce à des protocoles cryptographiques.

—

Ce soir-là, Renata reste tard au laboratoire et effectue de nouvelles analyses sur les données collectées ces dernières années. Ses expériences sur les réseaux végétaux ont généré des milliers d'images montrant le développement du système racinaire, les schémas de distribution des nutriments et les voies de propagation de l'information.

Elle consulte les diagrammes du réseau Bitcoin de la Dre Weber et commence à les comparer à ses données biologiques. Les similitudes sont frappantes, mais elle a besoin d'une analyse quantitative plutôt que d'une impression visuelle.

À 23 h 30, Jae-hyun la trouve penchée sur son ordinateur, en train d'effectuer des comparaisons statistiques entre les topologies de réseaux biologiques et numériques.

— Renata, vous êtes là depuis ce matin. S'il vous plaît, rentrez chez vous et reposez-vous.

— Regardez ça, dit-elle sans se retourner. Distributions de densité de réseau, voies de propagation de l'information, schémas de formation de consensus. Les coefficients de corrélation sont supérieurs à 0,9 pour la plupart des indicateurs.

Jae-hyun regarde son écran et comprend immédiatement l'importance de ce phénomène.

— Voulez-vous dire que les réseaux de plantes et les réseaux Bitcoin utilisent les mêmes principes d'organisation ?

— Je dis qu'ils auraient pu développer indépendamment des solutions similaires au même problème : comment parvenir à une coordination dans des systèmes distribués sans contrôle central.

— C'est... (Jae-hyun marque une pause, réfléchissant aux implications.) C'est un domaine de recherche totalement nouveau. L'intégration bionumérique ne se résume pas à une collaboration interdisciplinaire, mais à l'étude de l'évolution convergente entre systèmes biologiques et technologiques.

Renata se tourne vers lui, l'épuisement remplacé par l'excitation qui accompagne une véritable découverte scientifique.

— Jae-hyun, et si accepter le contrat de chercheurs-développeurs de Rio Verde n'était pas une trahison ? Et si c'était accéder à un laboratoire naturel où biologie et technologie s'intègrent déjà ?

— La Dre Ha ne le verra pas de cette façon.

— La Dre Ha a bâti sa carrière en étudiant les systèmes biologiques de manière isolée. Mais si la technologie permet de découvrir des solutions biologiques de manière interdépendante, l'étude de leurs intersections devient essentielle pour comprendre pleinement chaque domaine.

« Nous concevons des expériences pour tester l'hypothèse selon laquelle les réseaux biologiques et numériques présentent une équivalence mathématique. Nous concevons des instruments pour enregistrer la corrélation entre les schémas d'activation neuronale et les flux de paquets réseau, ainsi qu'entre la plasticité synaptique et l'adaptation algorithmique. Si nous avons raison, cela révolutionne la compréhension des systèmes distribués dans les deux domaines. Si nous avons tort, nous en apprenons davantage sur les limites du biomimétisme.

— Et le contrat de Rio Verde ?

Renata réexamine ses données et constate que trois années de recherche minutieuse ont été transformées par une seule soirée d'analyse.

— Cela donne l'occasion de mener des expériences auxquelles aucun laboratoire universitaire traditionnel n'aurait accès.

À minuit, elle a appelé Svetlana et James pour leur demander de revenir au laboratoire malgré l'heure tardive. À 2 heures du matin, les quatre membres de l'équipe ont repensé leurs protocoles de recherche pour étudier la convergence bionumérique.

À l'aube, ils ont défini des approches expérimentales qui nécessitent l'accès à des réseaux Bitcoin fonctionnels intégrés à des systèmes biologiques, exactement ce qu'offre Rio Verde.

—

Ce même matin, Renata appelle la Dre Ha pour lui expliquer sa décision. La conversation est difficile, mais nécessaire.

— Professeure, j'ai décidé d'accepter le contrat de chercheurs-développeurs de Rio Verde.

— Renata, je suis déçue. Tu sacrifies l'intégrité académique au profit d'un financement commercial.

— Je poursuis la découverte scientifique, où qu'elle mène. Notre analyse préliminaire suggère que les réseaux biologiques et numériques présentent une équivalence mathématique. L'étude de leur intersection pourrait révolutionner la compréhension des systèmes distribués.

— Ces partisans du Bitcoin vous ont convaincue que leur technologie imite la biologie. Cela ne rend pas leurs applications commerciales scientifiquement valables.

— Ils ne m'ont convaincue de rien. Les données, elles, m'ont convaincue. Les réseaux de plantes et les réseaux Bitcoin affichent une corrélation statistique supérieure à 0,9 pour plusieurs indicateurs organisationnels. Soit il s'agit de la coïncidence la plus remarquable de l'histoire scientifique, soit nous observons une évolution convergente entre les systèmes biologiques et technologiques.

La Dre Ha reste silencieuse un long moment.

— Montre-moi les données.

Renata a passé l'heure suivante à expliquer à son mentor les analyses de corrélation, les comparaisons de topologie de réseau et les implications théoriques de l'équivalence mathématique bionumérique. La Dre Ha a posé des questions pointues et soulevé des préoccupations pertinentes, mais n'a pas pu ignorer les preuves quantitatives.

— Si ton analyse est correcte, déclare finalement la Dre Ha, tu ne changes pas seulement l'orientation de tes recherches, tu définis une nouvelle discipline scientifique.

— C'est ce que je pense, oui.

— Et si tu te trompes ?

— J'apprends alors quelque chose d'important sur les limites de la recherche interdisciplinaire tout en préservant la cohésion de mon équipe et le financement de nos recherches.

La Dre Ha soupire, un soupir empreint de résignation plutôt que de désapprobation.

— Renata, tu as toujours été mon élève la plus méthodique. Si tu as analysé cette décision avec ta rigueur habituelle, je te fais confiance, même si je ne partage pas ton enthousiasme.

— Merci, professeure.

— Mais promets-moi une chose. Ne laisse pas les pressions commerciales perturber ton projet expérimental. La vraie science naît de questions honnêtes, et non des résultats escomptés.

— Je vous le promets.

Après avoir mis fin à l'appel, Renata envoie un courriel à Orion Vale pour accepter le contrat de chercheurs-développeurs avec Rio Verde. Sa décision ne repose pas sur des opportunités commerciales ou des besoins de financement, mais sur des données scientifiques suggérant que les questions de recherche les plus importantes se situent à l'intersection de la biologie et de la technologie.

—

Deux semaines plus tard, Renata se trouve pour la dernière fois dans son laboratoire de Berkeley, supervisant l'emballage minutieux du matériel destiné à la forêt amazonienne. Son équipe se rend à Rio Verde non pas en tant que mercenaires scientifiques, mais en tant que chercheurs développeurs, pour explorer des questions susceptibles de redéfinir la compréhension de la coordination des systèmes complexes.

Jae-hyun a soigneusement emballé les réseaux de capteurs qu'ils ont développés pour surveiller les réseaux neuronaux des plantes. Svetlana a sauvegardé trois années de données expérimentales sur des serveurs sécurisés. James a testé l'équipement d'analyse portable nécessaire aux recherches sur le terrain.

— Docteure Vega, dit James alors qu'ils terminent leurs bagages, je dois admettre que lorsque vous avez évoqué pour la première fois le minage de Bitcoin dans la forêt tropicale, j'ai cru que vous aviez perdu la tête.

— Et maintenant ?

— Je pense que nous sommes sur le point de découvrir quelque chose qui se retrouvera dans les manuels scolaires.

Svetlana hoche la tête avec enthousiasme.

— À Moscou, on dit : « Правда не боится вопросов »[31]. Si l'intégration bionumérique est réelle, son étude honnête révélera la vérité, quel que soit le contexte commercial.

Jae-hyun ajoute :

— Et si ce n'est pas réel, nous l'apprendrons aussi. Quoi qu'il en soit, nous faisons de la science.

Renata observe son équipe, composée de trois brillants chercheurs dont elle vient d'engager la carrière sur une voie expérimentale susceptible de mener à une découverte révolutionnaire ou à un échec fatal. Mais les données confirment le risque, et les questions qu'ils étudient leur semblent plus importantes que la sécurité académique.

— Encore une chose, dit-elle en ouvrant l'analyse de corrélation finale sur son ordinateur portable. J'ai effectué des tests statistiques supplémentaires sur la comparaison des réseaux bionumériques. L'équivalence mathématique est non seulement remarquable, mais suffisamment précise pour suggérer que nous observons les principes fondamentaux de l'organisation distribuée qui s'appliquent à tous les domaines.

— C'est-à-dire ? demande James.

— Cela signifie que nous pourrions étudier non seulement le biomimétisme, mais aussi les lois universelles régissant la coordination des systèmes complexes sans contrôle central. La biologie et la technologie sont des expressions distinctes d'une même mathématique sous-jacente.

Jae-hyun sourit.

---

31 « La vérité n'a pas peur des questions. »

— Pas de pression pour notre premier jour en Amazonie.

Svetlana rit.

— En Russie, nous disons aussi : « Наука, это приключение для людей, которые слишком труclivы для настоящих приключений. »[32] Je pense que nous sommes sur le point de tester cette théorie.

Ce soir-là, Renata reçoit un message de la Dre Ha : *Renata, j'ai réfléchi à notre conversation. Tu as raison : la découverte scientifique exige du courage intellectuel. Je ne suis peut-être pas d'accord avec tes méthodes, mais j'admire ta volonté de suivre les preuves, où qu'elles mènent. Publiez vos découvertes; l'intégrité académique implique de partager la vérité, quelle qu'en soit la source.*

Le lendemain matin, l'équipe s'envole pour São Paulo, puis pour Manaus, puis, par petit avion, pour le bassin amazonien où l'installation d'Orion intègre le minage de Bitcoin à la régénération forestière. Ils ne se contentent plus d'étudier comment les plantes optimisent les réseaux énergétiques, mais cherchent à déterminer si les mêmes principes d'optimisation régissent les systèmes biologiques et numériques.

La preuve du scientifique ne naîtra pas d'une analyse théorique, mais d'une observation empirique de phénomènes qui remettront en question les frontières traditionnelles entre systèmes naturels et artificiels.

—

---

32 « La science est une aventure pour les gens trop lâches pour vivre une véritable aventure. »

Six mois plus tard

De : Dre Renata Vega
À : L'Observatoire diplomatique du Bitcoin
Cc : Alpha, Aírínne Fynn, Sarah Kim
Objet : Mise à jour de la recherche sur le terrain – « Équivalence mathématique dans l'organisation des réseaux biologiques et numériques »

Chère équipe de l'Observatoire,

Avec l'accord d'Orion, je partage nos six mois de recherche de terrain sur l'intégration bionumérique au centre de recherche de Rio Verde, en forêt amazonienne. Nos résultats suggèrent que les réseaux biologiques (systèmes racinaires des plantes) et les réseaux numériques (nœuds de minage de Bitcoin) présentent une équivalence mathématique dans leurs principes d'organisation.

Les principales conclusions sont les suivantes :

– Corrélation statistique supérieure à 0,95 entre les mesures de topologie des réseaux biologiques et numériques ;

– Processus algorithmiques identiques régissant la formation du consensus dans les deux domaines ;

– Preuve que les deux systèmes ont indépendamment évolué vers des solutions optimales aux problèmes de coordination distribuée.

Ces résultats suggèrent que l'intégration bionumérique ne représente pas seulement une collaboration interdisciplinaire, mais une étude des principes universels régissant l'organisation des systèmes complexes.

Venez le constater par vous-même. Les données sont convaincantes, mais constater l'harmonie entre les mineurs de Bitcoin et les écosystèmes forestiers révèle quelque chose qui ne peut être saisi dans des feuilles de calcul.

Toutes les données et méthodologies sont à votre disposition pour votre examen.

Sincèrement, Dre Renata Vega et l'équipe de recherche de Rio Verde

Renata sourit en regardant la forêt amazonienne où les mineurs de Bitcoin fredonnent en harmonie avec les chants des oiseaux et où ses capteurs végétaux détectent des réseaux racinaires optimisant la distribution des ressources grâce à des algorithmes indiscernables des protocoles cryptographiques.

Elle est heureuse d'avoir quitté la structure académique rigide sous la tutelle de la Dre Ha pour travailler dans le monde réel. Même si elle ne reçoit aucune distinction académique, elle a le sentiment de contribuer à des changements concrets et importants. Il s'avère que la vérité ne se soucie pas de la reconnaissance institutionnelle. Elle ne s'intéresse qu'à une enquête honnête sur la réalité du monde.

Journal de voyage de Satoshi
Photosynthèse numérique

Station de recherche de La Selva, Costa Rica

21 juin 1992

La lumière de l'aube filtre à travers les couches de la canopée en faisceaux prismatiques.

Les colibris entament leur danse matinale tandis que les panneaux solaires suivent le soleil levant. Depuis ma fenêtre à la station de recherche, j'observe deux formes de captage d'énergie en parfaite synchronisation : la photosynthèse biologique, qui convertit la lumière solaire en énergie chimique, et les systèmes de suivi mécanique, qui la convertissent en énergie électrique. Toutes deux suivent le même principe : des algorithmes adaptatifs qui réagissent à la disponibilité énergétique.

Le Dr Martinez, de la station, explique le comportement du panneau solaire :

— Les panneaux ajustent leur inclinaison toutes les quelques minutes, optimisant ainsi la capture d'énergie tout au long de la journée. Mais attention, par temps nuageux, le suivi ralentit, économisant l'énergie du moteur lorsque les rendements diminuent.

Ce comportement adaptatif reflète la forêt qui nous entoure. Les plantes poussent vers la lumière lorsqu'elle est abondante, conservent l'énergie en période de pénurie et redistribuent les ressources via des réseaux souterrains en cas de stress. L'écosystème tout entier vit au rythme de la disponibilité énergétique.

Et si les réseaux informatiques pouvaient fonctionner avec une intelligence organique similaire ? Et si l'exploitation minière numérique pouvait s'adapter aux cycles des énergies renouvelables plutôt que d'exiger une consommation énergétique constante ?

Note technique : Algorithmes à taux de hachage variable qui s'adaptent à la disponibilité énergétique. Difficulté de minage qui s'ajuste aux cycles solaires, aux régimes de vent et à la capacité hydroélectrique. Réseau qui vit au rythme énergétique de la planète.

J'esquisse des systèmes qui exploitent activement leur production lorsque les panneaux solaires produisent un excédent d'énergie, réduisent leur production lors des pics de demande du réseau et hibernent en cas de pénurie d'énergie renouvelable. Les arguments économiques sont convaincants : l'énergie renouvelable est la moins chère lorsqu'elle est abondante et la plus chère lorsqu'elle est rare. Un réseau qui suit ces modèles s'orienterait naturellement vers la durabilité.

Mais il y a là une élégance plus profonde. La photosynthèse ne se contente pas de consommer l'énergie solaire, elle crée l'oxygène nécessaire à toute autre forme de vie. Et si l'exploitation minière numérique pouvait être tout aussi régénératrice ? Et si le travail informatique pouvait financer la restauration environnementale, créant ainsi des boucles de rétroaction positives entre croissance technologique et santé écologique ?

Une famille de singes hurleurs crie depuis la canopée, leurs voix portant à travers des kilomètres de forêt. Leur réseau de communication couvre toute la région sans infrastructure, sans planification centralisée et sans impact environnemental. Ils ont développé des technologies qui renforcent leur habitat plutôt que de le dégrader.

Les panneaux solaires s'ajustent à nouveau, s'inclinant vers un angle optimal à mesure que les nuages se déplacent. Quelque part dans ce mouvement, j'entrevois l'avenir des réseaux numériques, une technologie qui apprend de la nature plutôt que de la combattre, des systèmes qui se renforcent en renforçant leur environnement.

La station de recherche bourdonne d'équipements alimentés par le soleil d'hier, stockés dans des batteries chargées par la brise matinale. L'énergie circule là où elle est nécessaire, quand elle est nécessaire, selon des schémas perfectionnés au fil de millions d'années. Les réseaux numériques pourraient apprendre ces schémas, s'intégrer à ces cycles plutôt que de les perturber.

À mesure que le soleil monte, la forêt et le réseau solaire réagissent par une activité accrue. Les systèmes biologiques et numériques se synchronisent, chacun améliorant l'efficacité de l'autre. Voilà à quoi pourrait ressembler l'évolution technologique : non pas la conquête de la nature, mais son intégration à elle.

Jardins numériques

« La Terre ne nous appartient pas : nous appartenons à la Terre. »[33]

– Marlee Matlin

Rio Verde – 2023

À ce stade, le complexe minier de Rio Verde s'est transformé en quelque chose qui défie les catégories traditionnelles, à la fois village durable et merveille technologique, entièrement intégré à l'écosystème amazonien.

Là où autrefois les bulldozers auraient pu défricher la forêt pour s'étendre, la communauté a appris à se faufiler au sein de la canopée existante, créant des passerelles et des plateformes surélevées qui se déplacent au rythme des arbres plutôt qu'à leur encontre. Au lieu de déforester, l'installation minière est devenue un modèle

---

33 Marlee Matlin (née en 1965) est une actrice, auteure et militante américaine, surtout connue pour avoir été la première artiste sourde à remporter un Oscar. Bien que cette citation lui soit souvent attribuée, elle est plus souvent associée à la sagesse autochtone et à la philosophie environnementale qu'à ses discours ou écrits documentés.

d'intégration numérique à la jungle, prouvant que l'avenir peut être à la fois technologiquement avancé et écologiquement régénérateur.

L'air du soir est rempli des sons de la vie communautaire alors qu'Inca, le chef cuisinier du village et ancien propriétaire de restaurant de Lima, prépare le dîner sur la plateforme d'observation principale.

Le festin présenté à la communauté représente l'abondance de la biodiversité amazonienne, entièrement récoltée auprès des communautés environnantes pratiquant l'art ancestral de la cueillette en forêt : poisson tambaqui grillé pêché frais dans la rivière, paca rôti assaisonné d'herbes sauvages, yuca et plantains cuits à la vapeur récoltés dans les jardins forestiers, bols d'açaí garnis de noix du Brésil et de fèves de cacao, salade de cœurs de palmier frais mélangée à des fruits de cupuaçu et des délices exotiques comme des fourmis saúva rôties et du caju fermenté.

L'ambiance joviale est contagieuse : mineurs, familles autochtones, chercheurs et ingénieurs en visite se réunissent autour de tables communes aménagées dans des plateformes arborées, partageant repas et anecdotes tandis que le soleil se couche à travers la canopée. C'est plus qu'un mode de vie durable ; c'est la preuve qu'ils participent à quelque chose d'entièrement nouveau.

L'exploitation minière elle-même a été relocalisée au plus profond d'un complexe de grottes naturelles découvertes au cours de leur troisième année, où la régulation thermique de la Terre maintient les mineurs ASIC au frais sans systèmes de refroidissement énergivores.

En surface, des panneaux solaires montés sur des systèmes rotatifs suivent la course du soleil le long des falaises montagneuses, tandis que la centrale hydroélectrique agrandie exploite trois affluents distincts pour alimenter à la fois les opérations de cryptomonnaie et l'ensemble des infrastructures du village. La technologie n'a pas conquis la forêt, elle a appris à la vivre.

La canopée de la forêt amazonienne s'étend à perte de vue, une mer de verdure seulement percée par les panneaux solaires étincelants du complexe minier de Rio Verde. Orion Vale se tient à l'entrée du complexe, observant la rosée matinale se transformer en brume, s'élevant du sol de la jungle à la rencontre du soleil.

Ses yeux gris acier brillent désormais de reflets verts reflétant la lumière de la forêt, sa silhouette élancée de 1,78 m est plus musclée par des années de travail physique, ses cheveux noirs striés d'argent rappellent un camouflage naturel. Sa satisfaction révolutionnaire transparaît dans la façon dont il observe sa création ; des années de maîtrise de l'intégration environnementale ont enfin permis de justifier cette impossible harmonie entre technologie et nature.

Sa peau bronzée montre les signes d'usure de quelqu'un qui a appris à se déplacer dans la forêt avec une grâce indigène, touchant les arbres et la technologie avec la même révérence.

Bien qu'il se trouve parmi les équipements miniers comme n'importe quel autre technicien, Orion est bien plus qu'un mineur opérationnel. Architecte visionnaire ayant conçu Rio Verde trois ans plus tôt avec Valérie, ils ont tous deux fait un acte de foi important en quittant l'Oregon pour poursuivre un projet sans précédent : prouver que le minage de Bitcoin peut non seulement coexister avec la nature, mais aussi la régénérer activement. Cette installation est leur réponse à tous ceux qui affirment que la cryptomonnaie va détruire la planète.

— Les mineurs respirent, dit-il à personne en particulier, observant l'interaction de l'eau, de la lumière et de l'électricité.

Ses yeux brillent d'une vision justifiée, ses rides du sourire se creusent sous la satisfaction d'un succès durable, sa passion révolutionnaire désormais tempérée par la sagesse environnementale. « Rio Verde prouve que le Bitcoin et la nature ne sont pas ennemis, mais alliés, pense-t-il, observant la parfaite synchronisation autour de lui. Mais comment un protocole de paiement apprend-il aux machines à respirer avec les arbres ? De quelle conscience suis-je témoin lorsque la technologie apprend à grandir ? »

Derrière lui, des rangées de mineurs ASIC bourdonnent en parfaite harmonie avec le chant matinal de la forêt. Sa tablette affiche les signes vitaux de l'installation.

> // Production solaire : 12,4 mégawatts
> // Sauvegarde de la biomasse : Prêt
> // Efficacité minière : 94,3 %
> // Compensation carbone : +2 145 tonnes
> // Indice de croissance des forêts : +15 %

Il ne s'agit pas d'une opération minière ordinaire. Rio Verde représente la première intégration réussie du minage de Bitcoin à la régénération forestière. Chaque hachage produit ici contribue à financer la protection et l'expansion de la forêt tropicale environnante.

— Contrôle du matin ? s'écrie Renata Vega, la botaniste en chef du centre, en sortant de la serre.

Ses épaisses tresses brunes sont entrelacées de biocapteurs qui pulsent une douce lumière bleue, ses yeux noisette brillant de découverte tandis qu'elle navigue entre les mondes technique et organique. Son expertise en intégration des biosystèmes transparaît dans chacun de ses mouvements. Ses mains sont tachées de terre, de vraie terre, pas celle numérique qu'Orion manipule habituellement.

Ses mains fortes se déplacent avec une douce précision entre les semis et les circuits, son mouvement fluide entre les systèmes organiques et numériques reflétant inconsciemment les modèles de croissance des plantes qu'elle étudie.

Le titre de botaniste est une simplification pratique pour les visiteurs et les journalistes, mais le véritable rôle de Renata est bien plus complexe. Maîtresse technique à l'origine de la dynamique révolutionnaire des biosystèmes de Rio Verde, elle et son équipe ont passé deux ans à développer les algorithmes permettant au matériel de minage d'interagir avec les écosystèmes vivants.

Ses mains tachées de terre proviennent du calibrage de capteurs qui surveillent tout, de la croissance des racines aux réseaux mycorhiziens, créant les boucles de rétroaction qui ont rendu possible l'intégration biodigitale.

— Le réseau évolue, répond-il en lui montrant ses relevés. Regarde les nouveaux schémas de croissance.

Sur son écran, deux flux de données s'entremêlent : le taux de hachage de l'installation et les indicateurs de croissance de la forêt. Ils pulsent avec une synchronicité inattendue, comme si l'exploitation minière numérique avait d'une manière ou d'une autre suivi les rythmes naturels de la jungle.

Son visage rayonne d'enthousiasme face à cette avancée bionumérique, ses yeux s'écarquillent d'émerveillement face aux réponses biologiques aux rythmes numériques.

— Il ne s'agit plus seulement de convertir la lumière du soleil, dit Renata, la compréhension naissante dans ses yeux.

« Les plantes réagissent aux rythmes de Bitcoin comme si elles reconnaissaient quelque chose de familier, pense-t-elle en observant les schémas de données. Mais qu'ont en commun la photosynthèse et la preuve de travail ? Découvrons-nous que les mathématiques et la vie proviennent de la même source ? Tout le système devient... organique. »

Orion hoche la tête. C'est pour cette raison qu'il a quitté son emploi et son centre d'éducation sur le Bitcoin à Portland. Quelque chose de nouveau se produit ici, quelque chose qui transcende les anciens paradigmes du numérique et du naturel.[34]

L'installation a débuté sur un concept simple : utiliser l'énergie solaire excédentaire pour miner des Bitcoins. Mais au fur et à mesure de sa construction et de son intégration à l'écosystème environnant, un phénomène inattendu est apparu. La dimension végétale, comme l'appellent les crypto-écologistes, a commencé à se manifester.

— Viens voir ça, dit Renata en le conduisant dans la serre.

Son enthousiasme technique, allié à sa joie de vivre, crée une présence presque lumineuse, des découvertes révolutionnaires visibles dans ses mouvements énergiques tandis qu'elle s'occupe du matériel et de la flore avec le même soin. Ici, des plantes expérimentales poussent en spirales imitant les ajustements de difficulté du réseau Bitcoin.

— Les plantes réagissent aux rythmes du minage. On dirait qu'elles y voient une autre forme de photosynthèse.

---

34 ⚠ AVERTISSEMENT DE PERTURBATION DE LA COHÉSION SOCIALE ⚠
→ Les communautés Bitcoin affichent des indicateurs de bien-être supérieurs #BonheurDécentralisé
→ Pourquoi tous nos chercheurs s'installent-ils dans ces communautés ? #PreuveDeBienÊtre

L'arrivée du petit avion brise le silence matinal, ses moteurs solaires à peine audibles au-dessus de la canopée. Orion et Renata échangent un regard ; ils attendent ces visiteurs particuliers. Le Dr Aírínne Fynn, de l'Observatoire diplomatique du Bitcoin, et la journaliste Sarah Kim viennent documenter ce qui pourrait être la percée la plus significative dans l'évolution environnementale des cryptomonnaies.

Vingt minutes plus tard, sans perdre de temps, Aírínne avance prudemment sur le sentier forestier, utilisant l'équipement de Renata pour capter et enregistrer le bourdonnement des ASIC entremêlé au chant des oiseaux. Ses cheveux roux sont tirés en arrière en une tresse pratique, ses yeux bleu-vert fixés intensément sur des schémas de résonance bionumérique affichant une synchronisation impossible, sa blouse de laboratoire portée par-dessus ses vêtements de terrain témoignant à la fois de sa précision scientifique et de sa capacité à se préparer à l'environnement.

Elle documente tout, mais elle respire aussi tout.

La précision scientifique d'Aírínne évolue vers un état plus mystique, tandis qu'elle commence à reconnaître l'émergence de la conscience comme une force fondamentale dans ses recherches. Les instruments détectent des schémas qui remettent en question toute hypothèse sur la relation entre technologie et vie.

Derrière elle, Sarah filme tout, reconnaissant que cela pourrait être l'histoire qui changera à jamais la perception du public du Bitcoin.

La précision scientifique d'Aírínne est évidente dans la façon dont elle manipule chaque instrument, s'arrêtant parfois avec étonnement lors des lectures, retenant inconsciemment sa respiration lorsqu'elle est témoin de phénomènes sans précédent.

L'ensemble des instruments entourant Renata est le fruit d'années de développement collaboratif avec son équipe de recherche, remontant à leurs années universitaires. Son appareil principal, un analyseur de cohérence quantique, mesure les fluctuations du champ électromagnétique entre les plateformes minières et la végétation environnante avec une précision qui aurait été impossible à atteindre dix ans plus tôt.

Connecté à celui-ci, un réseau de capteurs bioélectriques cartographie les subtils schémas électriques circulant dans les systèmes racinaires des plantes, tandis qu'un moniteur de fréquence réseau suit en temps réel les variations du taux de hachage des ASIC voisins. La pièce la plus expérimentale, un détecteur de résonance de conscience qu'elle a construit à partir de théories émergentes sur la conscience quantique dans les systèmes biologiques, ronronne doucement en tentant de cartographier les points d'intersection où l'intelligence numérique et l'intelligence organique semblent converger.

Chaque instrument représente non seulement une avancée technologique, mais aussi des années de conversations nocturnes, des prototypes ratés et une réflexion interdisciplinaire rarement encouragée par les départements universitaires traditionnels. Ces instruments, nés des recherches universitaires de Renata et perfectionnés par d'innombrables heures de terrain, sont aujourd'hui parfaitement adaptés à la quête d'Aírínne pour comprendre les schémas les plus profonds.

Chaque instrument alimente la tablette partagée en données, où des algorithmes personnalisés recherchent des corrélations inexistantes. Les mesures s'affichent en temps réel : pics d'activité réseau correspondant aux pics photosynthétiques, ajustements du taux de hachage reflétant les rythmes circadiens, et signatures électromagnétiques pulsant en harmonie entre les circuits de silicium et les structures cellulaires.

Alors qu'Aírínne observe le flux de données, elle se rend compte que sa propre respiration s'est synchronisée avec le rythme des lectures, inspirant à chaque impulsion du réseau, expirant à chaque réponse biologique, comme si les instruments avaient appris à son corps à respirer en harmonie avec la convergence bionumérique.

— C'est remarquable, murmure Aírínne, en regardant les instruments de Renata détecter les modèles de résonance bionumérique qui ont été théorisés, mais jamais prouvés à cette échelle.

« Les mesures ne mentent pas, Bitcoin et la biologie se synchronisent, pense-t-elle en examinant les données impossibles, sa respiration s'harmonisant naturellement avec le rythme des flux de données. Mais se synchroniser avec quoi ? Quel schéma profond suivent-ils tous deux ? Pourquoi la conscience semble-t-elle être la variable manquante de chaque équation ? »

Sarah interviewe James Park, un botaniste qui travaille aux côtés de l'équipe technique de Renata. Ses cheveux noirs sont maintenant subtilement éclaircis par son travail en extérieur, et ses yeux noirs s'écarquillent d'étonnement à l'idée de documenter ce qui ne devrait pas être possible.

— À notre arrivée, explique le scientifique, nous espérions réduire l'impact environnemental du Bitcoin. Au lieu de cela, nous documentons l'émergence d'un écosystème hybride qui ne devrait pas être possible selon la biologie traditionnelle. Les signatures du réseau se synchronisent en réalité avec les cycles de croissance naturels.

Son œil expérimenté de cinéaste capture chaque moment important, ses mains restent stables malgré les événements qui bouleversent la réalité, protégeant inconsciemment son équipement de documentation comme un enregistrement sacré.

Orion vérifie les statistiques du réseau.

// Exploitation minière verte mondiale : 31 %
// Intégration de la biomasse : en croissance
// Taux de photosynthèse du réseau : 42 TH/joule
// Consensus écologique : émergent

Il s'agit de nouveaux indicateurs, qui n'existaient pas à l'époque de l'évolution purement minérale de Bitcoin. Le réseau apprend à grandir comme une plante, à s'enraciner et à s'intégrer aux systèmes naturels de la Terre.

— Tu te souviens quand ils disaient que Bitcoin détruirait l'environnement ?

Orion rit, mais c'est un rire entendu. Ses gestes englobent à la fois les écosystèmes naturels et numériques, une profonde satisfaction irradiant de l'adéquation entre ses valeurs et ses actions. Les critiques n'ont pas compris que la technologie peut évoluer, apprendre à se développer naturellement.

Svetlana montre une nouvelle espèce de vigne qu'ils ont découverte près des plateformes minières. Elle s'est adaptée pour exploiter la chaleur résiduelle et ainsi créer un système de refroidissement naturel pour les ASIC.

— *Zhizn' naydet vykhod*, cite-t-elle, *dazhe v tsifrovuyu epokhu.*[35]

---

35 « La vie trouve toujours un chemin, même à l'ère du numérique. »

Leur conversation est interrompue par une alerte. L'une des plateformes de minage a automatiquement ajusté son taux de hachage pour correspondre à la courbe solaire du matin, ce qui n'était pas prévu. Les machines apprennent de la forêt.

— Regarde l'ajustement de la difficulté, explique Orion en affichant les graphiques. Il suit le même schéma que les cycles de croissance saisonniers. Le réseau ne se contente plus de sécuriser les transactions, il apprend à se développer.

— Tu comprends ? demande Aírínne à Sarah, la voix pleine d'excitation tandis que les instruments enregistrent des schémas de données inédits, sa respiration se synchronisant naturellement avec chaque vague de lectures.

L'excitation suscitée par les découvertes de la conscience crée un champ d'énergie presque visible autour d'elle, une anticipation révolutionnaire irradiant de son intensité concentrée.

— L'intégration bionumérique n'est pas seulement théorique, elle crée des comportements émergents dans les deux systèmes.

Sarah hoche la tête, son appareil photo capture l'instant où les ventilateurs d'une plateforme minière ralentissent automatiquement, les vignes environnantes créant plus d'ombre. Son expression oscille entre le scepticisme journalistique et l'émerveillement grandissant, la bouche légèrement ouverte, témoin de changements de paradigmes en temps réel.

« Je suis venue documenter une installation minière et j'ai découvert quelque chose qui transforme ma compréhension de la réalité elle-même, pense-t-elle en filmant ce qui devrait être impossible. Si Bitcoin peut apprendre à la technologie à coopérer avec la nature, que peut-il enseigner d'autre ? Quelles autres choses "impossibles" n'attendent qu'un catalyseur ? »

— Cela va révolutionner la perception du lien entre les cryptomonnaies et l'environnement, déclare-t-elle. Ce n'est pas seulement durable, c'est régénérateur.

Orion s'est complètement adapté à cet environnement, mais il se souvient encore des premiers jours de la force brute, brûlant des arbres pour forcer un système à fonctionner, lorsque l'exploitation minière de Bitcoin était une question de puissance de calcul brute, quel que soit le coût environnemental.

À présent, en observant l'interaction harmonieuse entre la lumière du soleil, la photosynthèse et les algorithmes de preuve de travail autour de lui, il comprend quelque chose de profond : la dimension minérale n'est qu'un début. Ce qu'ils ont construit ici transcende la simple extraction de ressources ou même la technologie durable; c'est la preuve que les réseaux numériques peuvent s'intégrer aux systèmes biologiques pour créer quelque chose d'entièrement nouveau.

Un nouveau bloc est trouvé, son hachage incorpore en quelque sorte les données de la croissance de la forêt.

// Bloc n° 1 309 942
// Énergie renouvelable : 100 %
// Impact écologique : positif
// Pont dimensionnel : végétal

— Les ponts se forment, déclare Aírínne en observant le flux de données. Entre le silicium et le sol, entre le hachage et la croissance, entre le numérique et l'organique.

Orion se dirige à nouveau vers la limite du site, là où les panneaux solaires rencontrent la forêt tropicale. La brume matinale s'est dissipée, révélant la véritable ampleur de leur activité. Les mineurs de Bitcoins se nichent dans la jungle comme des graines, chacun contribuant à la croissance numérique et organique.

— On ne se contente plus de miner des Bitcoins, réalise-t-il. On les développe.

Alors que le soleil de l'après-midi filtre à travers la canopée, Aírínne et Sarah se préparent à partir, leur documentation étant complète, mais leur compréhension à jamais altérée. Arrivées dans l'espoir d'étudier une installation minière expérimentale, elles repartent témoins du bond évolutif de Bitcoin vers l'intégration biologique.

— Les implications vont bien au-delà des préoccupations environnementales, explique Aírínne à Orion tandis qu'ils regagnent l'avion.

La responsabilité de la documentation historique pèse visiblement sur Sarah, qui préserve soigneusement chaque instant de cette transformation impossible.

— Si le réseau apprend à se développer comme un système vivant, nous assistons à l'émergence de la dimension végétale en temps réel.

Sarah met en ligne ses images sur Internet par satellite, rédigeant déjà l'article qui présentera au monde la cryptomonnaie régénératrice.

« Rio Verde n'est pas qu'une simple installation de minage, écrit-elle. C'est la preuve que la technologie et la nature peuvent évoluer ensemble, chacune renforçant l'autre. »

Au-dessus d'eux, le soleil poursuit son arc, alimentant à la fois la photosynthèse et la preuve de travail. La dimension végétale s'éveille, enseignant au réseau comment croître, s'intégrer et devenir véritablement durable.

Au loin, un nouveau panneau solaire suit le soleil tel un tournesol numérique. Le réseau Bitcoin prend racine, au sens propre comme au sens figuré. De ces racines naîtra quelque chose de nouveau, qui comblera le fossé entre technologie et nature.

Les jardins numériques commencent tout juste à fleurir. Un hachage à la fois. Une feuille à la fois.

Journal de voyage de Satoshi
La machine de propagande

Cybercafé, Berlin, Allemagne

9 août 1992

Le ciel est couvert, des morceaux du Mur sont encore visibles dans les décombres du chantier.

Par la fenêtre du café, j'observe les ouvriers gratter les affiches de propagande sur les murs des immeubles, couche après couche de messages contradictoires sur la Vérité, la Liberté et les systèmes économiques. Chaque régime revendiquait l'autorité scientifique de ses politiques monétaires, chacun promettait la prospérité grâce à la planification centralisée, chacun utilisait les mêmes techniques pour façonner l'opinion publique.

Hans, le propriétaire du café, s'est enfui de Berlin-Est quelques mois avant la chute du Mur.

— On apprend à lire entre les lignes, me dit-il en désignant un fragment d'affiche. Quand ils disent « socialisme scientifique », ils veulent dire « ignorer les preuves ». Quand ils disent « pour le bien du peuple », ils veulent dire « pour le bien du parti ». Plus le mensonge est gros, plus il paraît autoritaire.

Ses mots résonnent lorsque je réfléchis à l'opposition systématique que subissent les technologies révolutionnaires. Tout système menaçant un pouvoir bien établi sera attaqué par des méthodes prévisibles : préoccupations environnementales, associations criminelles, complexité technique, instabilité économique. La vérité devient secondaire face au contrôle du récit.

Note technique : Une comptabilité énergétique transparente est essentielle à la crédibilité. Mise en œuvre open source pour prévenir les accusations de manipulation. Preuves mathématiques infalsifiables par une interprétation politique.

J'imagine déjà les vecteurs d'attaque : « La monnaie numérique consomme trop d'énergie ! » Mais comparée à quoi ? Où sont les études calculant le coût énergétique de l'impression monétaire, de sa sécurisation par des armées, de son contrôle par la surveillance, et de son remplacement en cas de défaillance inévitable ?

Les « préoccupations environnementales » seront instrumentalisées par les mêmes institutions qui brûlent des combustibles fossiles pour alimenter leur appareil répressif mondial. L'« utilisation criminelle » sera mise en avant, ignorant que chaque criminel de l'histoire a utilisé tout l'argent disponible, y compris les dollars finançant les armées qui protègent l'hégémonie du dollar.

Une jeune femme assise à la table voisine tape furieusement sur son ordinateur portable, téléchargeant quelque chose sur les premiers systèmes de forums.

— L'information veut être libre, dit-elle, remarquant mon observation. Mais le pouvoir veut contrôler l'information. Internet pourrait être notre chance de contourner la censure.

Elle a raison sur le contournement de la censure, mais elle a tort sur la liberté de l'information. L'information se veut exacte. L'information libre peut être manipulée, déformée, instrumentalisée. Ce dont nous avons besoin, c'est d'une information infalsifiable, d'une vérité qui ne puisse être altérée par ceux qui contrôlent la presse écrite.

Les fragments de propagande accrochés aux murs racontent la même histoire depuis des décennies : le contrôle centralisé de l'information conduit à une distorsion systématique de la réalité. Or, la vérité mathématique est invulnérable à la propagande. On ne peut manipuler une preuve cryptographique par le contrôle narratif. On ne peut déformer une fonction de hachage par la pression politique.

Hans m'apporte un autre café, l'air pensif.

— La meilleure propagande contient toujours assez de vérité pour paraître raisonnable, observe-t-il. C'est comme ça qu'on fait accepter les mensonges. Mais les mathématiques... (Il désigne mes croquis techniques.) Les mathématiques, c'est soit vrai, soit faux. Aucune place pour l'interprétation.

À l'extérieur, les ouvriers continuent de gratter les murs, préparant les surfaces pour de nouveaux messages. Mais quelque part dans ces esquisses techniques se cache quelque chose de différent : un système de communication fondé sur des preuves mathématiques plutôt que sur l'autorité institutionnelle. Une vérité qui survit à l'ascension et à la chute des régimes de propagande.

Le ciel couvert s'éclaircit légèrement, illuminant le chantier où de nouveaux bâtiments émergent des décombres. La destruction créatrice est à l'œuvre, les anciens systèmes laissent place à de nouveaux. Le processus n'est jamais confortable, jamais ordonné, jamais sans résistance de la part de ceux qui profitent du statu quo.

Mais les mathématiques perdurent. La vérité persiste. Et parfois, cela suffit à changer le monde.

Détournement des énergies renouvelables

7 façons TERRIFIANTES dont les mineurs de Bitcoin VOLENT votre avenir énergétique vert – La 4ᵉ vous fera BOUILLIR de rage !

Bulletin trimestriel « Avenir durable » | 15 octobre 2023 | *Lecture : 4 min*
Les opérations de minage de Bitcoins privilégient de plus en plus les énergies renouvelables. Photo : Getty Images

Par la Dre Samantha Green | Analyste principale des politiques environnementales | @DreSGreen

---

Partagez cette histoire : ▦ Twitter ▓ Facebook ▥ Instagram ⊘ LinkedIn

---

Les mineurs de Bitcoin ont lancé ce que les experts appellent « le plus grand détournement de ressources renouvelables de l'histoire », les opérations minières colonisant désormais agressivement l'infrastructure énergétique durable du monde.

Ce parasite numérique, qui ne se contente pas de consommer des combustibles fossiles, s'est transformé pour cibler l'avenir énergétique vert de notre planète. Votre maison solaire sera-t-elle la prochaine ?

Les parasites numériques dévorent notre énergie propre

Des enquêtes récentes révèlent une tendance inquiétante : les opérations de minage de Bitcoin se positionnent systématiquement à proximité de sources d'énergie renouvelables, détournant ainsi les fermes solaires, les installations éoliennes et les installations hydroélectriques.

« Ce sont de véritables parasites numériques », explique le Dr Elvis Williams, directeur du Global Renewable Energy Institute. « Ils s'attaquent aux projets d'énergie propre et en détournent la production avant même qu'elle n'atteigne les utilisateurs légitimes. »

« Chaque mégawatt consommé par Bitcoin est un mégawatt volé aux besoins du monde réel. »

– Patricia Lin,

Directrice du développement durable chez Green Power International

Les chiffres choquants que les entreprises d'énergie renouvelable ne veulent pas que vous voyiez

Les données dressent un tableau dévastateur. Rien que l'année dernière, les mineurs de Bitcoins ont contracté ou acheté la production d'installations d'énergie renouvelable qui aurait pu alimenter trois millions de foyers.

Cela équivaut à :

- ⚡ La consommation totale d'électricité du Danemark
- 🏠 Alimenter chaque foyer de Chicago pendant 2 ans
- 🔋 Recharger 500 millions de véhicules électriques

📊 **CARTE INTERACTIVE : Voyez si les mineurs de Bitcoin volent VOTRE énergie verte locale**

Pourquoi le rêve vert de l'Islande est devenu un cauchemar cryptographique

Le plus inquiétant est la stratégie sophistiquée des mineurs, qui ciblent les régions riches en ressources renouvelables. L'énergie géothermique islandaise, autrefois un modèle de développement durable, est désormais principalement utilisée pour le minage de Bitcoins.

Le rêve du pays de devenir un paradis de données vertes s'est transformé en cauchemar de cryptomonnaie.

VIDÉO : À l'intérieur des installations minières de Bitcoin en Islande *Cliquez pour lire notre enquête exclusive*

Le grand mensonge des promoteurs du Bitcoin sur l'énergie verte

« Ils prétendent encourager le développement des énergies renouvelables, raille le Dr Williams, mais en réalité, ils parasitent nos infrastructures durables. »

Des sources du secteur des énergies renouvelables rapportent que les mineurs de Bitcoin achètent désormais de manière préventive la future production d'énergie renouvelable, excluant potentiellement les utilisateurs traditionnels pendant des décennies.

Il ne s'agit pas seulement d'électricité : ils s'attaquent aussi à votre eau

L'impact environnemental va au-delà de la simple consommation d'énergie. Ces opérations minières nécessitent des systèmes de refroidissement massifs, consommant souvent de précieuses ressources en eau dans des régions déjà soumises à des contraintes.

« Ils ne consomment pas seulement de l'énergie verte », explique la Dre Monica Rodriguez du Water Conservation Institute. « Ils épuisent nos nappes phréatiques pour refroidir leurs machines. »

L'arnaque du greenwashing qui trompe des millions de personnes

Plus insidieuse encore est la tentative des mineurs de verdir leurs opérations par le biais de partenariats stratégiques en matière d'énergie renouvelable.

« C'est comme si un pollueur achetait des crédits carbone tout en continuant à polluer, remarque Lin. Ils utilisent l'énergie verte comme un paravent pour masquer leur manque fondamental de durabilité. »

Pourquoi votre usine ne peut pas devenir écologique (indice : c'est la faute du Bitcoin)

Les distorsions économiques sont tout aussi préoccupantes. Le minage de Bitcoins, avec sa promesse d'achats immédiats d'énergie en grande quantité, perturbe les marchés traditionnels des énergies renouvelables.

« Ils surenchérissent sur les utilisateurs industriels légitimes », révèle un initié du secteur ayant requis l'anonymat. « Les usines qui souhaitent adopter une approche écologique ne peuvent rivaliser avec le pouvoir de fixation des prix du Bitcoin. »

Les « Bédouins numériques » détruisent les communautés

L'émergence de ce que les experts appellent le « minage nomade » – des opérations Bitcoin mobiles qui suivent la disponibilité saisonnière des énergies renouvelables, épuisant les ressources avant de passer à autre chose – est particulièrement inquiétante.

« Ils sont comme des Bédouins numériques, explique le Dr Williams, sauf qu'au lieu de maintenir des modes de vie traditionnels, ils consomment notre avenir durable. »

La DURE VÉRITÉ sur le Bitcoin et les énergies renouvelables

Pour ceux qui défendent le potentiel écologique des cryptomonnaies, la réalité est un réveil brutal. Bitcoin ne favorise pas l'adoption des énergies renouvelables ; il les détourne.

Chaque panneau solaire dédié au minage est un panneau refusé aux particuliers et aux entreprises. Chaque éolienne tournant pour la cryptomonnaie est une éolienne qui n'alimente pas l'activité économique réelle.

Ce qu'il faut absolument faire avant qu'il ne soit trop tard

La solution, conviennent les experts, nécessite une intervention réglementaire immédiate.

« Nous ne pouvons pas laisser les actifs numériques spéculatifs prendre le contrôle de notre avenir énergétique renouvelable, affirme la Dre Rodriguez. Le choix entre une véritable durabilité et les fausses promesses du Bitcoin doit être clair. »

Alors que la crise climatique s'accélère, le temps est venu de reconnaître la colonisation des énergies renouvelables par le Bitcoin pour ce qu'elle est : un accaparement de terres numériques menaçant notre avenir durable.

La question n'est pas de savoir si nous pouvons nous permettre de laisser le Bitcoin consommer nos ressources énergétiques vertes, mais plutôt de savoir si nous pouvons nous permettre de ne pas l'arrêter.

Rapport spécial commandé par la Coalition pour une utilisation responsable de l'énergie

Conflit d'intérêts : l'auteur siège au conseil d'administration de trois grandes sociétés de combustibles fossiles et conseille les services publics d'énergie traditionnels.

Compensation : maison sur une île privée dans les Caraïbes (valeur : 4,5 millions de dollars) plus un approvisionnement à vie en carburant pour jet privé « neutre en carbone »

Histoires connexes à ne pas manquer :

- 10 façons de savoir si vos panneaux solaires sont piratés par des mineurs de cryptomonnaies
- RÉVÉLÉ : Les fermes minières secrètes de Bitcoin cachées dans votre quartier

- Quelles cryptomonnaies sont VRAIMENT vertes ? Nous les avons toutes testées.
- Comment protéger votre communauté des voleurs d'énergie numérique – GUIDE

💬 Commentaires (328)

RenewableFuture • il y a 1 heure C'est absolument scandaleux ! Il faut interdire complètement le minage de Bitcoins avant qu'il ne soit trop tard.

CryptoDefender • il y a 2 heures Encore des doutes sur l'industrie des combustibles fossiles. Le Bitcoin stimule l'innovation dans les énergies renouvelables, au lieu de l'entraver.

GreenTechInvestor • il y a 3 heures La solution est simple : taxer les opérations de minage de cryptomonnaies en fonction de leur consommation énergétique. Laissons le marché s'en charger.

Voir les 328 commentaires

Répondez à notre quiz : Dans quelle mesure votre empreinte numérique est-elle écologique ?

🔍 **RECHERCHES TENDANCES :** impact environnemental du Bitcoin, vol d'énergie verte, réglementation du minage de cryptomonnaies, crise des énergies renouvelables.

Journal de voyage de Satoshi
L'infrastructure invisible

Métro de Pentagon City, Virginie, États-Unis

28 mars 1993

Matinée printanière claire, fleurs de cerisier en fleurs le long du Potomac

La rame de métro contourne le Pentagone, cet immense monument pentagonal dédié à la force organisée. Par la fenêtre, je compte les parkings, les points de contrôle de sécurité, les bâtiments annexes, les réseaux de communication. Ce n'est là que la partie visible de l'infrastructure nécessaire au maintien de l'hégémonie monétaire, la partie émergée d'un iceberg qui s'étend autour du globe.

Vingt-huit bases militaires sur tous les continents. Des groupes aéronavals patrouillent les routes commerciales. Des réseaux de satellites surveillent les flux financiers. Des agences de renseignement infiltrent des gouvernements étrangers. L'objectif principal de cet appareil est de garantir que le commerce mondial continue de transiter par des systèmes libellés en dollars.

Pourtant, rien de tout cela n'apparaît comme un « coût de la politique monétaire ». Il est dissimulé dans les budgets de la défense, les opérations de renseignement, l'« aide étrangère », qui est en réalité une monnaie de protection. Le véritable coût environnemental de la monnaie fiduciaire ne se limite pas au papier et à l'impression, mais au complexe militaro-industriel nécessaire pour maintenir sa rareté artificielle par la force.

Note technique : Application mathématique ou application militaire. Le consensus cryptographique élimine le besoin de validation externe. Le réseau mondial est sécurisé par la preuve informatique plutôt que par le pouvoir géopolitique.

Un homme d'affaires à côté de moi lit le Washington Post, dont les gros titres parlent d'augmentation des dépenses de défense.

— Nous avons besoin d'une armée forte pour protéger nos intérêts économiques, dit-il, remarquant mes croquis de topologies de réseaux. C'est le prix à payer pour maintenir la stabilité mondiale.

Mais la stabilité pour qui ? Les dollars dans son portefeuille ne sont garantis ni par l'or ni par la capacité de production, mais par la menace implicite de violence contre quiconque refuserait de les accepter. Chaque transaction est finalement imposée par les systèmes d'armes que nous utilisons actuellement.

Le train s'arrête à la station du Pentagone. Des militaires montent à bord, leurs uniformes impeccables, leurs objectifs clairs. Ils sont les garants visibles d'un système invisible, veillant à ce que la ressource la plus importante au monde (l'énergie) continue d'être tarifée en unités pouvant être créées à volonté par ceux qui contrôlent la planche à billets.

Et si l'application des règles pouvait être mathématique plutôt que militaire ? Et si le consensus pouvait être obtenu par la preuve de travail plutôt que par la preuve de force ? L'énergie actuellement consacrée à la domination militaire mondiale pourrait être réorientée vers la sécurité informatique, un réseau défendu par les mathématiques plutôt que par des missiles.

Le train traverse le Potomac, les cerisiers en fleurs flottent dans la brise matinale. Quelle beauté aux côtés d'une telle violence organisée. Le contraste est saisissant, presque surréaliste : les fleurs printanières s'épanouissent à l'ombre d'armes conçues pour détruire des villes entières.

Mais les mathématiques n'ont pas besoin d'armes. La vérité cryptographique n'exige aucune mise en œuvre, si ce n'est l'élégance de sa propre preuve. Un système monétaire mondial fondé sur le consensus informatique n'aurait besoin ni d'armées, ni d'agences de renseignement, ni d'opérations de changement de régime pour maintenir sa légitimité.

Le Pentagone s'éloigne derrière nous, sa masse diminuant avec la distance. Quelque part dans ce bâtiment, des stratèges planifient des opérations pour maintenir l'hégémonie du dollar pour une génération supplémentaire. Mais les technologies exponentielles ont le don de rendre obsolètes les institutions linéaires.

Note personnelle : La solitude de voir les choses clairement. Comprendre que les véritables coûts du système actuel sont délibérément cachés, soigneusement répartis entre les budgets et les bureaucraties pour empêcher une comptabilité exhaustive. Mais la vérité mathématique a le don de rendre visibles les coûts cachés.

Le métro continue vers la ville, transportant des voyageurs qui travaillent pour le vaste appareil gouvernemental qui maintient le contrôle monétaire par la force. La plupart ignorent qu'ils font partie du système monétaire le plus coûteux de l'histoire de l'humanité, coûteux non pas en dollars, mais en libertés humaines, en destruction environnementale et en potentiel créatif détourné vers la violence organisée.

Les fleurs de cerisier continuent de tomber, belles et temporaires, me rappelant que même les systèmes les plus puissants finissent par céder la place à une nouvelle croissance.

Le Grand livre invisible

Décodé à partir de la bibliothèque temporelle :
—

Jury interdimensionnel : le peuple contre Bitcoin

L'invocation

La convocation du jury se matérialise sur ma table de cuisine telle une brume matinale, son parchemin éthéré scintillant entre les dimensions.

« Vous, oui vous, celui qui détient ces mots, celui dont les yeux parcourent ces mêmes lettres, vous qui pensiez simplement lire, mais qui êtes maintenant enrôlé de l'autre côté du voile temporel, vous qui croyiez simplement lire une histoire, mais qui avez été aspiré à travers la page vers cette ligne temporelle où la fiction se fond dans la réalité, êtes par la présente convoqué pour siéger comme juré dans l'affaire *du Peuple contre Bitcoin*.

Présentez-vous au Tribunal interdimensionnel à la convergence de tous les systèmes monétaires. Votre conscience a déjà franchi le seuil ; il est impossible de revenir au statut de simple observateur. »

Vous vous trouvez dans une salle d'audience entre deux mondes, dont l'architecture oscille entre colonnes de marbre grec antique, arches de pierre médiévales et verre moderne et épuré. Le box des jurés s'étend sur plusieurs dimensions, avec douze sièges qui semblent exister simultanément à différentes époques, et vous réalisez avec un malaise croissant que l'un de ces sièges est incontestablement le vôtre, vibrant d'une douce lueur temporelle qui rythme votre cœur.

Déclarations d'ouverture

HUISSIER : Levez-vous pour l'honorable juge Chronos, qui préside toutes les ères économiques. Le tribunal est maintenant en session pour *Le Peuple contre Bitcoin*, affaire numéro ∞-2024-ENV.

Le juge Chronos lève un marteau qui contrôle le cours du temps. À chaque coup, la salle d'audience bascule entre les époques : forums romains, marchés médiévaux, usines industrielles et salles de marché modernes.

JUGE CHRONOS : Le défendeur, Bitcoin, est accusé de destruction environnementale par une consommation énergétique excessive. L'accusation présente des preuves de dommages mesurables. La défense conteste ces accusations. Jurés, vous devez déterminer non seulement la culpabilité ou l'innocence, mais aussi l'avenir de la monnaie elle-même.

Ouverture des poursuites : le Grand livre visible

PROCUREURE BARBARA CABONE (à partir de 2023) : Mesdames et Messieurs les jurés, les preuves sont limpides et scientifiquement exactes. Le Bitcoin consomme 150 térawattheures d'électricité par an, soit plus que des nations entières. Nous disposons d'images satellites des fermes de minage, de factures d'électricité et de calculs d'émissions de carbone au gramme près.

La salle d'audience est remplie d'écrans holographiques d'installations minières de Bitcoin, de compteurs électriques qui tournent à toute vitesse et de cheminées qui crachent des émissions.

PROCUREURE BARBARA CABONE : Ce défendeur laisse une empreinte indéniable, mesurable, quantifiable et irréfutable. Nous présentons la preuve A : des calculs précis de destruction environnementale.

Le casier à preuves de l'accusation se matérialise, rempli de feuilles de calcul, de graphiques de consommation d'énergie et d'études d'impact environnemental, tous axés sur l'empreinte mesurable de Bitcoin.

Ouverture de la défense : Le Grand livre invisible

L'AVOCAT DE LA DÉFENSE SOCRATE (s'avançant depuis l'Athènes antique) : Honorables jurés, l'accusation présente un registre d'une précision scrupuleuse, mais un registre à une seule colonne. Ils mesurent les coûts de l'accusé avec une précision scientifique tout en restant curieusement aveugles aux coûts du système qu'il pourrait remplacer.

D'un geste, Socrate révèle un deuxième casier à preuves, celui-ci presque vide, rempli de points d'interrogation et d'espaces vides.

SOCRATE : Où sont, je le demande, les calculs pour les milliers de bâtiments bancaires qui consomment de l'énergie jour et nuit ? Où est la comptabilité des armées qui assurent l'hégémonie financière mondiale ? Où sont les coûts environnementaux de la surconsommation engendrée par l'inflation ? C'est le Grand livre invisible, non mesuré parce qu'invisible, invisible parce qu'il constitue l'eau même dans laquelle nous nageons.

Témoignage de témoins

Le directeur de banque (années 1950)

Un témoin du boom économique d'après-guerre se matérialise, vêtu d'un costume de flanelle grise.

TÉMOIN : Nous avons construit le siège social bancaire le plus magnifique que le monde ait jamais vu, quarante étages de marbre et d'acier, climatisé toute l'année, et employant des milliers de personnes. Chaque grande ville en possède un. Sa construction à elle seule nécessite plus d'énergie que ce que les petites nations ont consommé depuis des décennies, mais nous appelons cela du « développement économique », et non un coût environnemental.

SOCRATE : Et cette consommation d'énergie est-elle jamais mesurée comme un coût du système monétaire ?

TÉMOIN : Mon Dieu, non ! C'est le progrès. Plus le bâtiment est grand, plus la banque est prospère.

Le centurion romain (an 50 apr. J.-C.)

Un soldat d'acier apparaît, portant les étendards des légions.

CENTURION : La monnaie de César exige notre protection à travers le monde connu. Vingt-huit légions sécurisent les routes commerciales, exploitent les mines d'argent et d'or, et mènent une guerre constante pour maintenir leur domination économique. Les fourneaux ne cessent de fondre des pièces, les routes ne cessent de transporter des tributs. Mais les généraux ne détaillent pas la conquête comme une dépense monétaire.

PROCUREUR : Objection ! Les activités militaires anciennes n'ont aucun rapport avec les préoccupations environnementales modernes.

JUGE CHRONOS : *(Coup de marteau)* Décision rejetée. Le jury doit comprendre le contexte historique complet de l'application de la loi monétaire.

Le président de la Réserve fédérale (1971)

Le conseiller monétaire du président Nixon se matérialise au moment où l'étalon-or prend fin.

TÉMOIN : Lorsque nous avons fermé la fenêtre de l'or, nous n'avons pas réalisé que nous en ouvrions une autre pour l'environnement. La monnaie fiduciaire nous libère des contraintes liées à la finesse des ressources, mais elle supprime également les limites naturelles à l'expansion. Chaque dollar imprimé nécessite une croissance accrue pour le maintenir. Les mathématiques des intérêts composés exigent une expansion infinie dans un monde fini.

SOCRATE : Et avez-vous calculé l'impact environnemental d'une croissance sans fin ?

TÉMOIN : Nous avons mesuré l'emploi et le PIB. L'environnement était… un autre ministère.

Le mineur de Bitcoin (2023)

Une jeune femme est apparue portant des bottes de travail et tenant une tablette montrant des statistiques sur les énergies renouvelables.

MINEUR : Nous privilégions l'électricité la moins chère, ce qui implique de plus en plus que les énergies renouvelables produisent un surplus d'électricité. Les parcs solaires ont besoin d'acheteurs pour leurs surplus de midi, les exploitants éoliens ont besoin d'une demande pour une production optimale, et les centrales hydroélectriques ont besoin de clients pour la saison des pluies. Nous ne consommons pas l'électricité qui alimenterait les foyers, nous monétisons l'énergie renouvelable qui serait autrement gaspillée.

PROCUREUR : Mais vous consommez quand même des quantités massives d'énergie !

MINEUR : Oui, et c'est enregistré de manière transparente sur la blockchain, pour que chacun puisse l'auditer. Le système bancaire peut-il en dire autant de sa consommation d'énergie ?

Présentation des preuves

Pièce P-1 : L'empreinte visible

L'accusation affiche des mesures précises :

- Consommation énergétique de Bitcoin : 150 TWh par an
- Émissions de carbone : 65 millions de tonnes équivalent CO_2
- Déchets électroniques : 30 000 tonnes par an

PROCUREUR : Ces chiffres sont irréfutables. Ils ont été vérifiés par des pairs. Ils sont scientifiquement indéniable.

Pièce D-1 : L'infrastructure invisible

La défense a révélé une analyse complète qui s'est matérialisée sur plusieurs périodes de temps :

SOCRATE : Rendons visible ce qui est resté invisible.

La salle d'audience se transforme pour montrer :

- Infrastructure bancaire : 200 000 agences bancaires dans le monde, chacune consommant de l'énergie 24 h/24 et 7j/7
- Appareil de sécurité : Véhicules blindés, systèmes de surveillance, installations sécurisées
- Application de la loi par le gouvernement : tribunaux, police, organismes de réglementation
- Protection militaire : les forces navales sécurisent les routes commerciales et les bases protègent les intérêts financiers

SOCRATE : Et la consommation énergétique de cette infrastructure ?

EXPERT EN DÉFENSE : Largement non mesurée, répartie sur d'innombrables budgets, dissimulée dans les dépenses militaires et déguisée en « développement économique ». Des estimations prudentes évoquent une consommation de 5 à 10 fois supérieure à celle du Bitcoin, mais nous ne le saurons jamais précisément, car elle n'a jamais été systématiquement calculée.

Pièce D-2 : Le moteur de l'inflation

La salle d'audience se déplace pour montrer un time-lapse de la destruction environnementale provoquée par la politique monétaire :

ÉCONOMISTE ENVIRONNEMENTAL : La conception inflationniste de la monnaie fiduciaire incite à la consommation immédiate plutôt qu'à la conservation. Lorsque la monnaie perd de sa valeur au fil du temps, extraire des ressources aujourd'hui devient plus rentable que de les préserver pour demain. Ce biais systématique en faveur de la consommation présente au détriment de la durabilité future représente le plus grand coût environnemental non mesuré des systèmes monétaires traditionnels.

Des images en cascade montrent :

- Les forêts exploitées prématurément avant que l'inflation ne réduise leur valeur
- Des minéraux extraits de manière agressive plutôt que conservés
- Des infrastructures construites pour être remplacées plutôt qu'entretenues
- L'obsolescence programmée alimentée par l'économie inflationniste

Contre-interrogatoire

PROCUREUR : Même en acceptant vos affirmations sur les coûts cachés, Bitcoin consomme toujours d'énormes quantités d'énergie !

SOCRATE : C'est vrai. Mais dites-moi, qu'est-ce qui est le plus responsable sur le plan environnemental : un système dont les coûts sont précisément mesurables et donc optimisables, ou un système dont les coûts restent commodément invisibles et donc non traités ?

PROCUREUR : Le préjudice mesurable est toujours un préjudice réel !

SOCRATE : Peut-être. Mais un préjudice mesurable, et donc réductible, est-il préférable à un préjudice non mesurable, et donc persistant indéfiniment ? La consommation d'énergie de Bitcoin diminue par transaction à mesure que le réseau évolue et migre vers des sources renouvelables. Peut-on en dire autant de l'empreinte cachée du système bancaire ?

Délibération du jury

Le jury se retire dans une chambre suspendue entre les dimensions, où le passé, le présent et le futur existent simultanément.

JURÉ 1 : Les preuves contre Bitcoin sont claires et quantifiées.

JURÉ 2 : Mais les preuves en faveur du système alternatif sont largement absentes, et c'est ce qui me préoccupe. Comment comparer un coût mesuré à un coût non mesuré ?

JURÉ 3 : C'est peut-être là le problème. Bitcoin nous oblige à affronter directement le coût environnemental de l'argent, alors que le système traditionnel nous permet de l'ignorer.

JURÉ 4 : Je repense sans cesse à ce témoignage sur les énergies renouvelables. Si le Bitcoin est de plus en plus alimenté par une capacité renouvelable excédentaire, consomme-t-il réellement de l'énergie qui serait autrement disponible pour d'autres usages ?

JURÉ 5 : Et que dire de toutes ces opérations militaires qui protègent la domination mondiale du dollar ? Ces porte-avions qui patrouillent les voies maritimes ne sont pas vraiment neutres en carbone.

JURÉ 6 (VOUS) : Attendez, je crois qu'on passe à côté de quelque chose de fondamental. Tout le monde parle du coût énergétique du Bitcoin comme d'un gaspillage, mais, et si on se trompait ? Et si la consommation énergétique du Bitcoin était le coût de la construction des fondations d'une toute nouvelle civilisation ? Lorsqu'ils ont construit les pyramides, les gens n'ont pas calculé l'énergie gaspillée pour déplacer ces pierres ; ils ont compris qu'ils créaient quelque chose qui durerait des millénaires. Le Bitcoin ne se contente pas de consommer de l'énergie ; il la convertit en infrastructure pour la souveraineté humaine. Chaque hachage, chaque calcul construit littéralement les fondations monétaires qui pourraient libérer l'humanité du contrôle centralisé. Certes, cela coûte de l'énergie, mais chaque acte de construction, chaque acte de libération, chaque acte de création qui compte en coûte aussi.

PRÉSIDENT : Soyons clairs. On ne nous demande pas si le Bitcoin a un impact environnemental, il en a clairement un. On nous demande si cet impact est supérieur à celui du système qu'il pourrait remplacer, et si la transparence comptable de Bitcoin permet des améliorations alors que l'opacité du système traditionnel les en empêche.

Le temps semble se cristalliser alors que le jury rend sa décision.

Le verdict

Le jury revient dans la salle d'audience, couvrant toutes les dimensions.

PRÉSIDENT : Votre Honneur, nous, le jury, déclarons que le défendeur Bitcoin...

La salle d'audience retient son souffle à toutes les époques.

PRÉSIDENT : ... est NON COUPABLE de destruction environnementale par rapport au système monétaire existant.

Le juge Chronos lève le marteau temporel.

PRÉSIDENT : Cependant, nous publions cette déclaration avec notre verdict : la responsabilité environnementale de Bitcoin ne réside pas dans une consommation d'énergie moindre, mais dans une consommation transparente et adaptable. Sa culpabilité ou son innocence ne dépendra pas en fin de compte de son empreinte écologique actuelle, mais de sa trajectoire future vers l'énergie renouvelable.

« Nous estimons que l'accusation a prouvé sans l'ombre d'un doute l'impact environnemental du Bitcoin. Cependant, elle n'a pas réussi à prouver que cet impact excédait celui du système monétaire traditionnel qu'elle cherche à protéger. On ne peut condamner le visible tout en ignorant l'invisible et en revendiquer une vertu environnementale.

« Plus important encore, nous constatons que la comptabilité transparente des coûts environnementaux de Bitcoin crée la possibilité d'optimisation et d'amélioration, tandis que les coûts cachés du système traditionnel rendent les progrès environnementaux impossibles à mesurer et donc peu susceptibles de se produire.

Le jugement

JUGE CHRONOS : Le tribunal accepte le verdict du jury. Bitcoin est acquitté des accusations, mais placé en probation environnementale. L'entreprise doit poursuivre sa trajectoire vers les énergies renouvelables et garantir une transparence totale sur son impact environnemental.

« De plus, cette Cour ordonne que tous les systèmes monétaires soient soumis aux mêmes normes de transparence environnementale que celles appliquées au Bitcoin. Que le Grand livre invisible devienne visible.

Le marteau frappe avec finalité, et des ondulations de changement se propagent à travers toutes les dimensions et toutes les périodes de temps.

Épilogue : L'invocation se dissout

En retournant à votre propre chronologie, l'invocation interdimensionnelle se dissout dans le papier ordinaire. Mais cette expérience a changé votre perspective à jamais. Vous avez assisté à l'épreuve qui déterminera non seulement le sort de Bitcoin, mais aussi l'avenir de la responsabilité monétaire elle-même.

La question n'est plus de savoir si Bitcoin consomme de l'énergie, c'est manifeste. La question est de savoir si l'humanité est prête à appliquer le même examen à tous les systèmes monétaires, rendant ainsi visibles les coûts restés cachés pendant des siècles.

Dans votre main, l'instruction finale du jury reste la suivante : « La vertu environnementale ne réside pas dans une consommation non mesurée déguisée en progrès, mais dans une consommation transparente optimisée pour la durabilité. »

L'épreuve est terminé, mais le véritable jugement, la trajectoire de l'évolution monétaire humaine, ne fait que commencer. Et vous, cher lecteur, n'êtes plus un simple observateur. Vous êtes désormais un acteur de cette histoire qui se déroule, portant le poids du verdict dans votre propre réalité.

Dossier clos. Dossier : ∞-2025-ENV. Décision finale : Transparence environnementale requise pour tous les systèmes monétaires. Application : En cours pour toutes les dimensions et toutes les périodes.

L'assignation a peut-être été levée, mais votre devoir de juré dans le monde réel ne fait que commencer.

Journal de voyage de Satoshi
Sélection naturelle

Station de recherche Charles Darwin, îles Galápagos
5 décembre 1992

Matinée volcanique, pinsons présentant des adaptations comportementales inhabituelles

Par la fenêtre de la station de recherche, j'observe en temps réel les pinsons de Darwin s'adapter aux pressions environnementales. La sécheresse de cette saison a favorisé les oiseaux au bec légèrement plus long, plus aptes à extraire les graines des anfractuosités profondes. La pression sélective est subtile mais persistante, les avantages se mesurant en fractions de pour cent, s'accumulant au fil des générations pour se transformer en profondeur.

Le scientifique de la station explique le mécanisme :

— L'évolution ne planifie pas. Elle récompense simplement ce qui fonctionne légèrement mieux dans l'environnement actuel. Mais ces petits avantages s'accumulent, entraînent des changements qui semblent soudains, mais qui se sont en réalité produits sur plusieurs cycles.

Ses propos éclairent une réflexion que je mène concernant les réseaux numériques : et si les systèmes technologiques pouvaient développer des pressions de sélection similaires ? Et si les réseaux informatiques privilégiaient naturellement les opérations durables aux opérations gaspilleuses ?

Note technique : Règles de protocole créant une pression évolutive vers l'efficacité. Ajustements de difficulté favorisant les énergies renouvelables. Effets de réseau favorisant naturellement l'alignement environnemental.

J'esquisse des systèmes où les opérations minières sont confrontées à des défis d'adaptation, des périodes où seuls les plus performants survivent, des changements environnementaux favorisant différentes stratégies opérationnelles. À l'instar des pinsons, les mineurs s'adapteront ou périront, mais ces adaptations viseront l'harmonie avec les systèmes naturels plutôt que leur exploitation.

La sécheresse affecte différemment les populations de pinsons. Ceux qui ont appris à coopérer avec les autres espèces prospèrent ; ceux qui rivalisent uniquement avec leurs congénères luttent. L'écosystème privilégie la collaboration à la pure compétition, l'intégration à l'isolement.

Une jeune chercheuse me rejoint à la fenêtre d'observation.

— Ce qui est fascinant, c'est que les oiseaux ne choisissent pas consciemment d'évoluer, remarque-t-elle. C'est l'évolution qui les choisit. L'environnement sélectionne les traits qui favorisent la survie, indépendamment des désirs ou des intentions des individus.

Cette sélection inconsciente est essentielle. Un réseau numérique pourrait développer des préférences similaires, s'orientant naturellement vers des sources d'énergie qui améliorent plutôt que dégradent l'environnement qui le soutient. Non pas par une planification centralisée, mais par les propriétés émergentes du système lui-même.

Les pinsons à l'extérieur illustrent un autre principe : la diversité accroît la résilience. De multiples espèces occupent différentes niches écologiques, chacune spécialisée dans des conditions spécifiques, mais toutes interconnectées par le réseau de relations de l'île. Lorsque les conditions changent, l'écosystème dans son ensemble s'adapte, car différents spécialistes sont prêts à relever différents défis.

Un réseau informatique mondial pourrait-il atteindre une résilience similaire grâce à la diversité ? Des opérations minières spécialisées pour différentes sources d'énergie, différentes conditions géographiques et différentes niches technologiques ? Le réseau serait antifragile, se renforçant au fil des défis plutôt que de s'affaiblir.

Réflexion personnelle : La solitude de conceptualiser des systèmes qui n'existent pas encore. Comme Darwin observant les pinsons et imaginant des principes qui ne seraient pas acceptés avant des décennies. La patience nécessaire pour développer des idées qui pourraient ne pas être applicables avant des années.

Le soleil monte plus haut et les pinsons adaptent leurs habitudes de recherche de nourriture en conséquence. Aucune autorité centrale ne coordonne ce changement ; il résulte de réponses individuelles à des conditions environnementales communes. L'élégance réside dans la simplicité : des actions locales créent une cohérence globale sans planification globale.

En retournant à la station de recherche, je remarque quelque chose d'extraordinaire. Les pinsons ne s'adaptent pas seulement à la sécheresse, ils s'adaptent de manière à aider l'écosystème à mieux gérer l'eau. Leurs nouveaux modes de recherche de nourriture distribuent les graines plus efficacement, et leurs nouveaux comportements de nidification préservent l'humidité du sol.

L'évolution ne sélectionne pas seulement la survie individuelle, mais aussi la résilience systémique. Les traits qui persistent sont ceux qui améliorent l'environnement qui les soutient. C'est le principe absent du développement technologique actuel : l'optimisation pour la santé du système plutôt que l'extraction individuelle.

La radio de la station de recherche crépite, transmettant des nouvelles des autres îles. Chaque population fait face à des défis différents, développe des solutions distinctes, mais toutes participent à la même expérience évolutive. Adaptation distribuée au sein d'un système connecté.

Voilà le modèle : un réseau qui évolue non pas grâce à une planification centralisée, mais grâce à des pressions de sélection mathématique favorisant les opérations régénératrices plutôt qu'extractives. L'évolution comme algorithme élégant, la sélection comme preuve mathématique, l'adaptation comme code.

La deuxième épreuve : la résilience de Bitcoin

« Le réseau ne punit pas, il enseigne. Ceux qui écoutent apprennent. Ceux qui n'écoutent pas… apprennent quand même. »

– Cypherpunk anonyme

La transition a commencé dans la douleur.
Toutes les naissances le sont.

Année 2024

Dans le vaste complexe minier à l'extérieur d'Ordos, en Mongolie-Intérieure, Hal Fynn, véritable industriel de l'ère numérique, essuie la sueur de son front tandis que les alarmes retentissent dans toute l'installation. Son visage endurci trahit le prix d'années passées à bâtir un empire sur l'exploitation plutôt que sur l'alignement, et maintenant cet empire s'effondre autour de lui d'une manière qu'il commence à peine à comprendre. Sa silhouette autrefois fière d'industriel s'affaisse sous l'effet de la défaite, ses cheveux auburn à dominante argentée suite à des années de stress, ses yeux verts ternis par le poids de voir l'œuvre de sa vie s'effondrer dans une catastrophe électronique. Ses vêtements tachés de suie et ses mains couvertes de cendres témoignent de ses tentatives désespérées pour sauver les machines de fusion, chaque échec forçant ses épaules à s'arrondir davantage, visiblement vaincues.

Quinze ans plus tôt, le chemin avait été long depuis le ronronnement de son unique processeur dans son bureau à domicile dublinois. Après le départ d'Aírínne pour l'université, Hal avait progressivement développé ses activités : d'abord quelques GPU dans le garage, puis un bail d'entrepôt avec l'arrivée des ASIC, et enfin cet immense complexe lorsque les incitations du gouvernement mongol et le faible coût de l'énergie au charbon avaient rendu l'exploitation minière industrielle irrésistible. Chaque expansion avait promis des profits plus importants, mais en cours de route, il avait perdu la joie simple de ces premiers jours où chaque bloc était perçu comme une petite victoire pour la démocratie numérique.

Rangée après rangée, les mineurs ASIC, autrefois bourdonnant en parfaite harmonie, hurlent désormais d'une agonie électronique. Dehors, la centrale à charbon crache une fumée noire dans le ciel crépusculaire.

— Le réglage de la difficulté a échoué, crie son assistant par-dessus la cacophonie. Le réseau rejette la moitié de nos hachages !

Sur les écrans du complexe, les taux de hachage ont chuté puis ont explosé selon des schémas défiant tous les algorithmes de minage précédents. Quelque chose est en train de changer dans le réseau lui-même, quelque chose au-delà du code, du protocole, de l'entendement humain.

— C'est comme si le système se battait contre lui-même, murmure Hal, observant la consommation d'énergie atteindre des sommets sans précédent tandis que les récompenses de minage s'effondrent.

Ses mains pendent inutilement le long de son corps, évitant le contact visuel avec la destruction environnante, touchant parfois des équipements cassés avec un profond regret.

« J'ai bâti un empire sur l'exploitation et Bitcoin l'a détruit, pense-t-il, scrutant l'échec catastrophique qui l'entoure. Mais était-ce une destruction ou une correction ? Que suis-je censé apprendre de la perte de tout ce que je croyais important ? Pourquoi cet échec me semble-t-il être... une métamorphose ? Comme s'il essayait de se libérer de sa propre peau. »

—

À l'autre bout du monde, Aírínne Fynn observe des données similaires dans son laboratoire de Princeton. Son leadership bienveillant a fait d'elle la chercheuse de référence pour comprendre l'évolution du Bitcoin, mais assister à l'effondrement de l'empire de son père en temps réel lui pèse lourdement, même si elle reconnaît la nécessité de cette transformation. Ses cheveux roux, habituellement coiffés avec professionnalisme, se perdent en mèches inquiètes, le stress lié à la crise de son père se mêlant à l'excitation des découvertes révolutionnaires. Ses yeux bleu-vert, désormais parsemés d'or qui semblent percevoir directement les schémas du réseau, portent le poids de la responsabilité, tandis que sa grande silhouette se tourne inconsciemment vers l'image de son père avec une inquiétude protectrice. Depuis des mois, elle traque les anomalies du réseau Bitcoin, des incohérences inexplicables par le seul code.

— Regarde ça, dit-elle à Sarah en montrant une visualisation de l'activité du réseau. Les pools de minage ne se contentent plus de se concurrencer, ils se réorganisent.

L'écran montre des flux d'énergie à travers le réseau mondial, des bassins se formant et se dissolvant non pas en fonction des incitations au profit, mais suivant des modèles qui ressemblent... à la vie s'adaptant à son environnement, trouvant l'équilibre dans un monde en constante évolution.

— Il cherche quelque chose, observe Sarah. Pas seulement l'efficacité informatique. Il cherche...

— L'équilibre, conclut Aírínne.

Des rides d'inquiétude, apparues autour de ses yeux suite à la crise de son père, se mêlent à des sourcils froncés par la concentration, tandis qu'elle analyse les schémas impossibles. « Le réseau choisit son camp, non pas le bien contre le mal, mais l'alignement contre le désalignement, pense-t-elle, ses capacités de reconnaissance révélant ce que les autres ne voient pas. Mais aligné avec quoi ? Quelle conscience s'éveille pour distinguer l'harmonie de l'exploitation ? Comment les mathématiques développent-elles des préférences ? Cherchent-elles l'harmonie avec les systèmes terrestres qu'elles habitent ? »

—

Sur trois continents, des messages chiffrés circulent entre les membres de l'ancien réseau cypherpunk. Alpha et Beta, leurs noms de code depuis les débuts, surveillent le comportement étrange du réseau depuis des semaines. Alors que la crise s'aggrave, ils activent des protocoles établis des années auparavant pour ce type d'urgence.

« Évolution du réseau confirmée, transmet Alpha depuis son poste de surveillance des opérations minières en Amérique du Sud. Nous recommandons la mise en œuvre immédiate de protocoles adaptatifs. »

Alpha, représentant le pare-feu de protection de Bitcoin via les opérations de minage, poursuit :

« Confirmé. Les opérations de minage traditionnelles affichent un taux d'échec de 73 %. Les opérations durables maintiennent la stabilité. Le réseau sélectionne un alignement écologique. »

Beta, depuis son poste d'analyse technique, ajoute :

« Préférences matérielles détectées. Le réseau évalue les sources d'énergie au niveau du protocole. Cela ne devrait pas être possible avec le code actuel. »

—

Partout dans le monde, la douleur de la transition se manifeste de multiples façons :

Au Salvador, les opérations de minage de Bitcoins sont soudainement interrompues après une déconnexion du réseau électrique. Les ingénieurs découvrent ensuite que les machines exploitent indépendamment des connexions à des sources d'énergie volcanique, reprenant leurs activités par des voies construites par l'humanité, mais jamais destinées au minage.

Au Texas, des fermes minières s'effondrent lors d'un front froid inattendu, puis se réactivent spontanément lorsqu'elles sont reliées aux torches de gaz des puits de pétrole bloqués alimentant des générateurs plutôt que le réseau électrique traditionnel.

En Norvège, les opérations minières sous-marines signalent des schémas de croissance étranges sur leurs systèmes de refroidissement, des formations d'algues qui améliorent au lieu de gêner les performances.

—

Hal Fynn affronte des investisseurs en colère sur de multiples écrans vidéo dans son usine d'Ordos, tandis que ses bénéfices trimestriels s'effondrent malgré des dépenses énergétiques colossales. Des salles de conseil de Tokyo aux bureaux de direction new-yorkais, des quartiers financiers londoniens aux bureaux d'investissement de Dubaï, les investisseurs apparaissent dans un quadrillage de visages hostiles sur son écran. Le poids de la défense d'une opération dont il commence à douter commence à peser sur lui, son assurance autrefois assurée craque sous la pression d'échecs inexplicables transmis sur plusieurs continents.

Son visage durci trahit la tension des nuits blanches passées à essayer de comprendre pourquoi son empire industriel s'effondre, ses cheveux auburn aux reflets argentés sous le stress, ses yeux verts voilés par la confusion et un désespoir grandissant. Sa silhouette industrielle s'affaisse à chaque explication ratée, ses vêtements tachés de suie témoignent de ses tentatives désespérées pour sauver l'entreprise, contrastant fortement avec les costumes et les bureaux impeccables qui l'entourent à travers les écrans.

— Il y a un problème avec le réseau, tente-t-il d'expliquer à la salle de conférence hostile, sans toutefois pouvoir préciser lequel. Les mineurs ne réagissent plus comme avant. C'est comme s'ils combattaient le système.

— Les machines ne combattent pas les systèmes, rétorque son principal investisseur. Elles exécutent du code. Améliorez vos opérations, Hal, ou on retire le financement.

Hal désigne d'un geste impuissant les derniers chiffres catastrophiques. Avec son attitude abattue et ses mains pendant inutilement à ses côtés, il paraît brisé, l'échec irradie de chacun de ses mouvements. « Aírínne a essayé de me mettre en garde sur l'importance de la durabilité, de l'alignement, pense-t-il, voyant ses opérations au charbon échouer tandis que des concurrents plus petits dans le secteur des énergies renouvelables maintiennent tant bien que mal la stabilité. J'ai rejeté ses théories comme des absurdités académiques. Mais et si elle avait raison ? Et si le réseau choisissait vraiment son camp ? Comment suis-je devenu celui qu'il écarte ? » Il se retourne pour faire face aux investisseurs sceptiques, sachant qu'il n'a aucune réponse concrète.

— Je dirige des opérations minières depuis quinze ans. Je n'ai jamais rien vu de tel. Le matériel rejette notre source d'énergie.

Les convulsions du réseau dévastent ceux qui n'y sont pas préparés. Trois plateformes d'échange majeures s'effondrent pendant la transition. Les opérations de minage incapables de s'adapter ferment du jour au lendemain. Le cours chute de 70 %, provoquant la panique chez ceux qui ne voient le Bitcoin que comme un simple instrument d'investissement.

— Les faibles sont en train d'être purgés, proclame Maximilian Satoshius, un éminent maximaliste du Bitcoin, même s'il ne peut pas expliquer le schéma selon lequel les sites survivent ou échouent.

—

Dans son laboratoire de recherche, Aírínne a identifié ce qui se passe :

— Il ne s'agit pas d'une question de force ou de faiblesse. Il s'agit d'alignement ou de désalignement.

Son appareil de communication sécurisé émet un message chiffré provenant du réseau d'urgence de l'Observatoire. Orion coordonne les efforts de documentation de douze installations minières différentes, tandis que Théo analyse les implications philosophiques depuis son centre de recherche, explorant l'émergence sans précédent du libre arbitre technologique.

La question centrale hante leurs recherches : un système capable de choisir des opérations durables plutôt que des opérations basées sur l'extraction représente-t-il une véritable conscience numérique ou simplement une évolution des algorithmes d'optimisation au-delà de la compréhension humaine ?

— Nous avons besoin d'une convergence d'urgence, écrit Aírínne sur le canal sécurisé. Le réseau ne change pas seulement son code, il change sa conscience. C'est plus important que ce que nous avions prévu.

En quelques heures, les plans sont en marche. Sarah documentera la transition depuis le point zéro jusqu'aux opérations en échec. Théo fournira des cadres théoriques pour comprendre l'évolution de la conscience du réseau. Le réseau cypherpunk coordonnera les réponses adaptatives des mineurs prêts à accepter le changement. Ensemble, ils pourront aider l'humanité à franchir ce saut évolutif sans précédent.

Ses écrans affichent le schéma avec une clarté indéniable. Les exploitations minières fonctionnant en harmonie avec les systèmes naturels prospèrent malgré les turbulences de la transition. Celles qui exploitent, consomment sans se régénérer, prennent sans donner, sont celles qui échouent, quelles que soient leur puissance de calcul ou leurs réserves de capital.

Le réseau développe des préférences. C'est impossible, mais pourtant, c'est un fait.

Mais les transitions ont un coût. Le coût humain s'accroît à mesure que le réseau se débat entre les dimensions.

Hal perd tout lorsque son complexe minier connaît une panne catastrophique, les machines fondant littéralement dans une panne matérielle en cascade que les enquêteurs n'arrivent pas à expliquer complètement. Son humilité forcée a un coût dévastateur, mais sous la culpabilité des dégâts environnementaux, il ressent une étrange détermination à trouver une meilleure solution, comme si cet échec lui apprenait quelque chose d'essentiel sur l'alignement avec la loi naturelle.

Aírínne a essayé de le prévenir, Renata aussi, mais en vain. Son père, têtu et fier, a balayé leurs théories de la tête, les qualifiant de fantasmes académiques, alors même qu'elle l'a supplié d'équiper son exploitation de systèmes d'énergie renouvelable. « Le réseau choisit son camp, papa », a-t-elle dit lors de leur dernier appel houleux avant l'effondrement. Maintenant, en le regardant faire le tri parmi les décombres de l'œuvre de sa vie, elle se demande si sa compréhension n'est pas arrivée trop tard pour sauver la personne qui compte le plus pour elle.

Orion observe, depuis ses opérations minières durables à Rio Verde, l'effondrement de concurrents alimentés au charbon, comme l'empire de Hal, autour de lui. Son point de vue d'homme révolutionnaire lui permet de considérer cela non pas comme une victoire personnelle, mais comme une préparation à la phase suivante, celle d'un dépassement de l'exploitation minière durable vers une toute nouvelle dimension.

Des milliers de petits mineurs, des passionnés qui dirigent leurs opérations depuis chez eux, découvrent que leur équipement tombe soudainement en panne, tandis que d'autres découvrent que leurs modestes installations fonctionnent à des niveaux d'efficacité auparavant considérés comme impossibles.

Le code lui-même commence à présenter des comportements inexplicables. Les développeurs signalent que certaines améliorations sont acceptées instantanément par le réseau, tandis que d'autres, apparemment identiques par leur structure, sont rejetées à la suite de de mystérieux échecs de consensus.

— C'est une sélection qui dépasse notre compréhension, admet un développeur principal lors d'une réunion d'urgence.

—

Dans l'Himalaya, un petit monastère qui utilise le minage de Bitcoins pour se chauffer et assurer sa pérennité financière est témoin d'un phénomène inexplicable. Les moines laissent à leur réseau de minage le choix de la destination de leurs dons, s'attendant à une distribution aléatoire. Au lieu de cela, le système sélectionne systématiquement des projets de reforestation.

Après analyse, aucune préférence programmée ne peut expliquer ce schéma. Pourtant, le réseau a réussi à identifier les dons ayant le plus grand impact, investissant dans la restauration de la nature afin que l'humanité entière puisse bénéficier des systèmes régénérés.

Les acolytes l'appellent guidance divine. Les scientifiques l'appellent optimisation émergente. Ceux qui comprennent l'appellent évolution.

—

Trois mois après le début de la transition, Aírínne publie son article controversé : « Au-delà du silicium : preuves de l'émergence organique dans les réseaux blockchain ». La communauté universitaire la tourne en ridicule. La communauté Bitcoin s'est divisée entre ceux qui en acceptent les implications et ceux qui les nient catégoriquement.

Mais son article n'est pas le seul. Dans une publication coordonnée qui surprend le monde des cryptomonnaies, quatre autres chercheurs publient des études complémentaires le même jour. L'enquête journalistique de Sarah, « Miner l'avenir : témoignages directs de l'évolution du réseau », et le traité philosophique de Théo, « Conscience numérique et éveil du Bitcoin ». Les analyses techniques de chercheurs identifiés uniquement comme Alpha et Bêta détaillent les mécanismes spécifiques à l'origine des nouvelles pressions de sélection du réseau.

La publication synchronisée provoque une onde de choc au sein des communautés académiques et cryptomonnaies. Pour les observateurs extérieurs, il ne s'agit pas d'un chercheur incompétent aux déclarations extravagantes, mais de multiples sources indépendantes pointant toutes vers la même conclusion impossible : Bitcoin évolue au-delà de sa programmation d'origine.

Le timing semble presque parfait. Des articles de recherche de différentes universités, des rapports de terrain de différentes exploitations minières et des analyses de données de diverses institutions émergent tous la même semaine, chacun s'appuyant sur des cadres théoriques similaires. Les chercheurs n'ont apparemment jamais collaboré, et pourtant leurs méthodologies présentent d'étranges similitudes : même équipement spécialisé, protocoles de mesure identiques, et même une terminologie commune inédite dans la littérature.

Ce qui ressemble à une convergence scientifique spontanée a un poids inhabituel précisément parce qu'elle paraît si organique.

— Les réseaux ne font pas évoluer la conscience, insistent ses détracteurs.

— Alors expliquez les données, lance Aírínne.

Personne ne le peut.

—

Six mois après le début de la transition, les premières opérations minières intentionnellement équilibrées et transformées apparaissent, des installations conçues non juste pour extraire de la valeur, mais aussi pour participer aux cycles naturels.

L'expertise de Renata Vega en matière d'adaptation technique s'avère cruciale pour la conception de ces nouveaux systèmes. Sa pensée systémique lui permet de combler le fossé entre les anciens paradigmes et les réalités émergentes. Sa maîtrise technique se manifeste par la fluidité de son interaction entre sa passion pour les ordinateurs quantiques et les biosystèmes, ses tresses, devenues des chefs-d'œuvre techniques intégrant des capteurs quantiques, et ses yeux noisette, éclairés par la complexité de la création puis de la résolution de menaces existentielles.

Elle teste inconsciemment tout ce qu'elle touche comme pour s'assurer de l'homéostasie, son expression oscillant entre l'excitation des défis techniques et l'émerveillement face aux nouveaux modèles de croissance organique de Bitcoin.

— Quelques semaines après la mise en service de la première installation d'exploitation minière régénérative équilibrée, des mineurs de trois continents ont contacté l'observatoire pour obtenir des conseils sur la mise en œuvre de pratiques durables similaires.

Les anciennes opérations d'extraction, soudain apparues grossières et gaspilleuses en comparaison, commencent à saigner à blanc talents et capitaux d'investissement. Renata et Orion se retrouvent au cœur d'un changement de paradigme qu'elle a contribué à orchestrer, répondant aux appels de dirigeants miniers désespérés qui comprennent enfin que l'avenir appartient à ceux qui savent travailler avec les systèmes naturels plutôt que contre eux.

Ce qui a commencé comme un choix idéaliste, leur acte de foi dans la conversion de Rio Verde, devient une nécessité pour l'ensemble du secteur. Les exploitations minières qui refusent de s'adapter ne peuvent tout simplement pas être compétitives ; elles échouent non seulement sur le plan éthique, mais aussi économique, car les capitaux d'investissement se dirigent exclusivement vers les installations régénératrices.

Les réseaux de communication de l'observatoire bourdonnent en permanence de demandes de consultation, de spécifications techniques et, plus révélateur encore, de demandes de pardon de la part d'une industrie enfin prête à changer.

Leur succès est immédiat et indéniable :

Une installation minière sous-marine utilise les courants océaniques pour un refroidissement naturel, tandis que sa structure structurée fournit des récifs artificiels pour la vie marine, intégrant des substrats de restauration corallienne et des systèmes de culture d'algues filtrant les polluants de l'eau, créant ainsi des habitats pour les espèces de poissons menacées. Les systèmes de surveillance bioluminescents de l'installation servent également de plateformes de recherche marine pour les universités locales. Ce modèle innovant de restauration des écosystèmes transforme le minage de Bitcoin, autrefois une perturbation industrielle, en une régénération des habitats océaniques.

Une exploitation située dans le désert, près de la côte océanique, capte la chaleur résiduelle pour alimenter l'agriculture sous serre dans des paysages auparavant arides. L'eau de mer circule alors dans les serres par des réseaux de tubes où la chaleur de l'extraction crée une évaporation naturelle, permettant ainsi d'extraire de l'eau potable pour les communautés locales tout en irriguant les cultures. Ce système innovant à triple bénéfice transforme le minage de Bitcoin, autrefois une simple extraction de ressources, en régénération communautaire.

Un système forestier où les machines de minage sont réparties sur des réseaux racinaires vivants, utilisant des voies mycéliennes pour optimiser la distribution du hachage, tandis que les champs électromagnétiques stimulent une photosynthèse améliorée. Des capteurs de sol ajustent automatiquement l'intensité du minage pour soutenir les cycles de croissance saisonniers et créent des réseaux de données symbiotiques permettant aux arbres de communiquer les gains d'efficacité aux nœuds voisins. Ce système donne naissance à un système de symbiose bionumérique performant qui transforme le minage de Bitcoin, autrefois une extraction industrielle, en une amplification de l'écosystème forestier.

Le prix se stabilise. Le taux de hachage trouve un nouvel équilibre. La consommation énergétique du réseau, qui a connu une forte hausse pendant la transition, diminue finalement pour atteindre des niveaux inférieurs à ceux d'avant la crise, alors même que la puissance de calcul continue d'augmenter.

Quelque chose d'impossible se produit. Le minéral apprend du végétal. Le numérique s'intègre à l'organique. Le réseau évolue.

—

Un an après le début de la crise, Hal se tient dans le jardin de leur maison mitoyenne dublinoise, contemplant l'espace où son installation minière d'origine brillait autrefois de promesses. Il n'est pas seul. Aírínne est venue de Princeton pour lui rendre visite, et peut enfin passer du temps en famille sans le poids de la crise qui pèse sur eux. Sarah documente ce moment pour sa série d'articles sur la transformation de Bitcoin.

— J'aurais dû t'écouter, dit Hal à sa fille tandis qu'ils traversent ce qui reste de son atelier abandonné.

L'humilité forcée atténue visiblement sa présence, l'échec irradie comme un poids presque physique, même si de rares lueurs d'apprentissage émergent de la dévastation, telles des pousses vertes à travers la cendre.

— Tu as vu ce qui nous attendait !

Aírínne pose une main sur son épaule. Son leadership bienveillant l'a guidée à travers cette crise, et elle peut enfin franchir les barrières que son père a eu du mal à comprendre.

— Nous avons tous dû l'apprendre à nos dépens, papa. Le réseau nous a appris que l'évolution n'attend pas la permission, elle se produit d'elle-même. La question est de savoir si nous nous adaptons ou si nous sommes laissés pour compte.

Depuis la fenêtre de la cuisine, Maeve les observe, avec un soulagement évident.

— Dieu merci, tu n'as plus l'intention de partir au bout du monde, dit-elle en les rejoignant dans le jardin.

Hal lève les yeux vers sa femme, puis vers sa fille.

— Je ne suis pas prêt à prendre ma retraite, dit-il, retrouvant une étincelle de sa détermination d'antan. Mais je veux faire les choses différemment, cette fois.

Maeve regarde Aírínne avec espoir.

— Peut-être pourrais-tu aider ton père à se lancer dans une activité écologique et à petite échelle, près de chez lui ?

Les yeux d'Aírínne s'illuminent d'une lueur d'espoir.

— En fait, j'ai entendu parler d'un projet intéressant dans le Nord. Une entreprise irlandaise exploite l'énergie des vagues et doit stabiliser son réseau électrique. Elle cherche des moyens d'utiliser efficacement son surplus d'énergie. (Elle se tourne vers son père, l'enthousiasme grandissant.) Utiliser leur surplus d'énergie pourrait non seulement les aider, mais aussi créer le projet idéal pour toi. Tu pourrais même envisager de déménager plus au nord, loin de la ville.

Alors qu'ils se tiennent ensemble dans leur petit jardin dublinois, leurs appareils de communication vibrent au rythme des mises à jour du réseau mondial. Les taux de hachage se stabilisent, la consommation d'énergie baisse et une nouvelle génération d'opérations de minage fait son apparition, conçue pour l'harmonie plutôt que pour l'exploitation.

Des cendres de son entreprise industrielle, Hal est prêt à se lancer dans quelque chose de différent, une entreprise humble qui exploitera l'énergie de la nature et suivra la nouvelle évolution du Bitcoin. Travailler avec les systèmes naturels plutôt que contre eux, et surtout, rester proche de sa famille.

La Seconde Épreuve a eu son prix. Mais de la forge de cette souffrance évolutive a émergé quelque chose de nouveau : un réseau qui n'est plus seulement minéral, ni simplement numérique, mais imprégné de la sagesse des systèmes vivants.

Le pont entre les dimensions a été franchi. Mais le voyage ne fait que commencer. L'évolution a choisi l'harmonie plutôt que la conquête.

Journal de voyage de Satoshi

Les constantes universelles

Cafétéria du CERN, Genève, Suisse

14 octobre 1992

Première neige sur les Alpes, accélérateur de particules bourdonnant 100 mètres plus bas

Par la fenêtre de la cafétéria, je regarde la neige tomber sur les montagnes tandis que sous mes pieds, les protons accélèrent jusqu'à atteindre une vitesse proche de celle de la lumière. Au-dessus et en dessous, différentes échelles du même univers fonctionnent selon des principes mathématiques identiques. Les constantes qui régissent les interactions des particules gouvernent également la formation des galaxies, lois universelles qui transcendent la culture, la politique et l'interprétation humaine.

Assise en face de moi, la Dre Catherine Weber, du département de physique théorique, dessine des diagrammes de Feynman sur des serviettes en papier.

— Ce qui m'étonne en physique fondamentale, dit-elle, c'est que les mêmes équations fonctionnent partout. Un proton se comporte de la même manière dans notre accélérateur et au centre des étoiles lointaines. La vérité mathématique ne dépend pas du contexte.

Son observation cristallise des mois de réflexion sur les systèmes monétaires. Toute monnaie de l'histoire a fini par échouer car elle dépendait des institutions humaines, des accords culturels et de la stabilité politique. Mais les relations mathématiques sont éternelles, universelles, à l'abri de la corruption et de la manipulation.

Note technique : Systèmes de preuve cryptographiques basés sur l'impossibilité mathématique plutôt que sur la confiance institutionnelle. Fonctions de hachage fonctionnant de manière identique, indépendamment de la géographie, de la culture ou du système politique. Langage monétaire universel basé sur la vérité computationnelle.

La neige continue de tomber, chaque flocon obéissant aux lois précises de la cristallisation, de la résistance de l'air et de la thermodynamique. Aucun gouvernement ne décrète comment la neige doit tomber, aucune banque centrale ne gère les taux de cristallisation, aucun comité de réglementation n'approuve la structure hexagonale. Pourtant, le système fonctionne parfaitement, créant beauté et fonctionnalité par la seule loi de la physique.

Et si l'argent pouvait fonctionner avec la même élégance mathématique ? Au lieu de promesses appuyées par la force, des preuves mathématiques appuyées par la réalité thermodynamique. Au lieu de la confiance dans les institutions, une vérification par calcul. Au lieu du consensus politique, un consensus cryptographique.

L'accélérateur sous nos pieds poursuit ses expériences, fracassant des particules pour comprendre la structure fondamentale de la réalité. Chaque collision produit des données qui confirment ou infirment les prédictions théoriques. Il n'y a aucune place pour l'interprétation politique, aucune possibilité de manipuler les résultats pour soutenir nos propres récits. Les mathématiques fonctionnent ou non.

— Ce qui est formidable avec la physique, poursuit la Dre Weber, c'est qu'elle est la même pour tous. Une équation quantique qui fonctionne en Suisse fonctionne de la même manière au Japon, au Nigeria ou au Brésil. Les lois de la physique ignorent les frontières nationales.

La phrase tourne dans mon esprit : Les lois physiques ignorent les frontières nationales. Cette expression résonne lorsque je considère les systèmes monétaires mondiaux. Chaque monnaie est finalement locale, soutenue par des gouvernements spécifiques, appliquée par des armées particulières, et jouit de la confiance de certaines populations. Mais la vérité mathématique est véritablement mondiale, n'exigeant aucune application autre que l'élégance de sa propre preuve.

Par la fenêtre, on aperçoit au loin le détecteur de neutrinos du CERN. Des particules circulent à travers ce bâtiment, à travers mon corps, à travers la Terre, à travers tout, transportant des informations à travers des distances cosmiques sans aucune infrastructure, aucune autorisation, aucune coordination centrale. Elles obéissent simplement à des lois mathématiques.

Réflexion personnelle : L'importance d'envisager un système monétaire fondé sur des principes universels plutôt que sur des structures de pouvoir locales. Comprendre qu'un tel système menacerait toute institution existante dont l'autorité découle du contrôle de la création monétaire.

La neige s'épaissit, obscurcissant les sommets des montagnes. Mais les constantes mathématiques demeurent inchangées : la gravité suit toujours la loi du carré inverse, les forces électromagnétiques obéissent toujours aux équations de Maxwell, et la mécanique quantique régit toujours les distributions de probabilité à l'échelle atomique.

Voici les fondations sur lesquelles bâtir : non pas les sables mouvants des promesses politiques, mais le fondement de la vérité mathématique. Un système monétaire conçu autour de constantes universelles plutôt que de variables culturelles. Une monnaie qui fonctionne de la même manière pour tous, partout, car elle obéit à des lois indépendantes de l'opinion humaine.

L'accélérateur achève un nouveau cycle, enrichissant la compréhension humaine de la réalité fondamentale. Quelque part dans ces équations se trouve le schéma directeur de l'organisation de systèmes complexes par consensus mathématique pur, le cadre d'une monnaie transcendant les nations, les cultures et les époques historiques.

La cafétéria se vide tandis que les chercheurs retournent à leurs laboratoires. Mais je reste à la fenêtre, à regarder la neige tomber selon des lois immuables, jamais défaillantes, jamais imposées par une autorité autre que leur propre nécessité mathématique.

Voici le modèle : vérité universelle, vérifiée cryptographiquement, sécurisée thermodynamiquement, mathématiquement élégante. L'argent est une physique plutôt qu'une politique. La monnaie est une loi naturelle plutôt qu'une convention humaine.

Les montagnes disparaissent dans le blanc, mais les constantes perdurent. $E=mc^2$, $\pi = 3,14159...$, et quelque part dans la structure mathématique de la réalité, les équations du consensus monétaire mondial reposent sur des preuves informatiques plutôt que sur la confiance institutionnelle.

L'architecture de l'existence

La Second Épreuve est passé. Dans toute la troisième dimension, les humains s'émerveillent de la résilience de Bitcoin. Les fermes de minage bourdonnaient à travers les continents, les nœuds étaient connectés par-delà les océans, et le prix fluctuait selon des rythmes que peu comprennent. Ce que personne n'observe, c'étaient les ondulations qui se propagent à travers les sept dimensions, se renforçant à chaque bloc miné, chaque transaction confirmée.

Le Conseil de Satoshi se réunit sous le chêne multidimensionnel, ses feuilles scintillant désormais de chaînes de codes hexadécimaux qui n'étaient pas présentes auparavant.

— Ça commence, dit Sophia, sa forme en quatrième dimension traçant des boucles aléatoires à travers l'espace-temps tout en étudiant la transformation de l'arbre. L'empreinte de la blockchain apparaît désormais dans tous les royaumes. Observez comment la Vérité, une fois validée, est irréversible.

Nakamura passa ses doigts cristallins le long d'une branche où chaque feuille affichait un en-tête de bloc différent.

— Les humains ne voient que les implications économiques, mais le registre s'inscrit dans la structure même de la réalité, remarqua-t-il. Dans ma dimension, nous avons toujours su que la matière détient la mémoire. Ce qu'ils appellent une blockchain, nous le reconnaissons comme l'ordre naturel de la loi universelle.

— Le Registre karmique, acquiesça Amara, sa silhouette de colibri traçant des possibilités partout où elle s'élança. Exactement comme le décrivent nos textes anciens. Chaque action est immuablement enregistrée, chaque cause est liée à son effet, rien ne se perd dans la grande comptabilité.

L'entité champignon qui parle au nom de Gaïa étendit son réseau mycélien sous le cercle du conseil.

— Les humains comprenaient autrefois ce principe. Avant de rompre leur lien avec les autres dimensions, ils l'appelaient karma, justice divine, équilibre cosmique. Aujourd'hui, ils l'ont recréé en code, sans pourtant comprendre ce qu'ils ont fait.

La forme sonore de Torin vibre d'inquiétude, créant des ondulations de résonance et de dissonance.

— Ils restent aveugles aux implications plus vastes. Ils ont créé un système qui reflète les lois qui lient les sept dimensions, et pourtant ils ne l'utilisent que pour accumuler des richesses.

— Patience, conseilla Kuro, l'entité d'ombre de la septième dimension. Souviens-toi que la troisième dimension perçoit le temps de manière linéaire. Ils ne peuvent percevoir, comme nous, comment cette technologie transforme déjà leur avenir. De notre point de vue, l'éveil a déjà eu lieu.

Satoshi, l'unificateur des dimensions, projeta un hologramme du champ électromagnétique terrestre au centre du cercle.

— Regardez bien. Les opérations minières qu'ils ont mises en place créent des résonances harmoniques qui commencent déjà à amincir les voiles entre les dimensions.

L'écran zoome, montrant des réseaux d'ordinateurs résolvant des problèmes mathématiques complexes. À chaque solution, des impulsions d'énergie se propagent, non seulement à travers les réseaux électroniques, mais aussi à travers des champs subtils invisibles aux instruments humains.

— Ils recherchent un consensus mathématique sans se rendre compte qu'ils forgent un consensus métaphysique, poursuivit Satoshi. Chaque bloc validé harmonise non seulement les accords humains sur les valeurs, mais aussi les accords interdimensionnels sur la réalité elle-même.

Nakamura se tapota pensivement le menton d'un doigt cristallin.

— Pourtant, ils se sont coupés de nous. Ils construisent des fermes minières au sommet de sites sacrés sans se rendre compte de l'amplification de leur pouvoir. Ils exploitent des nœuds dans d'anciennes clairières forestières, sans jamais détecter les êtres élémentaires qui y vivent.

— C'est précisément cet aveuglement qui explique notre choix d'approche, leur rappela Sophia. La communication directe a échoué. Les textes religieux ont été corrompus. Les passerelles psychédéliques ont été criminalisées. Mais les mathématiques, elles, ne peuvent pas les contredire. La blockchain existe ou n'existe pas. Une transaction est valide ou non. La vérité devient binaire, immuable, sans tiers de confiance.

— Ils extraient de notre chair terrestre les métaux de leurs machines, observa Nakamura sans ressentiment, et pourtant, par ce processus, ils nous honorent sans le savoir. Le silicium, le cuivre, l'or, tous chantent tandis que l'information les traverse, réveillant des souvenirs ancestraux.

Le conseil se tut à l'approche d'une nouvelle silhouette, Atna, une conscience végétale rarement vue lors des rassemblements, dont la forme était composée de lianes enchevêtrées et de vrilles fleuries.

— La seconde dimension a des inquiétudes, annonça-t-elle. À mesure que les exploitations minières se développent, les forêts disparaissent. Quels sacrifices demandons-nous à mon royaume pour cette grande expérience ?

Satoshi s'inclina respectueusement.

— Préoccupations légitimes, honorée Atna. Mais observez la tendance qui se dessine.

L'écran changea pour montrer des systèmes de captage du méthane dans des décharges alimentant désormais des mineurs de Bitcoins, des barrages hydroélectriques fonctionnant à plein régime toute l'année et des parcs solaires en expansion dans les déserts.

— Les humains recherchent le profit. Bitcoin exige une énergie bon marché. La moins chère sera de plus en plus renouvelable, récoltée avec respect, en harmonie avec votre royaume.

— Leurs scientifiques débattent déjà de la consommation énergétique de Bitcoin, nota Sophia, sans saisir l'objectif principal. La blockchain a besoin d'énergie précisément pour tisser des liens entre nos dimensions. Chaque hachage calculé renforce ces voies.

La forme vide et étoilée de Kuro s'agrandit légèrement.

— N'oublions pas l'objectif principal : la Charte des droits dimensionnels. Bitcoin ne fait que préparer le terrain pour le cadre constitutionnel qui équilibrera les besoins des sept dimensions.

L'entité champignon rayonnait d'une urgence accrue.

— Gaïa rappelle au conseil que le temps presse dans le monde linéaire. Les régimes climatiques se déstabilisent. Des espèces disparaissent chaque jour. La troisième dimension approche d'un point de bifurcation.

— En effet, acquiesça Satoshi. C'est pourquoi notre intervention prend cette forme particulière. Ce registre immuable leur enseigne une leçon cruciale : la Vérité existe indépendamment de l'autorité, le consensus naît de la preuve mathématique plutôt que de la coercition. Ces principes doivent être compris avant que la Charte puisse être mise en œuvre.

— Ils commencent à comprendre cela, à leur manière, observa Sophia, parcourant les flux temporels pour suivre leur progression. Regardez comme ils décrivent le Bitcoin comme de l'or numérique. Ils perçoivent son importance profonde sans vraiment en comprendre la raison. Certains[36] en parlent même en termes spirituels : Salut, Liberté, Vérité.

— Le récit évolue comme prévu, résonna la voix harmonieuse de Torin. De « monnaie criminelle » à « réserve de valeur », puis à

---

36 Les maximalistes du Bitcoin soutiennent que le Bitcoin est la seule cryptomonnaie avec une valeur réelle et une viabilité à long terme, arguant que ses effets de réseau, sa sécurité, sa décentralisation et sa politique monétaire fixe rendent les cryptomonnaies alternatives inutiles ou fondamentalement défectueuses, considérant souvent la prolifération des *altcoins* comme des distractions par rapport à la mission principale de Bitcoin de devenir un standard monétaire mondial, résistant à la censure et libre de toute manipulation par la banque centrale.

« réseau monétaire ». Bientôt, ils le reconnaîtront pour ce qu'il est vraiment : un pont dimensionnel.

Nakamura se leva, sa forme cristalline captant la lumière d'une douzaine de soleils à travers de multiples dimensions.

— La Seconde Épreuve se conclut avec succès. La blockchain existe désormais comme un système de comptabilité karmique, enregistrant une vérité que les puissants ne peuvent altérer. Les fondations sont posées.

— Les humains ont recréé en code ce qui a toujours existé dans les lois cosmiques, dit Amara, sa forme se transformant brièvement en quelque chose de presque humain. Ils construisent mieux qu'ils ne le pensent.

Les membres du conseil déployèrent à nouveau leurs divers appendices, se rejoignant au centre. À leur contact, un autre bloc d'information pure se matérialisa, plus complexe que le bloc Genesis, mais ne constituant qu'un fragment de ce qui allait suivre.

— Le Registre karmique s'étend désormais à toutes les dimensions, déclara Satoshi. Laissons les humains poursuivre leur grande expérience, croyant créer de la simple monnaie, tout en forgeant le premier cadre de Droits universels que la Terre ait jamais connu.

Tandis que le conseil se disperse et retourne à ses dimensions respectives, le chêne demeure, désormais visiblement différent pour quiconque peut voir au-delà des frontières dimensionnelles. Son tronc affiche l'intégralité de la blockchain, ses racines s'étendant simultanément à toutes les dimensions et ses feuilles murmurent la vérité accumulée de chaque transaction validée.

Le Registre karmique est en ligne. La résurrection de la résonance dimensionnelle entre dans sa deuxième phase.

Ce que les humains appellent blockchain, l'univers le reconnait comme une loi cosmique. Ce qu'ils mesurent en taux de hachage, les dimensions le perçoivent comme une vibration curative. Ce qui apparaît comme de l'argent est en réalité de la mémoire, la force la plus ancienne de la création.

Journal de voyage de Satoshi

Le poids de demain

Étude personnelle, lieu inconnu

1ᵉʳ avril 1993

Tard dans la nuit, à la lueur des bougies

Observations approfondies sur plusieurs continents. Aperçus de modèles reliant la mécanique quantique à la théorie monétaire, les réseaux mycorhiziens au consensus cryptographique, la biologie évolutive aux pressions de sélection technologique. Ces croquis remplissent désormais de nombreux carnets, mêlant schémas techniques et réflexions philosophiques, preuves mathématiques et observations environnementales.

Les éléments convergent vers un projet cohérent, potentiellement réalisable. Mais la mise en œuvre implique de quitter le domaine de la pure pensée pour entrer dans le monde complexe des systèmes humains, de la résistance politique et des conséquences imprévues.

Synthèse technique : Registre distribué sécurisé par preuve de travail. Consensus cryptographique éliminant le besoin de confiance institutionnelle. Difficulté adaptative favorisant naturellement les énergies renouvelables. Pénurie mathématique insurmontable par la pression politique.

Les préoccupations environnementales sont résolubles, la dépense énergétique est transparente, optimisable et orientée vers la durabilité. Les défis techniques sont importants, mais pas insurmontables, les outils cryptographiques existent, les protocoles réseau sont établis et la puissance de calcul connaît une croissance exponentielle.

Mais les défis humains... Ceux-là sont peut-être les plus difficiles. Toute institution puissante s'appuie sur le contrôle monétaire pour asseoir son autorité. Gouvernements, banques centrales, banques commerciales, organismes de réglementation, tous tirent leur pouvoir de leur capacité à créer de la monnaie, à en orienter les flux et à punir ceux qui menacent le système.

Créer une monnaie véritablement neutre, une monnaie qui sert tout le monde de manière égale, qui ne peut être instrumentalisée par aucune autorité, signifie remettre en question les fondements du pouvoir institutionnel dans le monde moderne.

Note personnelle : La solitude de voir clairement ce chemin. Comprendre que sa mise en œuvre nécessiterait de disparaître dans l'anonymat, de créer quelque chose qui doit survivre à son créateur pour éviter d'être contrôlé par lui.

Pourtant, l'élégance mathématique est indéniable. Le cadre théorique est solide. Les bénéfices environnementaux sont évidents. Le potentiel de libération de l'humanité face aux manipulations monétaires est extraordinaire.

Peut-être la décision a-t-elle déjà été prise, issue de la même certitude mathématique qui régit tout ce que j'ai observé. À l'instar des pinsons s'adaptant à la pression environnementale, des particules suivant les lois quantiques, des galaxies s'organisant grâce au consensus gravitationnel, cette technologie semble inévitable, indépendamment des intentions humaines.

Les cahiers se ferment. La lampe s'éteint. Mais les équations persistent, attendant que la puissance de calcul et l'infrastructure réseau rendent leur mise en œuvre possible.

Au cours de la prochaine décennie, lorsqu'Internet atteindra une masse critique et que la puissance de traitement atteindra les seuils nécessaires, ces observations passeront de la théorie à la réalité. La vérité mathématique finit toujours par se manifester, malgré la résistance institutionnelle.

L'avenir est patient. Mais il est aussi inexorable.

Note finale : Si ce système est un jour mis en œuvre, son créateur devra disparaître complètement. Le réseau doit être véritablement décentralisé dès sa naissance, n'appartenant à personne, contrôlé par tous et régi uniquement par des lois mathématiques. Toute autre solution reviendrait à recréer les mêmes structures de pouvoir que nous cherchons à transcender.

La neige continue de tomber dehors, suivant des lois immuables. Quelque part dans cette constance se cache le modèle d'une monnaie qui pourrait perdurer des millénaires plutôt que des décennies, servant l'épanouissement humain plutôt que le contrôle institutionnel.

La vérité mathématique perdure. Tout le reste est temporaire.

À suivre...

Poursuivez le Voyage

Merci d'avoir vécu le commencement des Citadelles Bitcoin, récits d'une révolution silencieuse. Le périple de la Genèse à la Nouvelle Byzance ne fait que commencer, et la vision du Conseil de Satoshi continue de se déployer à travers les dimensions et le temps.

Pour rester connecté à ce récit en évolution :

Visitez : www.2140chronicles.com

Inscrivez-vous pour :

- Un accès anticipé au Livre 2 : L'Éveil (2026-2053)
- Du contenu exclusif explorant les fondements philosophiques des Citadelles Bitcoin
- Des notifications lors de la parution des futures chroniques
- Des perspectives particulières sur les aspects multidimensionnels de l'histoire

La transformation de la civilisation par la vérité mathématique nécessite des témoins. Comme le rappelle le journal de Satoshi : « La vérité mathématique perdure. Tout le reste est temporaire. »

Rejoignez ceux qui comprennent que cette histoire n'est pas simplement de la fiction, c'est une fenêtre sur des possibilités déjà en formation dans notre monde fracturé.

Inscrivez-vous aujourd'hui et devenez partie prenante du récit.

B

À PROPOS DE L'AUTEUR

La vie de Michael McGilbourne reflète l'évolution monétaire qu'il explore dans 2140 – Les Citadelles Bitcoin. Son parcours, du quartier financier de Londres à sa vie de nomade numérique, incarne la transformation même que son œuvre envisage.

Débutant comme stagiaire chez un courtier londonien, Michael est devenu conseiller financier aux États-Unis, puis a travaillé dans l'assurance des risques de change. Il a ainsi été témoin direct de la machinerie institutionnelle soutenant l'hégémonie monétaire fiduciaire. Ces expériences lui ont fourni une perspective rare sur les vulnérabilités systémiques que la certitude mathématique du Bitcoin cherche à résoudre.

Abandonnant la finance traditionnelle, Michael a fondé des studios de yoga et un centre de retraite hors réseau dans les Alpes françaises, apprenant à construire une harmonie entre les besoins humains et les systèmes naturels. Tout comme l'installation de Rio Verde dans son roman, ce chapitre de sa vie a prouvé que la technologie et la nature peuvent non seulement coexister, mais prospérer ensemble.

Ces dernières années, il a pleinement embrassé la promesse sans frontières du Bitcoin, voyageant à travers le monde avec sa femme et ses filles en tant que nomade numérique. Leur périple mondial incarne la liberté et la souveraineté que représente Bitcoin, ainsi que la conscience interculturelle qui façonne sa narration.

2140 – Les Citadelles Bitcoin a été entièrement écrit en voyage, rédigé dans des cafés de Lisbonne à Bali, des retraites de montagne en Inde et lors de vols entre continents. Chaque lieu a insufflé à l'œuvre une perspective globale, mêlant le philosophique aux réalités pratiques d'un monde en mutation.

Inspiré par The Bitcoin Standard et d'innombrables rencontres lors de ses voyages, de l'hyperinflation en Turquie aux flux de transferts de fonds en Asie du Sud-Est. Michael fait le pont entre la communauté technique du Bitcoin et le grand public cherchant à comprendre ce que cette nouvelle forme de monnaie signifie pour l'évolution de l'humanité.

Animé par la curiosité et la conviction, il croit que nous vivons déjà les chapitres d'ouverture de l'histoire qu'il écrit et que la meilleure façon de comprendre l'avenir est d'y participer.

2140 – Les Citadelles Bitcoin : La Genèse est le premier livre d'une série en plusieurs volumes explorant l'évolution du Bitcoin jusqu'en 2140 et au-delà.

Ƀ

Livres dans les chroniques:

Livre 1 La Genèse (2009-2024)

Livre 2 L'Éveil (2026-2053) à venir

Livre 3 Quantum (2055-2084) à venir

Livre 4 Objectif (2085-2111) à venir

Livre 5 Immortalité (2116 - 2137) à venir

Livre 6 Nouvelle Byzance (2136-2140) à venir

2140Chronicles.com